CE LIEN ENTRE NOUS

Du même auteur
chez Sonatine Éditions

Là où les lumières se perdent, traduit de l'anglais (États-Unis) par Fabrice Pointeau, 2016.

Le Poids du monde, traduit de l'anglais (États-Unis) par Fabrice Pointeau, 2018.

David Joy

CE LIEN ENTRE NOUS

Traduit de l'anglais (États-Unis)
par Fabrice Pointeau

SONATINE ÉDITIONS

Directeur de collection : Arnaud Hofmarcher
Coordination éditoriale : Marie Misandeau et Hubert Robin

Titre original : *The Line That Held Us*
Éditeur original : G. P. Putnam's Sons

Sonatine Éditions
32, rue Washington
75008 Paris
lisezsonatine.com

Ouvrage réalisé par Cursives à Paris

ISBN 978-2-35584-729-5
N° d'édition : 729 – Dépôt légal : mars 2020

Pour mon père, qui a emprunté le chemin usé

Il y a un plaisir, oui,
À être fou, que seuls les fous connaissent !
John Dryden

1

Darl Moody n'avait strictement rien à foutre de ce que l'État considérait comme du braconnage. Selon lui, quiconque réduisait la saison de la chasse à deux semaines sans allouer une seule journée à la biche se fichait qu'on meure de faim. La viande dans le congélateur était une viande qui n'avait pas besoin d'être achetée et payée, et ça finissait par signifier beaucoup quand le boulot se faisait rare chaque hiver. Alors même s'il avait presque deux mois d'avance, il irait chasser.

Le cerf que Darl voyait passer de la ferme des Buchanan aux bois de Coon Coward depuis deux ans avait un rocking-chair sur la tête et un cou aussi épais qu'un tronc d'arbre. Coon refusait de laisser quiconque poser le pied sur ses terres à cause du ginseng qu'il y cachait, mais il n'était pas en ville. Le vieil homme était parti enterrer sa sœur dans la plaine et ne reviendrait pas avant une semaine.

Les signes étaient nombreux dans le vallon : les frottements qui avaient arraché l'écorce des cèdres et des arbrisseaux, des débris partout sur le sol aux endroits où les faons grattaient quand leur instinct leur disait de le faire sans qu'ils comprennent pourquoi. Un cerf adulte savait exactement ce qu'il faisait quand il s'acharnait sur le sol comme s'il creusait une ligne avec ses sabots, mais les jeunes agissaient n'importe comment. Ils grattaient partout, tentant de participer à une conversation qu'ils étaient trop inexpérimentés pour comprendre.

Darl accrocha sa plate-forme d'affût autour d'un chêne blackjack dont les premières branches commençaient à poindre à six mètres de hauteur. Il grimpa sur son poste d'observation et examina la bande de terre sur laquelle l'automne faisait apparaître des taches dorées depuis les montagnes dans la lueur de l'après-midi. Une vague de froid inhabituelle pour la saison après l'un des étés les plus secs que le comté ait jamais vus avait fait arriver l'automne avec un mois d'avance. C'était la dernière semaine de septembre, mais les crêtes étaient déjà dépouillées. Dans la vallée, les arbres arboraient des nuances rouge et orange qui flamboyaient comme des braises, les glands tombaient comme des gouttes de pluie. Il commençait à geler la nuit, et d'ici quelques semaines, les premiers souffles de l'hiver réduiraient les montagnes à leur ossature grise.

Darl but une gorgée au goulot de la flasque de whiskey qu'il trimballait dans la grosse poche de son pantalon de camouflage, ôta sa casquette de base-ball et repoussa la sueur de son front vers l'implantation en V de ses cheveux clairsemés coupés à ras. Il gratta l'épaisse barbe sur son menton et tendit l'oreille à l'affût du moindre signe de mouvement, même si, comme au cours des deux derniers soirs, il n'avait toujours rien vu ni entendu hormis des écureuils. Dès que le soleil disparut derrière le versant ouest, le bois fut plongé dans l'obscurité, et la nuit ne tarderait plus à tomber. Pourtant, il resterait, car il était impossible de dire quand ce cerf se montrerait, et dans le noir complet, il retrouverait son chemin à la lueur de sa lampe frontale.

Quelque part sur le flanc de la colline, une brindille craqua, et ce son lui traversa le corps comme un courant électrique. Son cœur s'emballa et ses paumes devinrent moites, ses yeux écarquillés et blancs. Des feuilles séchées bruissèrent sous des pas, et derrière les branches échevelées d'un sapin du Canada mort il distingua un léger mouvement, mais à une telle distance et avec si peu de lumière, il était impossible de discerner ce qui bougeait. À travers la lunette de son fusil, il repéra une silhouette à quatre pattes, une bête grise et proche du sol. La CenterPoint 3-9×50 mm ne valait rien dans une telle pénombre, mais c'était tout ce que Darl avait les moyens de se payer, et c'était donc tout ce qu'il avait.

Tout en réglant la lunette sur la plus grande distance, il se joua le tir dans sa tête. À deux cents mètres, l'animal remplissait un peu moins d'un quart de l'oculaire. Il bascula le verrou et le tira juste assez pour s'assurer qu'une cartouche était dans la chambre, puis il replaça le verrou et défit la sécurité.

Un sanglier fouillait le sol de la colline à la recherche d'un repas. Chaque année ces animaux montaient de plus en plus vers le nord de la Caroline du Sud, commençant par atteindre Walhalla dix ans plus tôt et infestant désormais les fermes du comté de Jackson. Il y avait une saison pour la chasse aux sangliers partout dans l'État à cause des dégâts qu'ils provoquaient. Plus tôt cette année-là, un père et son fils du comté de Caswell étaient en train de chasser sur des terres privées entre Brevard et Toxaway quand le gamin avait effrayé tout un troupeau qui avait détalé d'un fourré, et le père avait abattu une bestiole de trois cent vingt kilos. C'était juste de l'autre côté de la crête, dans le comté de Transylvania. Le sanglier pesait deux cent soixante kilos éviscéré, et ils avaient rapporté à la maison pour plus de soixante-dix kilos rien qu'en saucisses. Imaginez combien ça aurait coûté à l'épicerie.

Depuis toujours, le vide se faisait dans sa tête avant la mise à mort. C'était difficile à expliquer, mais c'était le sentiment qu'il avait à cet instant tandis qu'il calait le fusil contre le tronc de l'arbre pour mieux viser. Son esprit n'était plus qu'instinct. Un entrelacs de broussailles lui obstruait la vue, mais il savait que la Core-Lokt le transpercerait sans problème. Il tenta d'agrandir l'image en faisant glisser sa joue le long de la crosse, cependant la lunette bon marché offrait peu de possibilités. Lorsque son champ de vision fut élargi, il tourna la molette pour y voir le plus clair possible, mais rien n'était jamais totalement net lorsqu'il positionnait la mire sur les épaules de la bête. Il se concentra alors sur son pouls. *Respire lentement. Compte tes respirations. Appuie entre deux battements de cœur. Compte à partir de cinq et tire.* L'image trembla tandis qu'il effectuait son compte à rebours. *Trois. Deux. Appuie.*

Le fusil lui cogna l'épaule et la détonation se propagea par vagues, atteignant tout autour de lui puis revenant par fragments tandis qu'elle se répercutait contre les montagnes. Il regarda en direction de sa cible, l'animal était abattu.

« Je l'ai eu », prononça Darl. Son corps le picotait et il avait la tête qui tournait. L'adrénaline coulait en lui et lui coupait le souffle. Il était incrédule. « Putain, je l'ai eu. »

Darl siffla d'un trait le reste du whiskey, cala son fusil sur son épaule et descendit de sa plate-forme. Dans moins d'une heure, la lumière aurait disparu. Il savait qu'il devait faire vite. Il aurait à peine le temps de dépouiller le sanglier et de le sortir du bois avant la nuit. Peut-être que Calvin Hooper l'aiderait. Cal avait un chouette palan pour dépouiller les cerfs, et ça valait sacrément mieux que la barre de levage de fortune que Darl avait chez lui. Qu'il s'agisse d'épiler un sanglier ou de lui enlever la peau, c'était beaucoup plus facile avec deux paires de mains qu'avec une seule. Cal ne demanderait rien en échange. Il ne l'avait jamais fait. Dès que Darl aurait placé la bête sur sa camionnette, il irait chez Calvin. « Putain, je l'ai eu », répéta-t-il.

Un petit ruisseau coulait au fond du vallon, puis il fallait traverser un épais fourré de lauriers avant que le flanc de colline devienne plus abrupt. Darl franchit le fourré en titubant et monta lentement jusqu'à atteindre la saillie où le sanglier était tombé. Il trébucha sur un fil de pêche tendu entre deux cornouillers, et deux boîtes de conserve avec des cailloux à l'intérieur produisirent un raffut métallique dans les branches au-dessus. Il se figea et regarda autour de lui. Lorsque sa vision s'ajusta, il vit des hameçons rouillés accrochés à l'arbre à hauteur d'yeux, des pièges destinés aux braconniers. Il les repoussa l'un après l'autre comme s'il se frayait un chemin au milieu de toiles d'araignées. Et c'est alors qu'il le vit. Pas un sanglier, mais un homme, gisant sur le ventre. Une chemise à imprimé coups de pinceau rendue presque noire par le sang, le pantalon de camouflage du même gris que la chemise.

Darl s'approcha, s'agenouilla près des jambes de l'homme et posa la main sur son mollet. Son corps était chaud, mais il n'y avait pas de mouvement, pas de bruit de respiration. En état de choc absolu, Darl s'avança un peu et vit l'endroit où la balle avait pénétré la cage thoracique de l'homme. Il avait été transpercé de part en part, la balle à pointe creuse s'ouvrant lorsqu'elle était entrée avant de ressortir derrière son épaule droite, réduisant en lambeaux le haut de son bras. Son bras gauche gisait près de son flanc, main ouverte, paume vers le haut, et Darl vit quelques baies rouges ratatinées en équilibre sur le bout de ses doigts. Il s'aperçut alors qu'il était agenouillé dans une parcelle remplie de ginseng, des plants principalement jeunes à deux feuilles, même si certains étaient bien plus vieux. Il y avait un cartable ouvert sur le sol à côté de l'homme, avec un enchevêtrement de racines maintenues par un élastique à l'intérieur, leurs épaisses radicelles ébouriffées comme des cheveux.

Darl savait que l'homme n'aurait pas dû se trouver là, tout comme lui. C'était la terre de Coward, et tous deux avaient pénétré illégalement dans une propriété privée ; deux braconniers qui n'auraient pas dû être là, mais qui y étaient. Ils y étaient, et l'un d'eux avait quitté ce monde tandis que l'autre était confronté au fait dans son énormité. Il se tenait là, à quatre pattes, aussi abasourdi qu'un enfant, submergé par la stupeur et la terreur.

Le visage de l'homme était tourné et enfoncé dans la terre. Sa nuque était tannée par le soleil et mouchetée de taches de rousseur d'un orange sombre, ses cheveux épais et frisés, d'un blond jaune semblable à du foin. Darl enjamba le corps, prenant soin de ne pas piétiner le sang qui l'entourait. L'homme portait une casquette de camouflage avec une bande de sécurité orange qui bordait la visière. Les mots « Caney Fork General » étaient brodés à l'avant. La casquette était de travers sur son crâne, et Darl attrapa la visière pour essayer de lui tourner la tête.

Dès qu'il vit la tache de vin d'un violet sombre qui recouvrait le côté droit de son visage, il le reconnut. Carol Brewer, que tout le monde appelait Sissy, gisait raide mort sur le sol couvert de fougères. Darl avait connu Carol toute sa misérable vie, un simple d'esprit né dans une famille que Jésus-Christ n'avait pas pu sauver. Certaines personnes considéraient presque son père, Red, comme le diable en personne. Il y avait une méchanceté en lui, une méchanceté qui, pour tout homme pieux, ressemblait au mal absolu. Carol était l'avorton de la famille et, aux dires de la plupart des gens, il était le seul à avoir eu sa chance. D'aucuns pensaient que s'il était parvenu à s'extraire de l'emprise de son père et de son frère aîné, Dwayne, il aurait pu s'en sortir. Mais les choses ne s'étaient pas passées comme ça, et il avait fini par s'attirer autant d'ennuis que le reste de sa famille.

Darl lâcha la visière de la casquette et la tête de Carol retomba sur le sol. Ses yeux étaient fermés et sa bouche légèrement ouverte. Une guêpe bourdonna à côté de l'oreille de Darl et se posa sur les lèvres de l'homme mort. Elle commença à se glisser dans sa bouche, mais Darl la repoussa, ses doigts effleurant le visage de Carol. Il écrasa la guêpe du pied lorsqu'elle fit du surplace au-dessus du sol, puis regarda vers l'ouest pour estimer quelle quantité de lumière il restait. Il savait que le temps était compté, même si la tombée de la nuit n'était plus aussi importante que quelques minutes plus tôt. Il était paniqué, mais il devinait que l'obscurité serait désormais une bénédiction, et elle était la bienvenue. Les pensées se bousculaient dans sa tête tandis que la nuit se refermait lentement autour de lui comme des mains. Il avait jusqu'à l'aube pour creuser une tombe.

2

Dwayne Brewer longeait au pas de l'oie le rayon des bières du Walmart de Franklin affublé d'un masque de chimpanzé en latex qu'il avait trouvé par terre près des décorations d'Halloween. Le masque lui tenait chaud et sa respiration était bruyante. L'intérieur sentait le caoutchouc moulé bon marché et il plaqua ses cheveux en arrière avec ses doigts tout en gloussant lorsqu'une femme le regarda avec mépris.

Elle portait une blouse pastel et des tennis blanches, ses cheveux sillonnés de mèches décolorées attachés en queue-de-cheval. À travers les fentes du masque, il vit une fillette, âgée de peut-être six ans. Elle avait un doigt coincé dans le coin de la bouche et se tenait à côté de la femme. Dwayne se gratta l'aisselle d'une main et l'arrière de la tête de l'autre, faisant des bonds tout en arquant les jambes comme un singe, et l'enfant se mit à rire. Il ôta le masque et le balança dans un réfrigérateur ouvert, sa peau froide de transpiration lorsqu'il se passa la main sur le visage, et attrapa un pack de Bud. Il perça un trou dans le carton, sortit une canette et l'ouvrit.

« Passez une excellente journée », dit-il avec un large sourire, inclinant la canette vers la femme et opinant du chef. Elle le lorgna comme le démon qu'il était, sa fille se cachant derrière sa jambe, captivée tandis que le géant devant elle descendait la moitié de la canette d'une gorgée phénoménale.

Le truc, chez Walmart, c'était que même un homme comme Dwayne Brewer pouvait passer inaperçu. Les gens poussaient leur Caddie avec des regards vides, et tout glissait autour d'eux. Le consumérisme à une telle échelle avait le don de camoufler les classes sociales.

Au bout du rayon, il passa à côté d'une fille robuste qui portait un short minuscule et un bébé sur chaque hanche, trois autres enfants courant en rond autour d'elle. L'un d'eux tendit le bras tout en faisant un bond et fit tomber un présentoir de Cool Ranch Doritos. La mère était en pleine conversation avec une connaissance – une femme plus âgée avec un bambin dans un Caddie qui s'enfonçait le doigt dans le nez –, et elle répétait en agitant l'enfant sur sa hanche gauche : « Seigneur, non, celle-ci n'est pas à moi. Clyde et moi, on a arrêté après celui-là, ajoutait-elle en agitant celui de droite. Celle-ci, elle est à Sara. Tu te souviens de Sara, non ? C'est sa fille, Tammy. Ma nièce. »

Des Caddie s'entrechoquaient, des lumières clignotaient, des caisses enregistreuses bipaient et des gamins se chamaillaient devant un fantôme gonflable d'Halloween censé être installé dans un jardin. La pagaille aurait suffi à donner une crise de nerfs à n'importe quelle personne saine d'esprit, mais Dwayne était comme un poisson dans l'eau. Il traversa fièrement le chaos, souriant parce que c'était vendredi et qu'il avait une liasse de cash dans sa poche après avoir mis en gage cinq tronçonneuses et une télé à écran plat volées.

Des bodys noirs et de la lingerie rouge sang étaient en promo à 9,87 dollars. Il termina sa première bière debout à côté d'un présentoir, palpant le satin les yeux fermés, rêvant de la dernière femme avec qui il avait couché. Lorsqu'il eut fini, il écrasa la canette dans sa main, la posa en équilibre dans le bonnet d'un soutien-gorge beige et en ouvrit une autre.

De l'endroit où il se tenait, il voyait le rayon des chaussures, où un enfant était assis sur un banc. Le garçon lui faisait penser à son frère. Hirsute, des cheveux blond vénitien lui couvrant les oreilles, sa peau rouge mouchetée de taches de rousseur. Si l'on exceptait ses épaisses lunettes à culs de bouteille dotées d'une monture militaire noire, il aurait pu être le portrait craché de Sissy à treize ou quatorze ans. Il portait une chemise miteuse et un jean taché d'herbe avec de la boue sur les genoux. Il essayait une paire de tennis grises sans marque avec des attaches en Velcro. Soudain, deux gamins apparurent à l'angle et se tinrent au-dessus de lui. Un garçon avec un jean serré et des cheveux qui descendaient en oblique devant ses yeux arracha l'une des chaussures des mains de l'enfant, l'examina, secoua la tête et poussa un cri triomphal.

À une telle distance, Dwayne ne distinguait pas ce qu'ils se disaient, mais il comprit. Il le lut sur le visage abattu du pauvre garçon. Il l'avait entendu toute sa vie, à cause de la maison dans laquelle il avait grandi et de la voiture que son père conduisait, sous prétexte que ses chaussures ne valaient rien et ses vêtements non plus. Il l'avait entendu parce que son grand-père se postait sur le pont en ville et insultait la rivière quand il était devenu vieux et avait perdu la tête. À cause de sa drôle de coupe de cheveux et du fait qu'il sentait mauvais après les cours de gym, sous prétexte qu'il avait des déjeuners gratuits, que quelqu'un l'avait vu devant la laverie automatique, parce que sa mère était caissière chez Roses. Il avait entendu le mot « minable » toute sa vie et, au bout de trente-six ans, il en avait sa claque.

Il y avait deux manières de faire face, mais Dwayne n'en avait jamais connu qu'une. Il se précipitait et démolissait la gueule du garçon en un clin d'œil, et c'était réglé. Ils parlent pas autant avec du sang plein la bouche, pensait-il, et c'était vrai. Mais il avait vu avec son frère l'autre façon de faire face, l'amertume et la colère, la tristesse et le chagrin qu'engendrait un stoïcisme futile.

Garde tout en toi. Regarde droit devant toi.

Le garçon regardait droit devant lui, le visage dénué d'expression et vide.

Le gamin au jean serré fit un geste sec de la tête pour écarter les cheveux de ses yeux. Il enfonça la main dans la chaussure et appuya la semelle contre le visage du garçon. Ce dernier ne bougea pas et ne prononça pas un mot. Il continuait de fixer les boîtes de chaussures devant lui pendant que les autres le narguaient. Le garçon aux cheveux longs lui poussa violemment la tête sur le côté et le sang de Dwayne ne fit qu'un tour. Il sentit ses poings se serrer et but une longue gorgée de Budweiser fraîche pour tenter de se calmer. La petite brute hésita une seconde, tâtant le terrain. Lorsqu'il vit que le gamin n'allait pas réagir, il le poussa de nouveau, plus fort cette fois, si bien qu'il tomba par terre. Les deux se tinrent là à ricaner, et le gamin se rassit sur le banc et regarda droit devant lui jusqu'à ce qu'ils s'éloignent avec de grands sourires, les yeux pleins d'arrogance et de fierté.

Dwayne regarda longuement le garçon sur le banc. Il ne pleurait pas. Il n'eut aucun geste de colère. Il retourna directement à ce qu'il faisait, essayer une paire de pompes, comme si rien ne s'était passé. Dwayne aurait voulu marcher jusqu'à lui et lui dire que les choses ne se passaient pas nécessairement comme ça, lui dire qu'il devait s'affirmer et défoncer la tête de ces petits enculés la prochaine fois, qu'alors ils apprendraient, mais il ne le fit pas. Il reprit la direction des articles de sport, espérant qu'ils auraient une boîte ou deux de cartouches Winchester.

Il termina sa troisième bière à la caisse en libre-service pendant que l'employée vérifiait sa pièce d'identité et entrait sa date de naissance dans l'ordinateur. Au début, elle sembla vouloir dire quelque chose à propos du fait qu'il buvait dans le magasin, mais elle finit par secouer la tête et s'éloigner d'un pas lourd car c'est difficile d'emmerder le monde pour 7,25 dollars l'heure. Il inséra un billet de 20 dans la machine et attendit qu'elle crache la monnaie.

Il y avait de l'agitation près de l'entrée, et quand Dwayne releva la tête, il vit les deux mêmes garçons qui se pavanaient, celui qui avait les cheveux longs boitillant avec les pieds tournés vers l'intérieur et tenant sa main toute molle au niveau du torse, faisant une grimace comme s'il était déficient mental. Dwayne regarda derrière lui, et c'est alors qu'il vit la femme dont le garçon se moquait, une hôtesse handicapée avec une coupe au bol et des lunettes teintées qui le fixait comme si elle assistait à un miracle. Le garçon aux cheveux longs lança un jeu de clés à son pote et pénétra dans les toilettes alors que son copain prenait la direction de la sortie située de l'autre côté.

Dwayne posa le pack de bière près de la porte ouverte des toilettes des hommes et passa la tête à l'intérieur, suffisamment longtemps pour s'assurer que le gamin était seul. Celui-ci se tenait devant l'urinoir, la tête levée vers le plafond et les yeux fermés. Dwayne s'agenouilla pour vérifier qu'il n'y avait personne dans les cabines. Ils étaient seuls. Une pancarte « NETTOYAGE EN COURS » était rangée derrière la porte. Dwayne la plaça en travers du montant pour qu'on ne les interrompe pas. Il pénétra dans la pièce et se posta directement derrière le garçon, qui ne se rendit compte de sa présence que lorsqu'il se retourna.

Dwayne Brewer était un colosse, un mètre quatre-vingt-quinze et cent quinze kilos au bas mot. Il se tenait là quand l'autre se retourna et fit un bond en arrière comme s'il venait de marcher sur un serpent.

« Merde, monsieur, vous m'avez fichu la trouille de ma vie. »

Dwayne ne répondit rien. Il resta là un moment à l'observer en silence.

Le garçon portait un tee-shirt noir qui disait « Jeune & Téméraire ». Un jean vert menthe peignait ses jambes. Il avait de longs cheveux qui retombaient sur son visage et qu'il n'arrêtait pas d'écarter de ses yeux comme s'il souffrait d'un tic nerveux.

« T'as quel âge, mon gars ? »

Il regarda Dwayne bizarrement.

« Seize ans. »

Dwayne se gratta l'arrière de la tête avec la jointure de ses doigts, plissa les yeux comme s'il soupesait une décision délicate.

« C'est assez vieux », déclara-t-il.

Il tira un pistolet 1911 de l'arrière de son pantalon et le pointa directement sur le front du garçon.

Le visage de celui-ci s'affaissa immédiatement et il leva instinctivement les bras, comme si ses mains étaient reliées à des ficelles.

« Si tu cries, je te fais sauter ta petite cervelle d'abruti. Tu comprends ? »

La bouche du garçon s'ouvrit et il acquiesça.

« Comment tu t'appelles ?

– Brett, répondit-il.

– Brett comment ?

– Starkey.

– Starkey ? Je crois pas connaître qui que ce soit qui s'appelle Starkey.

– Je vis à Clarks Chapel.

– Où à Clarks Chapel ?

– Franklin Mountain Estates.

– Ta famille est du coin ?

– Ma mère et mon père sont de Saint Pete. »

Dwayne se pinça l'arête du nez et ferma les yeux une seconde, puis il acquiesça. Il baissa les yeux vers les baskets montantes propres du garçon. Il les portait avec les lacets dénoués et enfoncés à l'intérieur, les languettes tirées par-dessus le bas de son pantalon.

« Ces chaussures, elles coûtent combien ?

– J'en sais rien, répondit-il.

– Comment ça, t'en sais rien ?

– Je veux dire que je... je sais pas », bégaya le garçon.

Il avait un visage du genre à virer au rouge pivoine quand il était sur le point de pleurer. Il louchait presque tandis qu'il fixait le pistolet.

« Tu veux dire que tu sais pas parce que tu t'en souviens pas, ou tu sais pas parce que c'est ton papa et ta maman qui les ont payées ? »

Le gamin le regarda bouche bée, sans voix.

« Alors ?

– Ma mère les a achetées. »

Dwayne grogna et opina du chef.

« Bon, je vais avoir besoin que tu les enlèves. »

Le garçon ne bougea pas.

« C'est la dernière fois que je te le dis, mon gars. Enlève ces chaussures. »

En appuyant avec ses orteils sur ses talons, le garçon les ôta et se tint sur le sol humide dans des chaussettes d'un blanc immaculé.

« Maintenant, ramasse-les », ordonna Dwayne.

Le garçon obéit.

Dwayne désigna la cloison métallique beige qui séparait les cabines.

« Je veux que t'ailles à cette première cabine et que t'ouvres la porte. »

L'ado s'exécuta et poussa la porte avec son coude.

Dwayne le suivit et s'adossa au mur carrelé près des lavabos, son arme toujours levée et fermement pointée. Il jeta un coup d'œil derrière le garçon et vit ce à quoi il s'attendait : une cuvette pleine de papier toilette et d'eau trouble.

« Vas-y, mets tes chaussures dedans. »

Le gamin le regarda d'un air incrédule. Les larmes embrumaient ses yeux. Il hésita au-dessus de la cuvette et posa doucement ses chaussures dedans.

« Les fais pas juste flotter au-dessus. Je veux que tu les enfonces dedans. »

Le garçon les poussa légèrement de sorte que l'eau lèche les semelles.

« J'ai dit enfonce-les dedans ! » gronda Dwayne à travers ses dents serrées.

Il bondit jusqu'à ce que le pistolet soit à moins de trente centimètres du visage du garçon, et celui-ci plongea ses chaussures sous l'eau, se mouillant jusqu'aux avant-bras.

Il pleurait désormais abondamment. Ses joues étaient trempées de larmes et des postillons s'échappaient de sa bouche quand il respirait.

« Va pas faire ta lavette maintenant, dit Dwayne. Tu jouais les durs y a quelques minutes avec ce garçon, pas vrai ? J'ai vu comment tu l'as malmené. Tu jouais les durs tout à l'heure, alors sois-le maintenant. »

L'ado serrait fort les paupières et semblait sur le point de vomir. Il avait détourné la tête des toilettes et son visage brillait comme une lune à la lueur jaune de l'ampoule au-dessus de la cabine.

« C'est bon, dit Dwayne. Maintenant, remets-les.

– Quoi ?

– J'ai dit : remets-les. »

Il posa ses chaussures par terre, glissa ses pieds dedans comme s'il enfilait une paire de chaussons. Une flaque se répandit autour de lui et ses pieds produisirent des gargouillis à l'intérieur.

« Maintenant, attache-les, ordonna Dwayne. On voudrait pas qu'elles te tombent des pieds, ou que tu t'emmêles les pinceaux dans tes lacets. Tu peux pas marcher comme ça. »

Une fois encore, le garçon fit exactement ce qu'il lui demandait. Dwayne songea qu'il aurait peut-être pu être un type bien s'il avait eu un flingue pointé sur la tête à chaque seconde de sa vie. Le gamin se tenait là comme s'il tentait de ne pas appuyer sur le sol de tout son poids. On aurait dit que c'était la première fois de sa vie que quelqu'un le remettait à sa place, et Dwayne éprouva de la fierté. *Tout le monde a besoin d'être dompté*, pensa-t-il. L'empathie, ce n'est pas se tenir au-dessus d'un trou en disant qu'on comprend, l'empathie, c'est avoir soi-même été dans ce trou.

« Je veux que tu t'en souviennes, déclara-t-il. Toute ta vie, je veux que tu te souviennes de ce jour. Ce qui aurait pu se passer et ce qui s'est passé à la place. »

Le garçon le regardait fixement, confus.

« Nous deux, nos chemins se sont croisés pour une raison. C'est le destin qui m'a mené ici. Tu comprends ? »

Il enfonça son pistolet sous son pantalon dans le creux de ses reins et passa son tee-shirt blanc par-dessus la crosse pour la dissimuler. Tout en s'examinant dans le miroir, il marcha d'un pas tranquille vers la porte et ôta la pancarte, puis il repartit par où il était arrivé, ramassant ses bières au passage. Dehors, rien n'avait changé, mais à l'intérieur, tout semblait différent.

Un homme ne pouvait pas rivaliser avec la main de la justice, mais il pouvait faire pencher la balance pendant un moment, mettre les privilégiés au pied du mur suffisamment longtemps pour en tirer du plaisir. Le soleil déclinait et Sissy avait dit qu'il serait rentré à 19 heures.

Dwayne avait hâte de raconter à son frère ce qui s'était passé.

3

La température chutait à mesure que l'automne approchait, et M. Météo prévoyait du gel en abondance dans les montagnes au milieu de la semaine suivante. Calvin Hooper estimait qu'il était grand temps. Il détestait l'été, comme toute personne à peu près sensée qui gagnait sa vie en travaillant à l'extérieur. La télévision était la seule source de lumière et le salon où il était assis s'illumina vivement lorsque les infos du soir cédèrent la place aux publicités. Il attrapa ce qui restait de son Jack Daniel's avec des glaçons, le whiskey désormais dilué mais froid.

Il fit tournoyer sa boisson au fond du bocal à facettes qui lui faisait office de verre, le vida d'un trait et se rendit à la cuisine pour s'en servir un autre. Il était près de minuit, mais il n'était pas fatigué. De fait, il ne dormait jamais des masses. Vers 22 heures chaque soir, il atteignait un point où il était plus éveillé qu'à n'importe quel autre moment de la journée. S'il se couchait quand sa petite amie, Angie, allait au lit, il se tournait et se retournait pendant quatre ou cinq heures avant de finalement s'assoupir. La plupart des nuits, ses pieds lui faisaient un mal de chien, et il devait se lever et prendre deux Advil pour trouver un peu de répit. Sa mère lui avait dit de se frotter de l'hamamélis sur les jambes car, qu'il le croie ou non, ça l'aiderait, mais quand ses pieds cessaient de le faire souffrir, il était complètement réveillé et ne pouvait pas fermer l'œil.

La petite ampoule dans le congélateur diffusa une lumière blanche sur son torse nu lorsqu'il remplit à ras bord le bocal de glaçons. La bouteille de whiskey était posée, presque pleine, sur une paillasse en Formica, et il se servit un autre verre dans la faible lueur qui émanait de l'autre pièce. Lorsqu'il reboucha la bouteille, il agita son verre, faisant tinter la glace contre les bords. Hormis la cuite qu'il se prenait peut-être une fois par mois, il ne buvait jamais pour se soûler. La plupart du temps, il n'était même pas légèrement éméché. Les deux verres qu'il buvait pendant les deux dernières heures de la soirée apportaient un sommeil sans rêve, si bien qu'il parvenait à roupiller suffisamment pour se lever le lendemain et recommencer.

Le téléphone sonna dans le salon et Calvin reprit la direction du canapé avec une main dans son jogging, l'autre tenant sa boisson contre le milieu de sa poitrine. Personne n'appelait jamais à cette heure. L'appareil était posé écran vers le haut sur la petite table à côté du canapé, et il jeta un coup d'œil pour voir qui cherchait à le joindre. L'affichage disait « DARL », et Calvin songea à le laisser basculer sur messagerie, supposant qu'il était probablement soûl et déblatérerait à propos de Dieu sait quoi alors que lui devait être debout à 6 heures pour travailler une fois encore un samedi. Au bout du compte, la culpabilité eut raison de lui. Darl était son meilleur ami, depuis toujours, donc l'idée qu'il pouvait avoir besoin de quelque chose l'emporta sur tout le reste.

Calvin débrancha le câble du chargeur du téléphone pour ne pas être enchaîné au mur et répondit.

« Allô ?

– Tu dormais ? » demanda Darl.

Il y avait quelque chose d'étrange dans sa voix, sa respiration était lourde, comme s'il était à bout de souffle.

« Je suis en train de regarder les infos. »

Calvin se rassit sur le canapé et tira un paquet de cigarettes de l'espace entre les coussins en vinyle sombre. Il en alluma une et déplaça un petit cendrier en verre de la table basse à l'accoudoir du canapé, faisant tomber un peu de cendre sur un amas de mégots écrasés.

« Qu'est-ce que tu fais ?

– T'as ta pelleteuse chez toi ?

– Ce vieux machin est dans le champ du fond. Toutes les grosses machines sont sur un chantier. Pourquoi ?

– Je me demandais si t'accepterais de passer à la maison et de me creuser une tombe pour un cheval dans ce champ.

– Une tombe pour un cheval ? »

Calvin gloussa. C'était Darl Moody tout craché d'appeler quelqu'un à minuit pour qu'il l'aide à creuser un trou pour un canasson mort.

« Y a un problème avec le godet de ton tracteur ?

– La flèche est niquée.

– Oui, bon, je peux t'aider. Je dois rencontrer des gens au coffee shop demain matin vers 8 heures, mais je peux passer sur le chemin du retour.

– Non, j'ai besoin que ce soit fait maintenant.

– Maintenant ? Il est presque minuit, enfoiré. Je creuse pas une tombe pour un cheval au milieu de la nuit. »

Calvin se mit à rire et tira une longue taffe sur sa cigarette. Il recracha la fumée vers le plafond en crépi.

« Je serai là dans la matinée.

– Je peux pas attendre jusque-là.

– T'as peur de quoi ? Des coyotes ? Merde, Darl, si les foutus coyotes s'en prennent à ce cheval, ça fera ça de moins à enterrer. »

Il but une gorgée de whiskey et frotta la cuisse de son pantalon de jogging à l'endroit où la condensation autour du bocal avait laissé un cercle.

« Écoute, je suis pas inquiet à cause des putains de coyotes, OK ? Mais ça peut pas attendre jusqu'au matin. Alors, est-ce que tu peux aller là-bas et faire ça pour moi ou non ?

– Non, Darl. Il est minuit. Angie est en train de dormir et je dois me lever à 6 heures. Je finis mon verre et je vais me pieuter.

– Ça prendra pas une heure.

– Une heure, mon cul. Il me faudra une heure pour tout préparer. Je vais pas m'emmerder à aller creuser un trou dans un champ pour un canasson. C'est quoi, ton problème ?

– Alors laisse-moi passer et emprunter ta pelleteuse. Je te la ramènerai avant que tu te réveilles. »

Darl était frénétique. Calvin sut au ton de sa voix que quelque chose clochait, comme on perçoit ces signes chez les personnes qui nous sont proches.

« Il s'agit pas d'un cheval.

– T'inquiète pas pour ça. Tout ce que j'ai besoin de savoir pour le moment, c'est si tu peux venir me creuser un trou dans ce champ.

– Je fais rien à moins que tu me dises ce qui se passe.

– Je peux pas, Cal.

– Alors, je viens pas. »

Calvin tira une dernière taffe sur sa cigarette, la fin du tabac se consumant jusqu'au filtre, et il écrasa la braise dans son verre.

« Bordel, fit Darl. Bordel.

– Mais qu'est-ce qui se passe ?

– Tu peux venir chez Coon Coward ?

– Coon Coward ?

– Tu peux venir ou non ? »

Calvin pensa à Angie qui dormait à l'arrière de la maison. Il détestait l'idée de la réveiller pour essayer de lui expliquer où il allait, et détestait encore plus l'idée qu'elle ouvre les yeux et découvre qu'il était parti, mais elle dormait comme une souche. *Elle ne se réveillera probablement même pas*, songea-t-il. Il ne savait pas ce qui se passait, mais il savait que Darl avait besoin de lui, sinon il ne lui aurait rien demandé, et il savait que Darl ferait la même chose pour lui si l'occasion se présentait.

La famille ne posait pas de questions. La famille donnait des coups de main. Et leur amitié avait toujours été comme ça, comme une famille.

« Oui, répondit-il finalement.

– Dans combien de temps ?

– Laisse-moi juste enfiler quelques fringues. Vingt minutes.

– Bon, d'accord, dit Darl.

– OK », fit Calvin.

Lorsque Darl eut raccroché, Calvin attrapa son paquet de cigarettes et alluma une autre clope avant de se lever. Il fixa la télévision, même s'il ne voyait pas ce qui passait ni n'entendait ce qui se disait, la tête pleine de questions tandis qu'il saisissait son whiskey et le vidait, ne laissant que les glaçons.

Le pick-up faisait un bruit de ferraille sur un tronçon défoncé de l'allée de Coon Coward, et tandis que la camionnette gravissait une petite élévation, les phares éclairèrent les pieds de Darl, puis son torse, puis ils montèrent jusqu'au haut de sa casquette. Sa tête était baissée et, lorsqu'il leva les yeux, la lumière fit de son visage une lune, ses yeux brillant comme ceux d'un animal.

Calvin éteignit les phares, coupa le moteur et sortit dans la nuit. Comme l'air était frais, il fit glisser la capuche de son sweat-shirt noir sur sa tête et enfonça ses pouces dans les poches de son jean. Les dernières stridulations des grillons de l'été résonnaient dans l'herbe couverte de rosée, mais leurs appels furent éclipsés par le craquement du gravier sous ses pas.

« Où est Coon ? » demanda Calvin lorsqu'il atteignit l'arrière de la camionnette de Darl, sur le plateau de laquelle ce dernier était assis, ses pieds se balançant au-dessus du sol.

Darl attrapa une bouteille de soda en plastique derrière lui, dévissa le bouchon et cracha une chique de tabac dedans.

« Il est pas là, répondit-il. Sa sœur est morte.

– Oh, marmonna Calvin. Alors qu'est-ce que tu fous ici ? »

Darl posa la main sur la crosse en noyer d'un fusil Savage 110 qui gisait en travers du plateau. Une plate-forme d'affût était rangée sous la boîte à outils du pick-up. Le pantalon de camouflage qui s'élevait au-dessus de ses bottes de bûcheron avait un motif différent de son tee-shirt.

« Je chasse, répondit-il.

– Tu braconnes », le corrigea Calvin.

Darl acquiesça et se gratta le coin de l'œil avec le côté de la main. Il avait un front en saillie qui plongeait ses yeux dans l'ombre, un menton protubérant qui plaçait sa barbe épaisse à l'aplomb de son nez.

« Bon, qu'est-ce qui se passe ?

– Je veux pas te mêler à ça, répondit Darl.

– Je suis là, non ?

– Oui, mais t'es pas obligé.

– Tu sais, pendant toutes ces années, chaque fois que j'ai eu besoin de quelque chose, t'as été là, pas vrai ?

– Je suppose.

– Et chaque fois que t'as eu besoin de moi, j'ai été là, non ?

– Ouais, dit Darl.

– Alors raconte. »

Darl descendit du plateau, la lueur de la nuit était vive autour d'eux. Une lune pleine s'élevait dans le ciel – une *super lune*, comme ils avaient dit aux infos –, et il y avait une éclipse lunaire qui baignait son visage d'un orange léger, de la couleur des œufs de ferme. Darl mesurait une tête de plus que Calvin. Seulement trente centimètres les séparaient à présent, et il croisa le regard de Calvin pendant une seconde ou deux, même s'il ne le soutint pas et baissa les yeux vers ses pieds.

« Bon, viens », dit-il en se retournant.

Calvin suivit Darl jusqu'au bord du bois et ils pénétrèrent dans le fourré, les fines broussailles les labourant jusqu'à la taille tandis qu'ils se fondaient parmi les arbres. Darl portait une lampe frontale par-dessus sa casquette, mais il ne l'alluma pas. La lune fournissait suffisamment de lumière pour avancer. De l'autre côté du bois, un vieux coupé Plymouth était en train de rouiller à côté d'un petit ruisseau tremblotant. Ils gravirent un petit monticule et un champ de sorgho s'ouvrit devant eux, dans lequel une grange en ruine n'était plus qu'un amas de poutres irrégulières.

Ils traversèrent le champ et s'enfoncèrent de nouveau parmi les arbres. Calvin connaissait cet endroit, il y était venu des dizaines de fois dans son enfance avec son père et son grand-père pour pêcher la truite mouchetée dans le ruisseau. Ces moments, au cours d'étés qui semblaient durer éternellement, avaient été parmi les meilleurs de sa vie. En fonction de la couleur de l'eau, le père de Calvin utilisait soit des grains de maïs Silver Queen, soit des vers rouges en guise d'appât, et ils glissaient les truites mouchetées dans une bonbonne jusqu'à avoir suffisamment de poissons pour le dîner. Son grand-père les faisait frire avec des oignons et des patates sauvages, et ces truites étaient si douces et délicates qu'ils mangeaient même la tête. Les étoiles semblaient plus vives à l'époque, et lorsque Calvin leva les yeux vers le ciel constellé, il songea qu'elles l'étaient peut-être pour de bon. Peut-être qu'il n'y avait qu'un ou deux moments comme ça dans la vie d'un homme, et peut-être que l'homme était juste une créature trop stupide pour reconnaître ces moments jusqu'à ce qu'ils soient depuis longtemps passés.

Darl retint une branche de laurier pour que Calvin puisse le suivre, après quoi il alluma sa lampe frontale et éclaira le bois. Ils étaient désormais trop enfoncés dans la forêt pour que quiconque les voie de la route.

« Laisse-moi passer en premier », dit-il tandis qu'ils continuaient de gravir le flanc de colline.

Soudain, Darl fit un bond en arrière comme si quelque chose l'avait frappé, et Calvin se prit les pieds dans l'alarme de fortune, les canettes se mettant à tintinnabuler dans les arbres au-dessus d'eux.

Calvin était empêtré dans le fil de pêche, et lorsqu'il se dégagea, il vit que la lampe de Darl éclairait des hameçons qui pendouillaient au niveau de leur visage.

« Qu'est-ce que c'est que ce truc ?

– La parcelle de ginseng du vieux, répondit Darl. Il a piégé les lieux. »

Ils continuèrent d'avancer lentement, tâtant l'air devant eux pour ne pas se faire accrocher, et au bout de quelques pas, Darl s'arrêta, sa lampe éclairant le corps. Les yeux de Calvin se posèrent d'abord sur les sillons des semelles des bottes de l'homme, puis sur ses jambes tordues, et enfin sur son torse courbé avec un bras sur le côté et l'autre tendu au-dessus. Il resta là, incrédule, ne sachant que dire, que demander, que faire, paralysé et réduit au silence par ce qu'il voyait devant lui.

« C'est qui ? » demanda-t-il finalement, ces trois mots franchissant péniblement ses lèvres.

Darl contourna le corps et s'agenouilla près de l'épaule du mort. Il pinça la visière de la casquette, lui souleva la tête et éclaira son visage. Calvin crut tout d'abord que la joue était ensanglantée, mais il s'aperçut alors que ce n'était pas du sang. La marque était trop violette, d'une teinte trop homogène. Ses yeux étaient dans l'ombre, mais la tache de vin faisait qu'il était facilement reconnaissable.

« Bon Dieu, c'est Sissy ?

– Oui, répondit Darl. C'est ce putain de Carol Brewer.

– Qu'est-ce qui s'est passé ?

– Je t'ai dit que j'étais venu chasser.

– Oui, mais comment c'est arrivé ?

– J'étais sur une plate-forme dans ce vallon et j'ai entendu quelque chose qui furetait parmi les feuilles ici, et quand j'ai regardé dans la lunette, j'ai cru que c'était un sanglier. Merde, il farfouillait à quatre pattes. On aurait dit un foutu sanglier.

– Putain, Darl. »

Calvin commençait à paniquer.

« Pourquoi t'as pas appelé quelqu'un ?

– Il était déjà mort quand je suis arrivé. Je pouvais rien faire. Personne pouvait rien faire. »

Darl releva la tête et sa lampe frontale éblouit Calvin.

« Appeler quelqu'un aurait servi à rien.

– Mais faut qu'on le fasse. Faut qu'on fasse venir quelqu'un.

– J'appelle personne. »

Calvin ne voyait pas le visage de Darl, mais la lumière remuait d'avant en arrière quand il parlait.

« Comment ça, t'appelles personne ? Faut que tu le fasses, Darl. T'as buté quelqu'un.

– Je le sais ! Tu crois pas que je le sais ? »

La voix de Darl était maintenant forte et sévère.

« Tu l'as dit toi-même. C'était un accident. Tu pourrais être jugé pour braconnage, Darl, mais c'est pas un meurtre. Pour le moment, c'en est pas un. Mais si tu fais un truc débile, ça pourrait le devenir. Tu peux pas faire quelque chose comme ça.

– Et ensuite, Cal ? Qu'est-ce que tu crois qui se passera après ça ? C'est Carol Brewer, ce putain de Carol Brewer ! *Brewer*, bon Dieu ! s'exclama Darl d'une voix sonore. Tu crois que son frère Dwayne va laisser passer ça ? Tu crois qu'il va juste dire : "Hé, mec, je sais que t'as tué mon frangin et tout, mais tu l'as pas fait exprès. Je t'en veux pas" ? Tu crois que c'est ce qu'il va dire ? »

Calvin ne répondit rien.

« J'aurais de la chance s'il essayait juste de s'en prendre à moi, reprit Darl. Mais le connaissant, sachant tout ce qu'il a fait, toi et moi on sait que ça s'arrêterait pas là. Je parie qu'il s'en prendrait à ma mère, à ma petite sœur, à ma nièce, à mes neveux, à tous ceux sur qui il pourrait mettre la main. Cet enfoiré est assez cinglé pour déterrer les os de mon père juste pour y foutre le feu.

– Tu dis n'importe quoi, Darl.

– Ah oui ? »

Il baissa les yeux vers le cadavre et la lampe éclaira le visage de Carol Brewer. À l'endroit où la balle était ressortie de l'épaule, la blessure était incrustée de fragments de feuilles et d'aiguilles de pin.

« Alors, tu vas faire quoi ?

– Je vais l'enterrer. Je vais l'enterrer et personne en saura jamais rien.

– T'as perdu la tête, Darl. T'es complètement dingue.

– Écoute, si tu veux t'en aller, dis-le. Je t'ai dit que je voulais pas te mêler à ça. Alors si tu veux partir, retourne-toi maintenant et oublie tout, et je ferai ce que j'ai à faire.

– Alors pourquoi t'as appelé ?

– Parce que j'avais besoin d'un service, Cal, et j'ai personne d'autre à qui demander. »

Calvin regarda le corps qui gisait entre eux. Une teinte d'un bleu violacé, presque de la même couleur que la tache de naissance, recouvrait le dessous des bras de Carol comme une ecchymose. Calvin s'agenouilla à côté de lui et posa la main sur son avant-bras. Sa peau était froide et ses muscles raides, mais il ne dégageait aucune odeur. Pas encore. Aucune des horreurs de la mort ne l'avait atteint au cours des dernières heures.

Il se releva et regarda les arbres qui se dressaient au-dessus de lui et bloquaient la lueur des étoiles. Tout à coup, il eut l'impression d'être cerné. Il pivota lentement sur lui-même, scrutant le bois plongé dans l'obscurité, le bruit des dernières sauterelles assourdissant tandis qu'elles pleuraient le changement de saison. À cet instant, il sut qu'il se trouvait pris dans une chose qui ne serait jamais oubliée, une chose qu'il emporterait avec lui et trimballerait pour le restant de sa vie. Il n'y avait pas de retour en arrière.

Cette simple certitude le ravagea.

4

Au bout d'Allens Branch, Sissy partageait une petite cabane blanchie à la chaux avec toute une ribambelle de rats bruns et de mulots, plus un opossum d'un blanc crayeux qu'il appelait Milkjug. L'opossum dormait dans le vide sanitaire, et Sissy en était venu à aimer mettre chaque soir les restes de nourriture sur une assiette qu'il plaçait sur les marches de derrière pour regarder l'animal engloutir n'importe quoi, des biscuits au maïs à la crème. La petite maison délabrée était celle où Red Brewer avait grandi, et après la mort de ses parents, ce dernier en avait donné les clés à ses fils.

Pendant des années, Dwayne et Carol avaient partagé une chambre, une petite cuisine, un espace de vie et une extension au sol en terre battue qui faisait office de salle de bains, jusqu'à ce que leurs parents meurent, cinq ans plus tôt. Quand Red et sa femme avaient fait une sortie de route dans Cabbage Curve, Dwayne était retourné vivre au bout de la route dans leur maison d'enfance, laissant son frère se débrouiller seul.

Dwayne était assis dans le canapé de Carol, en train de se tourner les pouces, depuis 20 heures. Son frère lui avait dit dans la matinée qu'il irait cueillir du ginseng et serait de retour à 19 heures, mais il était près de minuit et Dwayne ne l'avait toujours pas vu. Les ressorts du canapé étaient foutus, si bien qu'il était enfoncé dans les coussins qui sentaient le renfermé comme s'il était tapi dans un terrier de renard. Une lampe en verre ambré de l'autre côté de la pièce projetait sur les murs une fausse lumière chaleureuse qui rappelait des flammes pendant qu'un écran plat de cent vingt-sept centimètres diffusait à fond la voix rauque d'un camelot qui vendait des couteaux. Dwayne regarda le jeu de lames japonaises qui était présenté tout en attrapant une boîte à pizza posée au bord d'une table en rotin blanc près de ses genoux. Il souleva le couvercle en carton et trouva une portion à moitié mangée par un rongeur, arracha la partie qui avait été mâchonnée et avala ce qui restait d'une traite, comme un serpent.

Depuis une heure il se chronométrait en train de démonter et remonter son Colt 1911 le plus vite possible avec les yeux fermés. Son record jusqu'alors était un poil au-dessus de deux minutes, mais il était certain de pouvoir gagner encore dix secondes s'il se concentrait. Le chargeur était plein, une balle dans la chambre comme toujours, lorsqu'il attrapa l'arme sur l'accoudoir du canapé. Il plaça le pistolet sur sa cuisse droite, posa la main à plat dessus, puis lança le chronomètre de son téléphone portable de sa main libre, fermant aussitôt les yeux et se mettant au travail.

Il appuya sur le verrou du chargeur, qui tomba sur ses cuisses, puis il tira sur la glissière pour éjecter la balle de la chambre. Il entendit le *tink* du cuivre lorsque la cartouche fut projetée sur le canapé à côté de lui, et il replaça immédiatement la glissière et retourna l'arme vide vers lui. Coinçant le pistolet entre ses cuisses, il appuya sur le ressort récupérateur avec son pouce droit puis tourna la bague de verrouillage dans le sens des aiguilles d'une montre, permettant au ressort et au bouchon de glisser sous le canon. L'étape suivante était la plus difficile à réaliser sans regarder. Il tira sur la glissière et tenta d'aligner l'arrêtoir de culasse avec une encoche en demi-lune située sur le côté gauche. Lorsqu'il y fut parvenu, il libéra l'arrêtoir, retourna le pistolet, ôta la glissière, puis retira la tige guide et le canon. L'arme était désormais démontée, les parties soigneusement disposées sur le coussin à sa gauche, et il répéta ses gestes en sens inverse. Une fois l'arme remontée, il inséra le chargeur, tira sur la glissière et ouvrit les yeux. Le chronomètre indiquait 2'16''.

« Allez, Dwayne », marmonna-t-il avec déception, actionnant la sécurité pour bloquer le marteau. Il éjecta le chargeur et réengagea la cartouche qui avait été projetée sur le coussin à sa droite avant de reposer l'arme sur l'accoudoir. Lorsqu'il eut fini, il attrapa une canette de Budweiser sur la table en rotin, essuya la condensation qui la recouvrait et but une longue gorgée de bière tiède. Le mot « America » était inscrit en caractères cursifs sur le côté de la canette.

Quelque chose à proximité de la porte attira son attention et il plissa les yeux pour mieux voir. Un rat brun fouinait dans le coin de la pièce. Dwayne attrapa lentement le pistolet. Une fois l'arme en main, il abaissa la sécurité et visa, alignant les trois points de la mire avec le corps de l'animal. Le rat l'observa et se recroquevilla en boule, semblant se demander s'il était caché ou exposé. Mais il n'était plus temps de se poser de telles questions. Le marteau s'abaissa et le coup de feu illumina brièvement les murs, la détonation assourdissante dans la minuscule pièce en désordre. Le son résonna dans la tête de Dwayne, et il abaissa son arme pour regarder. La balle de .45 à pointe creuse avait coupé net le corps de l'animal en deux. La partie arrière du rat se débattait sur le sol tandis que la partie avant, toujours consciente, se mit à tourner sur elle-même sur ses pattes, puis rampa jusqu'à la moitié arrière qui gigotait et se jeta dessus comme si ce sale truc vivant était le responsable.

Dwayne Brewer éclata de rire comme si c'était la chose la plus drôle qu'il ait vue de sa vie. Il était presque en larmes lorsqu'il reposa le pistolet à côté de lui sur le canapé et regarda l'endroit où le sang avait éclaboussé le mur, la viande d'un violet rougeâtre semblable à de la chair de gibier. Ses yeux glissèrent sur le mur jusqu'à la photo de son arrière-grand-mère qui était accrochée dans un cadre doré richement orné. Depuis son enfance, il l'avait toujours vue là. Ses cheveux étaient coiffés en chignon, une fraise blanche étreignait son cou épais au-dessus d'une robe en laine sombre. Le verre dépassait du cadre, si bien qu'on avait toujours l'impression qu'elle allait sortir dans la pièce, ce qui effrayait Dwayne quand il était gosse. Il se leva et traversa le salon, essuya du pouce une tache de sang sur le verre et l'étala sur son pantalon.

La femme sur la photo ne souriait pas. Elle arborait un regard vide, le visage semblable à celui de sa grand-mère, des traits arrondis qui avaient été transmis à son frère. Il se demanda ce que foutait Carol, puis jeta un coup d'œil au rat mort entre ses bottes, secoua la tête et sourit en pensant : *Sissy va adorer.* Dwayne poussa doucement l'animal du bout du pied. Il était bien mort. Puis il rassembla ses affaires et sortit car il en avait sa claque d'attendre.

La Buick Electra de 1978 que Dwayne Brewer avait héritée de ses grands-parents roulait toujours du feu de Dieu. Il y avait un peu de rouille autour des passages de roue et le châssis avait été presque rongé par trois décennies de routes couvertes de sel et de neige en hiver. Mais la peinture bordeaux brillait toujours par endroits et le vinyle blanc sur la partie arrière de la capote n'avait pas totalement disparu. Outre le fait que c'était une pure beauté, la vieille deux portes flottait sur les chemins défoncés comme un foutu hors-bord.

Dwayne était en train de bidouiller le bouton de la radio pour essayer de capter le sermon d'un prêcheur de pacotille lorsqu'il prit un virage trop large pour s'engager dans Caney Fork et força un automobiliste qui arrivait en sens inverse à foncer dans le fossé. La route serpentait et montait avant de redescendre vers des terres agricoles où certaines années on faisait pousser du maïs et d'autres années des fraises, et où chaque année on voyait les cerfs de Virginie sortir des haies le soir pour brouter l'herbe des champs tandis que les derniers rayons du soleil diffusaient une lumière jaune avant de disparaître.

Il tourna dans Moses Creek et se dirigea vers la propriété de Coon Coward en espérant y trouver son frère. Un chemin boueux partait vers la droite, deux sillons de terre rouge qui s'enfonçaient dans le bois là où les pneus des tracteurs avaient mis le sol à nu tandis que l'herbe montait à hauteur de genoux au milieu. Cent mètres plus loin, les feux arrière de la Grand Prix de Carol Brewer se mirent à rougeoyer à l'approche de Dwayne. Il se gara derrière, attrapa une canette dans le pack ouvert sur le siège passager, l'ouvrit et sortit.

Dwayne but une longue gorgée de bière, posa la canette sur le toit de la voiture de son frère et ouvrit la portière en se disant que ce connard avait dû tomber dans les pommes derrière le volant. La bagnole était vide. Il se pencha à l'intérieur et attrapa un paquet souple de Doral 100 froissé, en sortit une cigarette et l'alluma avec un briquet qui se trouvait sur la console centrale. À travers les arbres, il crut apercevoir une lampe torche, mais lorsqu'il fit un pas en avant et appela son frère, la lumière disparut et il supposa que c'était un feu follet ou le produit de son esprit alcoolisé. *Je parie que cet enfoiré est tombé sur une mine d'or*, pensa Dwayne, conscient que si son frère avait trouvé l'une des parcelles de ginseng de Coon Coward, il risquait de passer toute la nuit à creuser.

Il fit descendre une gorgée de bière avec une taffe de la Doral de son frère, puis il marcha jusqu'à l'arrière de la voiture et inscrivit « Sissy est une tapette » dans la poussière qui recouvrait la lunette arrière. Il suivit du regard les sillons laissés par les tracteurs, dont il savait qu'ils menaient à un vieux champ où les fermiers avaient l'habitude de faire brouter leur bétail quand il faisait trop chaud. L'automne était dans l'air, même si les derniers sons de l'été emplissaient toujours les bois, et il ferma les yeux et sentit le monde se refermer autour de lui.

De retour dans sa voiture, il démarra et longea le sentier en marche arrière, la Buick faisant un bond lorsqu'elle atteignit la route goudronnée. Il repartit par où il était arrivé, quittant Caney Fork en prenant la route 107 vers la droite, pied au plancher. À la sortie d'un virage, il perçut une lueur brun pâle derrière les montagnes, un ciel voilé souillé par la pollution lumineuse de l'université. La silhouette noire de la ligne de crête se détachait au-dessus, les éclairages des maisons mouchetant cette noirceur de sorte que le monde semblait avoir été renversé, le sol soudain piqueté d'étoiles, les nuages désormais couleur terre.

Quand il passa devant l'université, il avait décidé ce qu'il ferait du reste de la soirée. Il irait chez O'Malley et au No Name, ferait peut-être un détour par la nouvelle brasserie, histoire de voir quel bar était le plus bondé. Les étudiants avaient un établissement à l'arrière du campus nommé Tucks, mais la police de la fac était toujours là à surveiller. Dwayne était habitué aux endroits où on avait peur de servir des boissons dans du verre, aux endroits où les nuits se terminaient sur le parking avec des couteaux et des sirènes, aux endroits qui n'existaient plus, comme le Rusty Lizard. *Bon Dieu, ces soirées au bon vieux Crusty Rusty,* songea-t-il. Le monde était devenu tellement mou.

Autrefois, pour prendre part à une baston de bar, il suffisait de marcher sur les pompes de quelqu'un. Désormais, il était obligé de provoquer pendant toute la soirée les gens pour qu'on finisse par le bousculer. Dwayne voulait trouver une bande d'étudiants imbibés d'eau de Cologne avec la raie au milieu et de belles chemises, et il voulait casser une de ces jolies petites gueules juste histoire de la voir saigner. Avec un peu de chance, ils lui sauteraient dessus comme une meute de chiens et il s'éclaterait comme jamais jusqu'à ce que les lumières bleues arrivent et que tout le monde se disperse. Il espérait que quelqu'un dégainerait un couteau pour pouvoir dégainer le sien. C'était vendredi soir, après tout, et un homme méritait de s'amuser un peu.

5

Darl et Calvin tirèrent Carol Brewer hors du bois dans une vieille bâche que Darl gardait derrière la banquette de sa camionnette, et ils chargèrent le corps sur le plateau de sa Tacoma cabossée. Calvin le suivit jusqu'à la maison, parfois si près que ses phares disparaissaient du rétro de Darl. Même si ce dernier n'avait pas eu l'intention d'entraîner Calvin dans cette histoire, il avait désormais les deux pieds dedans et y serait bientôt jusqu'au cou. Malgré le plan de Darl, Calvin avait insisté pour qu'ils enterrent le cadavre derrière la ferme de sa famille.

Au bout de la route il y avait une grappe de boîtes à lettres, toutes de couleurs différentes, avec des numéros différents, mais toutes partageant le même nom. Avant même que ce comté en soit un, cette terre avait appartenu aux Hooper. Ils étaient neuf de la famille de Calvin à avoir signé la pétition du 10 décembre 1850 pour qu'une nouvelle juridiction soit formée à partir de celles d'Haywood et de Macon. L'une de ces signatures était tellement illisible que le prénom était indéchiffrable, mais ça n'avait aucune importance car le nom de famille était quand même Hooper. Cette terre leur appartenait alors comme elle leur appartenait maintenant. Ici, le sang était lié à l'endroit, de la même manière que certains noms étaient liés aux montagnes et aux rivières, aux combes et aux vallons, aux arbres et aux fleurs et à tout ce qui valait qu'on lui donne un nom. Les gens et les endroits étaient inséparables, liés depuis si longtemps que personne ne savait comment les séparer.

Darl resta assis dans sa camionnette sur la place de stationnement poussiéreuse près des boîtes à lettres, ses phares illuminant une barrière à bétail dont Calvin était occupé à défaire la chaîne. Lorsqu'elle fut ouverte, Darl s'approcha avec sa vitre baissée et son bras posé sur la portière. La nuit était brumeuse sous la lune rouge sang, si bien que le monde semblait baigner dans une lueur vaporeuse couleur rouille. Calvin se tint près de la vitre et jeta un coup d'œil au plateau de la camionnette de Darl.

« Quand tu atteindras le champ du milieu, coupe tes phares pour ne pas éclairer la maison.

– OK, répondit Darl.

– Dirige-toi vers ce pâturage à l'arrière et tu verras l'endroit où j'ai déterré des souches. J'arrive dans deux minutes. Ce diesel est trop bruyant pour que je traverse ce champ sans qu'on l'entende de la baraque. »

Calvin désigna sa camionnette d'un geste de la tête.

Darl s'engagea dans le champ et Calvin referma la barrière derrière lui. Tandis que Darl traversait le pâturage, ses phares illuminèrent les yeux de vaches angus et hereford qui se tenaient immobiles dans l'avoine. La famille de Calvin avait autrefois possédé près de cent têtes, mais il n'en restait plus désormais que vingt ou trente. Un renard roux s'arrêta net et les observa un moment avec ses yeux embrasés, avant de lever la truffe et de se lancer au petit trot à la poursuite d'une bête qui était passée par là.

Le pâturage était principalement plat, mais il s'élevait à l'arrière avant de redescendre vers le champ du milieu. Darl éteignit les phares en approchant de la clôture. Il sentit l'humidité de l'air sur ses bras lorsqu'il sortit pour ouvrir la barrière. Il y avait suffisamment de lumière pour y voir clair lorsqu'il traversa ce deuxième pâturage, dont l'herbe broutée était semblable à une courte barbe ébouriffée. Le champ descendait jusqu'à un petit ruisseau où Calvin et lui avaient attrapé des lézards de printemps durant leur enfance et fait sortir des écrevisses de sous les pierres couvertes de lichen avec des bouts de saucisse accrochés à des hameçons. Le dernier pâturage était plus long que large, et tout au fond, des monticules de terre rouge s'élevaient à côté d'une petite pelleteuse Cat des années 1980. Darl s'arrêta à côté de l'engin et coupa le moteur.

De sa camionnette, il regarda la propriété dans son rétro et attendit que Calvin franchisse la colline. Il pensa aux nombreuses générations de Hooper à qui cette terre avait appartenu, et il se demanda combien de temps ça durerait. *Les noms sont un drôle de truc*, songea-t-il. Ils étaient liés aux endroits et aux professions et aux conditions sociales, ce qui poussait les gens à poser des questions comme : « Alors, vous êtes un McCall de Little Canada ou un McCall de Glenville ? » À quoi vous pouviez répondre : « Oui, je suis de Little Canada » ou « Oui, je suis de Glenville » ou « Nan, ma famille est de Balsam Grove ». Certaines familles cultivaient la terre et certaines familles construisaient des maisons, certaines conduisaient des machines de chantier et d'autres tenaient des boutiques, certaines étaient dans les forces de l'ordre et d'autres étaient hors la loi. À un moment, dans un passé assez lointain, la plupart des noms avaient été liés entre eux, mais ils avaient une histoire qui pouvait pousser quelqu'un à dire une chose comme : « Oui, c'est le côté Frank qui ressort en elle », quand Leigh Ann Rice était peu aimable à l'épicerie Ingles, si bien que même si vous les perdiez en vous mariant, les noms avaient le don de vous coller à la peau. Darl pensa à la personne morte à l'arrière de son pick-up. Brewer était un nom qui exigeait que l'on fasse les choses de la sorte.

Une silhouette apparut sur la colline, comme si elle s'était arrachée au sol. Tandis qu'elle approchait, Darl entendit le bruissement des pas dans le jonc qui arrivait à hauteur de taille, et après quelques moments Calvin fut à côté de lui. Darl descendit de la camionnette et ils se tinrent près de la roue arrière, le visage dénué d'expression tandis qu'ils observaient ce qui gisait devant eux. Calvin marcha jusqu'à la pelleteuse et mit le moteur en route. Le diesel crachota bruyamment, mais aussi loin dans le champ le vacarme était contenu, les bois et la terre offrant une barrière de protection.

Il ne fallut pas longtemps pour creuser la tombe, et lorsque ce fut fait, ils roulèrent le corps hors de la bâche. Darl refusa de regarder pour voir comment reposait Carol au fond du trou. Calvin le combla de terre comme s'ils recouvraient une canalisation d'eau après une réparation, et lorsque la tombe fut remplie, il tassa la terre avec le poids de l'engin dont le godet était relevé. La nuit était presque finie, et ils retraversèrent le champ avec un léger souffle de lumière qui s'élevait derrière la crête à l'est.

Ils étaient assis à la table de la cuisine, en train de boire du café avec une brume de fumée de cigarette qui flottait au-dessus d'eux, lorsque Angie Moss arriva de la chambre. Elle portait un tee-shirt Guy Harvey miteux qui appartenait à Calvin avec une paire de jeunes ombrines ocellées dans le dos. Les manches lui descendaient jusqu'aux coudes et le bas lui coupait le milieu des cuisses comme si elle ne portait rien d'autre. Elle s'arrêta à la porte et se tint là en se grattant l'arrière de la tête, les yeux encore pleins de sommeil.

Darl eut soudain conscience de l'étrangeté de la situation, du fait qu'ils étaient dans une pièce si familière, une pièce où il s'était trouvé des milliers de fois au fil des années, après ce qu'ils venaient de faire. Rien ne semblait encore totalement réel. Ce n'étaient pas des hommes habitués à une telle noirceur. C'étaient des hommes ordinaires – des travailleurs acharnés, des types qui ne rechignaient pas à la tâche, le genre de personnes qui se levaient et filaient à l'église –, et ils étaient terriblement affectés par ce qu'ils venaient de voir, par l'endroit d'où ils revenaient. Une sensation d'engourdissement et d'incrédulité lui creusait les entrailles, la vérité de ce qu'ils savaient comme un feu piégé dans sa chair.

« Qu'est-ce que vous fichez ici ? » demanda Angie.

Aucun des deux ne répondit. À voir l'expression de Calvin, on aurait dit que lui et Darl s'étaient fait prendre la main dans le sac. Angie les regarda tour à tour, tentant de comprendre s'il y avait une blague dont elle n'avait pas conscience, quelque chose qu'elle ne saisissait pas.

« Content de te voir », dit finalement Darl.

Il se força à arborer une mine enjouée, pensant : *Comporte-toi normalement. Souris.*

Angie marcha jusqu'à la cafetière et il l'observa, examina la courbure de ses jambes, la façon qu'avaient ses seins de se balancer sous son tee-shirt lorsqu'elle s'approcha de la table. Elle s'assit sur une chaise au dossier en échelle et souffla sur la vapeur qui s'élevait de sa tasse, tenta de boire une gorgée puis la reposa pour qu'elle refroidisse. Même au réveil, elle était tellement splendide que c'était difficile de ne pas rester bouche bée. Ses cheveux blonds avaient des ondulations naturelles, ses yeux étaient vert bouteille. Des taches de rousseur mouchetaient son nez et ses joues comme des éclaboussures de boue. Elle passa sa main dans ses cheveux jusqu'à ce qu'ils soient tous repoussés par-dessus son épaule droite.

Calvin avait allumé une nouvelle cigarette et elle tendit la main pour la lui prendre des doigts. Il glissa un paquet ouvert sur la table, avec un briquet posé dessus.

« Je n'en veux pas une entière, dit-elle. J'essaie d'arrêter. »

Il lui tendit sa clope et elle prit une longue bouffée, retenant la fumée pendant ce qui sembla une éternité avant de la recracher du coin de la bouche. Ses jambes étaient croisées et elle balançait son pied, ce simple geste faisant trembler tout son corps. Elle commença à tendre la cigarette à Calvin, mais tira une autre taffe vite fait avant de la lui rendre.

« Vraiment, Darl, qu'est-ce que tu fiches ici si tôt ?

– Je suis venu voir Calvin pour un boulot. »

Il regarda Calvin par-dessus la table, et ce dernier baissa les yeux et fit tomber un peu de cendre dans le cendrier en verre.

« Pourquoi t'es couvert de boue ? »

Darl regarda son pantalon de camouflage et ses bottes maculés d'argile rouge séchée.

« Certains d'entre nous ont personne pour leur faire leur lessive.

– C'est peut-être une partie de ton problème, chef. Tu cherches une femme qui fera la cuisine et le ménage et qui en plus sera obligée de voir ta tête. » Elle fit un grand sourire, plaça ses deux mains autour de sa tasse et la leva devant sa bouche. « C'est pas gagné. »

Calvin termina son café, puis il se leva et marcha jusqu'au réfrigérateur. Il ouvrit la porte et regarda à l'intérieur sans trouver quoi que ce soit qui le tente, après quoi il alla se servir ce qui restait dans la cafetière.

« À quelle heure tu dois être en cours, aujourd'hui ? » demanda-t-il lorsqu'il revint à la table.

Angie étudiait pour devenir infirmière diplômée. Elle était plus jeune de huit ans que Calvin, mais avait la tête sur les épaules. Elle avait grandi là, comme eux, sa famille venant de Bradley Branch Road, à Whittier.

Elle regarda Calvin, confuse.

« On est samedi, dit-elle.

– Oh, oui, fit Calvin. Qu'est-ce que t'as de prévu ?

– Je pensais aller à la brocante d'Uncle Bill pour voir si je pourrais trouver des rideaux. »

Elle désigna de la tête le salon.

« Il y a une femme là-bas qui a tout un tas de linge de maison et de rideaux. Elle a un de ces électrolarynx.

– Un électro quoi ? »

Angie porta la main à sa gorge et imita le son électronique :

« Ça fera 10 dollars et 15 cents », grogna-t-elle.

Darl et Calvin conservèrent un visage de marbre.

« C'est quoi, votre problème ? »

Ils ne répondirent rien.

« Bon, je vais faire un saut là-bas pour essayer de trouver des rideaux, et ensuite je passerai voir ma mère pour vérifier si elle a besoin que je fasse quoi que ce soit pour elle. Elle est malade comme un chien depuis une semaine et demie. Je parie que mon père la laisse crever de faim. »

Ils restèrent assis quelques minutes sans rien dire, chacun sirotant son café, les yeux braqués droit devant lui. Il y avait une lueur onirique dans la cuisine à mesure que le matin se levait et filtrait par les minces rideaux blancs et les vieilles vitres en verre crown. Darl était assis là, comme dans un rêve, avec la pièce autour de lui, Calvin et Angie à ses côtés, et tout semblait irréel.

« Tu sais, je ne crois pas que la saison de la chasse à l'ours ouvrira avant quelques semaines, Darl », déclara Angie.

Ses paroles avaient été soudaines et elles le prirent au dépourvu. Il la regarda, confus.

« De quoi tu parles ?

– J'ai dit que je ne crois pas que la saison de la chasse à l'ours ouvrira avant une ou deux semaines, pas vrai, Cal ? » Elle regarda en direction de Calvin, puis reposa les yeux sur Darl. « La saison du cerf n'ouvre pas avant Thanksgiving. Donc si tu ne peux chasser ni l'ours ni le cerf, qu'est-ce que tu fais, exactement, habillé comme ça ? Tu te prépares pour Halloween ? »

Darl ne répondit pas. Il baissa les yeux vers la tenue de camouflage qu'il portait et aucun mot ne lui vint à l'esprit. Ça l'effraya de ne pas avoir de réponse.

« Bon Dieu ! Vous parler, c'est comme parler à deux macchabées, ce matin, déclara Angie. Je te taquine juste. Je m'en fiche que tu braconnes le cerf toute l'année tant que tu m'en apportes un peu. »

Elle se leva et marcha jusqu'à la paillasse. Elle replia un torchon à carreaux qui recouvrait un saladier en bois rempli d'œufs frais. Elle ouvrit un placard, attrapa un bol en verre, y cassa des œufs de différentes couleurs et se mit à les battre avec une fourchette.

« Tu sais, un jour mon père a tué une biche quelque part vers Whiteside Cove, et c'était le soir avant l'ouverture de la chasse à la biche. Alors il s'est dit qu'il la laisserait dans la forêt pendant la nuit jusqu'à ce qu'il puisse revenir la chercher. » L'histoire d'Angie se mêlait au son de la fourchette cognant contre le bord du bol. « Donc il a dépouillé l'animal et il l'a enfoncé dans une mare à castors pour qu'il ne s'abîme pas, puis il est revenu le lendemain matin et il l'a ressorti. Et quand il l'a apporté à Burt Hogsed le lendemain, mon père dit que Burt a levé les yeux vers lui et a demandé : "D'où vient cette biche ? Il y a tout un tas d'écrevisses dedans." Et il dit qu'il a répondu : "Ces bêtes, ça mange n'importe quoi quand ça a faim." »

Angie secoua la tête et éclata de rire, puis elle revint à la table.

Darl croisa son regard et esquissa un sourire forcé.

« Je ferais bien d'y aller, dit-il.

– Pourquoi tu ne restes pas pour le petit déjeuner ? Je vais faire des œufs brouillés et je crois qu'il y a des saucisses là-dedans à finir. Je vais les préparer, de toute manière.

– Non, vaut mieux que j'y aille », répondit Darl.

Il se leva et étira les bras sur les côtés.

« Bon, prends au moins quelques œufs. » Angie attrapa le saladier en bois et le lui tendit. Il renfermait un mélange d'œufs bruns et couleur crème, quelques verts et quelques-uns d'un bleu pâle. « Il y a des boîtes empilées là-bas sur la machine à laver. On a des œufs à ne plus savoir qu'en faire.

– C'est bon, répondit-il. Vraiment. »

Angie marcha jusqu'à lui et se dressa sur la pointe des pieds pour lui faire une bise sur la joue. Il sentit ses lèvres humides et froides sur sa peau. Son visage était en feu.

Dehors, il n'y avait pas un nuage dans le ciel et le soleil était déjà apparu au-dessus du flanc de la montagne pour faire s'évaporer la brume des champs. Un croisement entre une poule araucana et une rhode-island grattait au bord de la maison, picorant des asticots et des graines dans l'herbe. Calvin suivit Darl jusqu'à l'allée et ils se tinrent à côté du pare-chocs avant du pick-up de

Darl. La ferme blanche était telle qu'elle avait toujours été. Le toit en tôle était plus neuf, mais tout le reste était inchangé : une petite structure de plain-pied aux murs blancs avec des volets noirs ; un porche au centre de la façade orné de colonnes décoratives en fonte noire avec des plantes grimpantes et des feuilles, comme autrefois dans toutes les maisons du Sud. Darl regarda Calvin et vit le garçon qu'il avait connu toute sa vie derrière le visage de l'homme, les mêmes yeux verts, la même mâchoire carrée. Les gens avaient toujours trouvé qu'ils se ressemblaient comme des frères, mais Calvin était petit et trapu alors que Darl était grand et maigre.

« Elle a pas dû se réveiller quand je suis parti cette nuit », observa finalement Calvin.

Il faisait face à la maison, adossé à la calandre, pendant que Darl était penché au-dessus du capot de la camionnette et regardait vers la route.

« Probablement pas. »

Calvin se retourna et appuya ses coudes sur la peinture rêche et usée du capot.

« Bon, et maintenant ?

– Comment ça ?

– Qu'est-ce qu'on fait ?

– On fait rien. On va bosser et on fait comme d'habitude.

– Et s'il se passe quelque chose ?

– Il va rien se passer », répondit Darl, même si le fait de dire ça ressemblait presque à une malédiction.

Il regarda autour de lui à la recherche d'un morceau de bois à toucher mais ne trouva rien à portée de main.

« Mais s'il se passe quand même quelque chose ? » insista Calvin.

Il y avait de la peur dans sa voix.

« Alors ce sera pour moi. »

Calvin regarda Darl avec une expression coupable et inquiète.

« J'endosserai tout, Calvin. T'as ma parole. Pas la peine de t'en faire. »

Calvin n'ajouta rien, mais il resta là pendant une minute ou deux tandis que le matin se levait autour d'eux. Ni l'un ni l'autre ne dirent au revoir quand Calvin reprit le chemin de la maison. Darl attendit devant son pick-up qu'il soit à l'intérieur.

Lorsqu'il eut disparu, il grimpa dans sa camionnette et resta assis en laissant le moteur tourner pendant une minute de plus, regardant la maison d'un air absent. Rien ne s'était encore fixé dans son esprit, ce qu'ils avaient fait pendant la nuit semblant aussi irréel et onirique que s'il avait tout imaginé. Il ne s'était pas écoulé assez de temps pour qu'il sache si c'était une chose avec laquelle on pouvait vivre, ou si ça le rongerait. Ils étaient encore trop proches des événements pour les voir avec une quelconque perspective.

Il attrapa une boîte de Skoal Wintergreen sur la banquette, plaça une épaisse boule de tabac contre ses gencives et enclencha la marche arrière. Près des boîtes à lettres, il resta assis avec l'esprit vide, engourdi, ne sachant s'il devait tourner à droite ou à gauche. Il connaissait le chemin pour rentrer chez lui, mais les choses qui avaient toujours été simples ne le seraient plus jamais.

6

Au bout de trois jours, la culpabilité avait presque totalement rongé Darl Moody. Il se réveilla soudain d'un rêve, les draps trempés de sueur, incapable de s'ôter de la tête l'image des vêtements imprégnés de sang de Carol Brewer.

Assis sur le banc de l'église à côté de sa mère la veille au matin, il avait écouté le prêtre raconter l'histoire de Joseph et de ses frères, Joseph recevant un message de Dieu et ses frères, emplis de jalousie, complotant pour le tuer avant de simuler sa mort et de le vendre comme esclave. C'était l'image de la tunique – le tissu maculé de sang animal, les frères la portant à leur père pour lui prouver que Joseph était mort – qui avait dû déclencher le rêve. Darl avait vu des taches cramoisies mouchetant une épaisse étoffe comme des pétales de rose, une flaque sombre se répandant, si noire en son centre qu'elle semblait infinie, sans fond. Il avait eu l'impression que s'il avait glissé et était tombé dedans, il aurait continué de chuter éternellement.

Quelque chose en lui ne cessait de lui dire *Confesse-toi,* et plus il y pensait, plus il se disait qu'aller voir le shérif serait le seul moyen d'apaiser sa conscience. C'était facile de savoir ce qui était bien ou mal. Le plus difficile, c'était de renoncer à sa vie, d'avoir le courage de regarder autour de soi et de dire : *Oui, je vais tout abandonner pour arranger les choses.* Allongé dans son lit ce lundi matin, accablé par les conséquences de son acte, il avait décidé d'attendre une semaine. C'était peut-être égoïste, mais s'il devait aller jusqu'au bout, il avait besoin de savoir ce qu'il mettait en jeu. Il avait besoin de faire un bilan précis.

Ce matin-là, il se rendit chez sa sœur, Marla. Elle et son mari vivaient dans un parc à mobile homes à cinq cents mètres au sud du Jimmy's Mini Mart à Tuckasegee avec leurs trois fils et leur petite dernière. Le petit matin baignait de jaune automnal un bosquet de peupliers. Une lumière chaude et dorée filtrait à travers les rideaux en lin, mais dans une maison où vivait une enfant de deux ans, on ne remarquait pas ces choses.

De la fumée emplissait la cuisine et l'alarme incendie hurlait. Marla agitait un torchon sale pour faire de l'air tandis que son mari, Rusty, courait vers la porte d'entrée en tenant une lourde poêle en fonte. Leur fille de deux ans, Ruth, beuglait sur sa chaise haute, ses minuscules doigts rendus poisseux par de la compote de pomme. Elle souffrait d'un syndrome pieds-mains-bouche qui l'avait recouverte de rougeurs et transformée en une sirène assourdissante de douze kilos. Les garçons, qui avaient tous une tête de différence si bien que lorsqu'ils étaient côte à côte on aurait dit une volée de marches, se chamaillaient pour des miettes de pain. Darl regarda le chaos dans la minuscule cuisine en songeant à quel point tout ça lui manquerait.

Une brume assombrissait la pièce, mais l'alarme s'arrêta et Rusty rallongea son café avant de se rasseoir à la table. Il flottait une odeur d'œufs au bacon brûlés. Marla portait un peignoir miteux et ses cheveux étaient tirés en une queue-de-cheval grasse. Ses pieds nus produisirent un bruit semblable à un chien en train de se lécher les babines lorsqu'elle s'écarta de la gazinière et traversa le lino poisseux avant de glisser une assiette sur la table. Un amas d'œufs brouillés carbonisés posé à côté de quatre morceaux de bacon aussi noirs que des traverses de voie ferrée. Rusty semblait si fatigué qu'il ne s'en rendit même pas compte. Il se contenta d'attraper le sel et le poivre, puis assaisonna à la hâte la nourriture et mangea sans dire un mot.

Darl regarda Rusty avaler son petit déjeuner bouchée après bouchée, et il se demanda combien de temps il tiendrait le coup, combien de temps ils tiendraient tous le coup. Dix ans plus tôt, Rusty avait possédé un camion Peterbilt d'un noir brillant, couvert de chromes et doté d'un frein par compression qui faisait un tel boucan qu'on aurait dit que quelqu'un tirait à la mitrailleuse dans la montagne. Il travaillait pour lui, alternant trois semaines sur la route et une à la maison, gagnant de l'argent à ne savoir qu'en faire, engrangeant le fric à tour de bras. Puis un jour il avait eu une attaque. Et quelques jours plus tard, il en avait eu une autre. Elles étaient arrivées de nulle part et lui avaient pris tout ce qu'il avait. L'État lui avait retiré son permis poids lourd, et même son permis normal. Il ne pouvait plus conduire de machines de chantier comme il l'avait fait pendant l'essentiel de sa vie. Il ne pouvait même plus conduire une voiture. Un type qui travaillait au garage du comté l'emmenait chaque matin au tribunal, où il récurait les toilettes, lavait les vitres et vidait les poubelles, rapportant à la maison à peine de quoi sombrer lentement.

Rusty racla son assiette avec sa fourchette et avala ce qui restait. Il vérifia l'heure sur le micro-ondes, attrapa son déjeuner sur la paillasse, embrassa sa femme et ébouriffa les cheveux de son plus jeune fils avant de saluer Darl d'un geste de la tête et de sortir, trop fatigué et abattu pour pouvoir parler.

Il n'y avait désormais plus que Darl, Marla et les enfants. Ruth continuait de hurler à pleins poumons et Marla faisait la vaisselle tandis que les garçons léchaient leurs assiettes et les déposaient dans l'eau savonneuse. Un klaxon retentit dehors et les frères allèrent à la hâte chercher leur cartable, leurs pas secouant le minuscule mobile home comme des coups de tonnerre, puis ils sortirent et se mirent à courir pour ne pas laisser aux autres enfants du parc les sièges près des vitres dans le bus scolaire. Lorsqu'ils furent partis, Marla s'essuya les mains sur son peignoir, s'approcha de la table et souleva Ruth dans ses bras. La fillette pleurait et Marla la berça contre son épaule, lui tapotant le dos, lui faisant doucement chut à l'oreille, le son le plus apaisant que Darl avait entendu de sa vie.

Regarder sa sœur était comme regarder dans un miroir. Tous deux avaient le nez pointu et le menton épais de leur mère. Leur père avait cassé sa pipe jeune, ce qui signifiait que Darl portait le fardeau sur ses épaules. Un homme était sur terre pour subvenir aux besoins des siens, en conséquence de quoi Darl s'occupait de sa mère et s'assurait que sa sœur et sa famille n'aient jamais faim. Marla et les gamins étaient en partie la raison pour laquelle il passait sa vie dans les bois. Il pouvait pêcher autant de truites qu'il était permis chaque mois sauf en mars, tuer des cerfs en automne, abattre des colombes et des lapins en hiver, attirer des dindons au printemps et avoir un congélateur plein toute l'année. En y songeant à cet instant, il se demanda comment ils feraient pour survivre sans lui. Qui s'assurerait que sa mère ne manque de rien ? Qui ferait bouillir la marmite quand il n'y aurait plus d'argent ? En confessant ce qu'il avait fait il ne renoncerait pas seulement à sa vie. Ça allait plus loin que ça. Il sacrifierait tous ceux qu'il aimait.

« De quoi tu voulais discuter ? demanda Marla quand le bébé cessa enfin de pleurer suffisamment longtemps pour qu'elle puisse parler.

– Je peux la prendre ?

– Bien sûr », répondit-elle.

Darl tint la petite fille contre sa poitrine, son corps chaud contre le sien, et il lui toucha le haut de la tête avec la pointe de son nez. Elle dégageait cette odeur incroyablement douce et discrète, comme un parfum de bouquet de fleurs provenant d'une autre pièce. Elle était si délicate, si légère, et pourtant il était impossible de ne pas la sentir. Il l'inspira aussi profondément que possible, comme s'il ne pouvait respirer sans, comme si c'était son oxygène.

« De quoi tu voulais discuter ? » redemanda Marla.

L'odeur de la fillette lui emplit les poumons et se propagea à travers son corps comme une drogue.

« De rien, répondit-il, ces deux mots comme un souffle sur le cuir chevelu de l'enfant. De rien du tout. »

7

La Grand Prix n'avait pas bougé de l'endroit où elle était garée au bord du chemin creusé par les tracteurs. Au cours des derniers jours, un tulipier de Virginie avait commencé à perdre son feuillage, et un orage la nuit précédente avait dépouillé la cime de l'arbre. Des feuilles jaunes étaient collées au pare-brise et à la vitre côté conducteur, la peinture turquoise mouchetée ici et là de touches dorées. Dwayne Brewer était venu chaque jour pour vérifier la voiture de son frère, et il était désormais certain que celui-ci ne ressortirait pas de ces bois.

Le vieil homme était assis à sa table de cuisine, en train de manger un bol de flocons d'avoine. Sa barbe grise pendait de son menton comme de la mousse espagnole, les poils pleins de morceaux de nourriture séchée tombée de sa cuillère. Ses cheveux clairsemés formaient un V profond, et ce qu'il en restait était peigné en arrière. Dwayne le voyait à travers la porte écran qui donnait sur un petit salon avec la cuisine sur la gauche. Il toqua sur le montant en bois dont la peinture blanche s'écaillait.

Le vieil homme redressa la tête, levant vivement les yeux tandis qu'il soufflait sur sa prochaine bouchée. Il le fixa pendant quelques secondes, et même à une telle distance, Dwayne vit ses yeux bleu pâle dans la lumière qui filtrait par une fenêtre dans la cuisine.

« Quoi que vous vendiez, j'achète pas ! beugla Coon Coward de l'autre côté de la pièce.

– J'ai besoin de vous parler. »

Coon posa sa cuillère dans le bol et mit ses mains à plat sur la table.

« Bon, si vous êtes venu pour essayer de m'entraîner dans une de vos églises modernes avec des télés et des guitares, je veux rien avoir à faire avec ça non plus. Je vais à Moses Creek depuis toujours, et c'est pas maintenant que je vais changer.

– Ouvrez la putain de porte, papi ! »

Coon Coward se leva et disparut dans une partie de la cuisine que Dwayne ne voyait pas du porche. Lorsqu'il réapparut à l'angle, il était en train d'enfoncer un petit revolver dans la poche latérale de sa salopette. Le vieil homme marchait à grandes enjambées, sa jambe droite traînant derrière lui comme si elle était attachée à son corps par une laisse. Il sortit sur le porche, et lorsqu'il s'arrêta, ses bottes formèrent un angle droit sur les planches usées, son pied droit ne s'alignant pas parfaitement.

« Il s'agit de quoi ?

– De mon frère », répondit Dwayne.

Il fixa les yeux du vieil homme. Les creux qui les entouraient étaient la raison de son surnom[1]. Tillmon Coward avait failli se noyer dans le lac Bear durant son enfance et les vaisseaux sanguins avaient éclaté autour de ses yeux, si bien que la peau tout autour s'était assombrie, comme s'il avait pris part à une bagarre. Pour une raison ou pour une autre, les traces sombres n'avaient jamais disparu, des orbites d'un violet profond dans lesquelles ses yeux bleu pâle paraissaient presque blancs.

1. *Coon*, abréviation de *racoon*, « raton laveur ». (*N.d.T.*)

« Bon Dieu, vous êtes le fils de Red Brewer, pas vrai ? »

Dwayne ne répondit pas.

« C'est bien triste, ce qui s'est passé, déclara Coon. Ça fait combien de temps maintenant ?

– Cinq ans. »

Dwayne repensa à ce qui était arrivé à ses parents. Il savait que ce n'était pas du tout ce que pensaient les gens. Son père était ivre, il avait fait une sortie de route et dévalé un flanc de montagne, mais ce n'était ni un accident ni triste.

Le vieil homme grogna et secoua la tête.

« Bien triste, répéta-t-il. Votre père travaillait pour moi à l'usine de plastique de Cashiers. J'ai dû le renvoyer parce qu'il se rinçait l'œil dans le vestiaire des femmes. Je voulais vraiment pas le faire, mais j'avais pas le choix.

– Ah, fit Dwayne, attendant que le vieil homme cesse de ressasser cette histoire et passe à autre chose.

– Alors, c'est quoi, le problème avec votre frère ? » demanda Coon.

La tête inclinée sur le côté. Il avait une expression confuse.

« Il est venu sur votre propriété le week-end dernier, et j'ai pas de nouvelles depuis.

– Qu'est-ce qu'il fabriquait sur ma propriété ?

– Vous le savez aussi bien que moi.

– Non, j'en sais rien.

– Je suis pas ici pour jouer au chat et à la souris, papi, alors arrêtez votre baratin ! Ginseng ! »

Sa voix était profonde, comme s'il hurlait dans une grotte.

Les yeux de Coon se plissèrent et son front s'abaissa.

« Eh bien, si votre frère était là-bas en train de voler mon ginseng, j'ai aucune idée de ce qui lui est arrivé.

– Soit vous l'avez vu, soit non.

– J'ai vu personne, fiston. »

Coon passa à côté de Dwayne comme s'il n'était pas là. Il descendit les marches en clopinant et traversa la cour jusqu'à sa voiture. Il tira le revolver de sa poche et le posa sur le toit de l'Oldsmobile, puis sortit un jeu de clés de sa salopette et enfonça un bouton sur le porte-clés. Le coffre s'ouvrit et il renfonça les clés et l'arme dans sa poche. Il tira une valise en vinyle bleu marine, la posa sur l'allée de gravier et referma le coffre en le claquant.

« Je suis parti pour assister à l'enterrement de ma sœur il y a une semaine et demie, déclara-t-il. Ça fait pas une heure que je suis rentré. »

Il revint sur le porche, laissa tomber sa valise près de la porte et s'assit nonchalamment dans un rocking-chair comme s'il allait passer le restant de la journée à tailler un bout de bois avec son canif.

« Je sais pas d'où vous revenez, papi, et je m'en fous, mais je vous dis que mon frère était ici et qu'il en est pas ressorti. Sa foutue bagnole est là-bas sur cette route qui mène à l'arrière de votre champ, là où il l'a laissée.

– Je sais pas quoi vous dire, fiston, si ce n'est qu'il avait rien à faire ici, pour commencer.

– Je vous dis qu'il est arrivé quelque chose à mon frère. » Dwayne serra les poings contre ses flancs. Il s'avança et se tint au-dessus du vieil homme. « Et si je découvre que ça a quoi que ce soit à voir avec vous, je vais vous attacher à ma voiture et vous traîner jusqu'à ce qu'il reste plus une once de viande sur vos os desséchés. »

Coon Coward se pencha sur le côté et sortit le revolver de sa poche. Il plaça son doigt sur la détente et posa le .38 contre sa cuisse comme si de rien n'était. Dwayne fut presque amusé par la façon qu'avait le vieil homme de sembler se foutre de ce qu'il lui disait. Peut-être que c'était l'âge qui le rendait comme ça, peut-être que c'était parce qu'il savait que la fin approchait de toute manière, ou peut-être qu'il était complètement barjo. Coon Coward aspira entre ses dents et regarda Dwayne du coin de l'œil.

« Eh bien, si quelqu'un est venu sur ma propriété pendant que j'étais parti, il devrait y avoir un moyen simple de le savoir.

– Comment ça ? demanda Dwayne.

– J'ai une caméra de chasse sur le sentier principal. Si quelqu'un était là pendant mon absence, j'ai probablement une photo de lui. À moins qu'il soit venu par ailleurs, mais j'en doute, expliqua Coon. Si les types étaient intelligents, ils se tailleraient leur propre chemin, mais ils le sont jamais. Ils sont fainéants. Les gens veulent pas bosser pour rien, alors ils prennent le même chemin, comme des gamins innocents. »

Coon Coward secoua la tête, tapa des mains sur les cuisses usées de sa salopette, la droite tenant toujours le revolver, et il se leva de sa chaise. Il boitilla jusqu'au bord du porche et cracha dans la cour.

« Allons voir ça », dit-il, lançant à Dwayne un regard comme s'il n'arrivait pas totalement à décider lequel des deux faisait perdre le plus de temps à l'autre.

Il s'éloigna dans la cour sans jamais se retourner, et au bout de quelques instants Dwayne suivit le vieil homme. Ils marchèrent jusqu'à l'endroit où l'herbe atteignait les arbres, puis s'enfoncèrent dans le bois, ni l'un ni l'autre ne sachant ce qu'ils trouveraient.

Dans la pièce que Coon Coward utilisait comme bureau, des cartons scotchés et étiquetés au marqueur indélébile s'empilaient du sol au plafond. Un écran était posé sur un bureau bon marché en stratifié, le revêtement décollé laissant voir l'aggloméré en dessous. Il attrapa une paire de lunettes derrière l'écran et les posa en équilibre sur la pointe de son nez tordu, et lorsque l'ordinateur fut allumé, il inséra la carte mémoire qu'ils avaient extraite de la caméra de chasse dans un petit lecteur près du tapis de souris.

« J'ai vidé cette carte juste avant d'aller chez ma sœur, alors tout ce qu'est dessus a été pris pendant mon absence. »

Coon s'assit sur un fauteuil pivotant grinçant. Dwayne écarta une pile de cartons avec sa botte et s'agenouilla à côté du vieil homme pour mieux voir.

L'écran de l'ordinateur était la seule source de lumière dans la pièce, et Dwayne observa le visage du vieil homme, la façon qu'il avait de pencher la tête en arrière pour regarder à travers ses lunettes, la manière qu'il avait de caresser sa barbe sur sa poitrine. Les seuls sons étaient celui des poils rêches du vieil homme glissant dans sa main et le bourdonnement du ventilateur de l'ordinateur. Les époques se juxtaposaient de manière saisissante dans ces montagnes, car un homme pouvait encore labourer son champ avec un cheval et une herse comme cent ans auparavant, puis se retourner et tirer un iPhone flambant neuf de sa poche pour informer sa femme qu'il serait en retard pour le dîner. Dwayne ne pensait pas de façon aussi complexe, mais il trouva étrange de voir ce vieil homme utiliser un ordinateur.

Lorsque les photos furent téléchargées, un programme s'ouvrit et Coon double-cliqua sur le premier fichier. Il fit défiler les images avec les flèches, la première dizaine ne montrant que des animaux nocturnes : un ours brun maigrichon avec des épaules hautes qui déambulait parmi les arbres, ramassant les glands qui jonchaient le sol ; trois ou quatre photos d'une mère raton laveur qui entraînait ses petits sur le sentier, ses yeux aussi fluorescents que des lucioles dans la lumière verte du flash de la caméra dissimulée ; quatre ou cinq biches qui passaient devant l'arbre chaque matin, mais le grand cerf que Coon appelait Solomon n'apparaissait que sur une image, arrivant par un matin brumeux quinze minutes après les femelles, museau au sol, sa queue aussi raide qu'une baguette. Finalement, il y eut une photo d'un homme en tenue de camouflage, qui longeait le sentier avec un fusil calé sur les bras et une plate-forme d'affût sur le dos.

« Bingo », dit Coon en traçant un rectangle autour de la silhouette à l'écran. Il zooma, mais la photo était trop floue pour l'identifier. Cependant, sur le cliché suivant, Coon vit parfaitement l'homme alors qu'il ressortait du bois en reprenant le chemin par lequel il était arrivé quelques heures plus tôt. « Bah çà alors ! s'exclama-t-il. C'est le fils de Sharon Moody, sûr à cent pour cent. Darl Moody. Le petit salopard sournois. »

Agenouillé en silence, Dwayne regardait l'écran d'un air mauvais, examinant la photo tout en mémorisant le nom. Il avait connu Darl Moody dans son enfance. Ce dernier avait trois ou quatre ans de moins que lui, à peu près le même âge que Sissy, mais à ce que savait Dwayne, il n'avait jamais fait grand-chose de sa vie. Les jours suivants, il y avait des photos de Darl Moody passant devant la caméra à peu près à la même heure chaque soir, se dirigeant vers son poste d'observation aux alentours de 17 h 30 et s'en allant au crépuscule.

« Je parie que ce petit enfoiré savait que j'étais absent, déclara Coon. Sa mère et moi étions dans la même classe au catéchisme. Le culot de ce petit merdeux.

– Je me fous de tout ça, papi. J'en aurais rien à branler qu'il descende tous les cerfs du coin. Allez à vendredi et voyez si vous avez des photos de mon frère. »

Coon ferma l'image et double-cliqua sur un fichier plus bas dans le dossier. Une fois encore, Darl Moody pénétrait dans le bois vers l'heure du dîner, et il en ressortait un peu plus de deux heures plus tard. Mais cette fois il semblait courir.

« Quelque chose lui a foutu la trouille », observa Coon.

Sur la photo suivante, il faisait nuit noire. Deux hommes de dos, l'un en tenue de camouflage, l'autre portant un jean et un sweat-shirt sombre à capuche, étaient illuminés par le flash de la caméra.

« On dirait encore Darl.

– C'est qui avec lui ?

– Aucune idée », répondit Coon.

Il cliqua sur la photo suivante, et ce qui apparut les laissa perplexes. Darl Moody marchait avec les mains dans le dos, tirant une bâche, la personne qui l'accompagnait portant l'autre extrémité, si bien que la bâche ballait entre eux comme un hamac.

Dwayne poussa le vieil homme de l'épaule et traça un rectangle autour de la bâche à l'écran. Il était impossible de dire ce qu'elle renfermait, mais ça semblait lourd, car l'effort était évident dans la posture voûtée des deux hommes, qui soulevaient les épaules pour supporter le poids. Darl était facile à identifier avec son long visage et son nez pointu, son épaisse barbe qui lui tombait du menton en ondulant. Mais l'autre homme, un type petit et trapu, était dissimulé dans l'ombre de sa capuche. Dwayne zooma dans l'espoir de voir quelque chose, mais l'image était tout aussi sombre et floue en gros plan.

« Qu'est-ce que ça dit sur son sweat-shirt ? » demanda-t-il. Il tenta d'agrandir au maximum le logo sur le torse de la personne, mais, comme son visage, il était flou. « Qu'est-ce qu'il y a après ça ? »

Coon prit la souris et parcourut le reste des photos, environ onze clichés supplémentaires de ratons laveurs et d'opossums errant de nuit comme des nomades. Lorsqu'il atteignit la dernière, il ôta ses lunettes de lecture et les posa sur le bureau.

« C'est tout, dit-il. Et votre frère est sur aucune d'elles.

– Il est venu ici, répliqua Dwayne. Sa foutue bagnole est toujours garée là où il l'a laissée.

– Vous vous êtes pas dit qu'il avait pu garer sa voiture là-bas dans mon bois avant de rebrousser chemin sur la route ?

– Pourquoi il serait retourné sur la route ?

– J'en sais rien, répondit le vieil homme.

– Il en avait après votre ginseng, papi.

– Bah, je sais pas quoi vous dire. »

Dwayne se releva et regarda l'arrière de la tête couverte de cheveux gras de Coon Coward avec un sourire méprisant. La réticence du vieil homme lui tapait sur les nerfs, et il parcourut du regard la pièce remplie de cartons à la recherche de l'objet le plus lourd qu'il trouverait : une brique, une pierre, n'importe quoi. Il serra les poings et envisagea pendant une seconde de lui démolir le crâne à mains nues, mais il savait que ça ne changerait rien. Coon Coward avait dit tout ce qu'il avait à dire, et il avait les photos pour le prouver.

Dwayne inspira profondément par le nez, puis il se retourna et quitta la pièce, le vieil homme le regardant partir sans un au revoir. Un million de questions se bousculaient dans sa tête, tournoyant dans son crâne comme des mouches. *Quelqu'un va me donner une foutue réponse.*

8

Le meilleur moyen de savoir était de s'arrêter chez Walgreens en se rendant à Asheville. Faire un test de grossesse. Plus ou moins, oui ou non. En finir.

Le cycle d'Angie commençait toujours le dimanche. Il durait toujours trois jours. On aurait pu caler son agenda dessus. Trois jours ne signifiaient peut-être pas grand-chose pour la plupart des femmes, mais le fait que c'était déjà mercredi turlupinait Angie tandis qu'elle attendait dans le box du restaurant que Calvin la rejoigne pour dîner. Surtout, elle se sentait différente. Elle se sentait différente depuis une semaine et demie.

Le restaurant mexicain Colima était très animé pour un mercredi. Le serveur était venu la voir deux fois et elle avait commandé une margarita glacée, même si elle avait su dès qu'il lui avait apporté son verre qu'elle n'en boirait même pas une gorgée. Un couple d'une petite soixantaine d'années mangeait avec deux fillettes, probablement leurs petites-filles, dans un box de l'autre côté de la pièce. Angie regarda la plus jeune verser quatre sucres dans son soda, la grand-mère intervenant finalement quand elle voulut en attraper un cinquième.

Même si Angie était en cloque, elle ne s'enfuirait pas ni ne se marierait pour sauver la face. Neuf fois sur dix, ces unions capotaient. Tant de filles avec qui elle était allée au lycée étaient tombées enceintes dès qu'elles avaient eu leur diplôme et s'étaient mariées avant même d'avoir dix-neuf ans. À ce jour, la plupart étaient divorcées et partageaient la garde de gosses de six ans. Elles se rendaient dans des stations-service ou des épiceries un week-end sur deux pour les échanger avec leurs ex, sans un mot à dire aux hommes avec qui elles avaient juré de passer le restant de leur vie.

La vérité, c'était qu'elle n'était nullement pressée d'avoir des enfants. Après l'automne, il lui faudrait treize unités de valeur, principalement en soins cliniques, avant de pouvoir passer l'examen qui lui permettrait de devenir infirmière diplômée. Dernièrement, elle avait envisagé d'aller à l'université quand elle aurait achevé son diplôme de premier cycle. Western avait un cursus qui la préparerait à poursuivre ses études afin de devenir infirmière praticienne familiale. En tout, elle en aurait pour cinq ans, et à vingt-quatre ans, ça semblait une éternité.

Par la porte qui donnait sur la salle à l'avant elle le vit s'arrêter pour discuter avec deux agents de la police d'État qui mangeaient avec deux flics de la ville. Dans un endroit comme le comté de Jackson, presque tout le monde se connaissait, et si les gens ne vous fréquentaient pas personnellement, ils allaient probablement à l'église avec des membres de votre famille. Un lien pouvait habituellement être établi en mentionnant un nom ou deux, ou en demandant de quelle vallée vous veniez. Et si vous n'arriviez toujours pas à situer quelqu'un après ça, il y avait de fortes chances pour que la personne ne soit pas du coin.

Lorsque Calvin pénétra dans la pièce, l'homme âgé qu'elle avait observé se leva et lui serra la main tout en lui tapant fort sur l'épaule. Les deux petites filles l'examinèrent tandis que la femme souriait comme si elle était assise sur un banc d'église.

Ils s'entretinrent une minute, mais Angie n'arriva pas à entendre ce qu'ils disaient à cause du match de foot qui passait sur la télévision dans le coin de la pièce.

Dans ce restaurant, la *salsa* était servie dans des distributeurs de sirop. Elle en versa un peu dans un bol noir et attrapa une chips dans un panier au centre de la table. De la sauce lui coulait sur le menton lorsque Calvin se glissa dans le box, et Angie plaça sa main en dessous pour la rattraper, saisit une serviette et se mit à rire.

« La classe, plaisanta-t-elle.

– T'es là depuis longtemps ?

– Peut-être dix minutes. »

Un grand serveur au sourire avenant serra l'épaule de Calvin.

« *Amigo* », dit-il. C'était un restaurant familial et tous les serveurs se ressemblaient, si l'on exceptait leur barbe et leur coupe de cheveux.

« Vous savez ce que vous voulez boire ? demanda l'homme.

– Je crois que je vais prendre une Dos Equis, répondit Calvin.

– *Grande* ? »

Le serveur haussa les sourcils et écarta les mains pour montrer la taille du verre.

« D'accord », dit Calvin, et le serveur acquiesça avant de s'éloigner.

Quand sa bière arriva, Calvin pressa un quartier de citron dedans et ajouta une pointe de sel. Angie commanda des fajitas aux crevettes et il demanda deux burritos au poulet avec des nachos au fromage et de la sauce rouge, comme chaque fois qu'ils venaient. En regardant par la fenêtre en direction du parking du centre commercial, Angie vit un groupe d'étudiants qui buvaient discrètement des petites gorgées au goulot d'une flasque en métal tout en marchant fièrement vers le guichet du Quin Theater.

« Tu sais, c'est le premier endroit où tu m'as emmenée, dit-elle.

– Où ça ?

– Voir un film. »

Elle désigna de la tête le cinéma de l'autre côté du parking.

« Tu m'as invitée chez Robbie's Char-Burger, puis on est allés voir un film. Je ne me souviens plus quoi.

– *World War Z*, dit Calvin.

– Tu sais, tu as de la chance que je sois ressortie avec toi. »

Angie préleva un peu de sel sur le bord de son verre de margarita et se lécha le bout du doigt.

« Pourquoi ?

– Tu m'as emmenée chez Char-Burger, Calvin. Tu avais de la graisse plein ta chemise.

– Alors pourquoi t'es venue ? demanda-t-il en fronçant les sourcils.

– Je ne sais pas. Je suppose que j'étais désolée pour toi.

– Désolée pour moi ?

– Oui. »

Elle sourit.

« Tu étais juste pitoyable. »

Calvin attrapa sa bière, se radossa dans le box et but une longue gorgée. Il secoua la tête et jeta un coup d'œil par la fenêtre. Il y avait quelque chose de spécial dans la manière qu'il avait de la regarder. Ils étaient ensemble depuis deux ans et demi et elle en avait adoré chaque minute. Ils se cherchaient toujours des noises et riaient, et ça comptait, évidemment. Mais la raison pour laquelle Angie savait qu'elle voulait passer le reste de sa vie avec lui était que même le silence était agréable. Ils n'avaient pas besoin de parler.

Elle se rappela qu'elle avait hésité à lui dire qu'elle voulait reprendre ses études. Ils n'étaient ensemble que depuis six mois à ce stade, et si les montagnes changeaient, nombreux étaient encore ceux qui adhéraient à cette idée démodée que les femmes étaient des épouses et des mères. À sa grande surprise, cependant, il l'avait encouragée, lui conseillant de lâcher son appartement et d'emménager avec lui afin d'économiser de l'argent et de se concentrer sur son travail. Si c'était ce qu'elle voulait, il avait affirmé qu'il ferait tout pour l'aider.

Néanmoins, elle ne savait toujours pas comment il prendrait la nouvelle d'un bébé, si bébé il y avait, mais elle était certaine qu'elle pouvait tout lui dire.

Après quelques minutes, le serveur apporta leurs plats, une poêle en fonte avec des crevettes, des poivrons et des oignons frémissants, les assiettes formant un cercle sur un plateau qu'il tenait en équilibre sur son bras tendu. Il posa la poêle sur la table en prévenant : « C'est brûlant », puis il vida le plateau et leur demanda s'ils avaient besoin d'autre chose.

« Je crois que c'est bon », répondit Calvin.

Comme elle avait sauté le déjeuner pour aller au labo de microbiologie, Angie mourait de faim. Le mercredi était le jour le plus chargé de la semaine : psychologie du développement, étude du système de santé et labo avant 13 heures ; trois heures de soins cliniques de 14 à 17. Comme elle était dotée d'un sacré appétit, elle garnit l'une des tortillas chaudes puis s'enfonça une demi-fajita dans la bouche et l'engloutit.

Calvin mâchonna une petite bouchée pendant une éternité tout en jouant distraitement avec la nourriture dans son assiette, et lorsqu'il l'avala enfin, on aurait dit que déglutir était douloureux. Depuis trois ou quatre jours, elle ne l'avait pas vu manger grand-chose. Il ne dormait pas non plus, même si ce n'était pas si étrange que ça. Il lâcha sa fourchette, qui produisit un tintement métallique en heurtant son assiette, et se frotta les yeux avec la paume des mains. Il les rouvrit en grand et se pinça l'arête du nez, se tournant sur la banquette et semblant regarder en direction de la table où étaient assis les agents.

« Pourquoi tu es si nerveux ?

– Je suis pas nerveux.

– Tu ne manges pas ?

– J'ai pas très faim.

– Tu es malade ou quelque chose ?

– Je crois pas. »

Angie disposa des crevettes et des oignons sur une autre tortilla. Elle devait quitter la ville quelques jours plus tard pour rendre visite à une de ses amies à Asheville.

« Tu es sûr que tu ne veux pas m'accompagner ? On pourrait aller dans des bars à bière. Je sais combien tu *adores* Asheville, ajouta-t-elle d'un ton sarcastique.

– Je peux pas, répondit Calvin. Pas en pleine semaine. On est déjà à la bourre, et papa sera pas là pour s'assurer qu'on avance. »

Angie se demanda si le travail l'usait. Depuis qu'elle le connaissait, il se cassait le cul six jours par semaine et était trop têtu pour l'écouter quand elle lui disait de mettre la pédale douce. Il était comme ça, à se tuer au boulot, et bizarrement, c'était une des choses qu'elle aimait le plus, car plus personne n'avait cette éthique de travail à l'ancienne. Cette force lui rappelait son propre père et son grand-père, des types bien aux mains calleuses qui n'avaient jamais rechigné à la besogne.

L'homme âgé de l'autre côté de la pièce s'approcha de leur table, clopinant sur ses jambes arquées devant le reste de sa famille comme s'il venait de descendre de cheval. Il se frottait le bide d'une main et tenait une barquette à emporter en polystyrène dans l'autre. Une épaisse moustache surmontait sa lèvre. Ses cheveux étaient clairsemés et il avait une citrouille à la place du ventre.

« Passe le bonjour à ton père, d'accord ?

– Je n'y manquerai pas, répondit Calvin.

– Je ne crois pas que nous nous connaissions », déclara la femme en se glissant devant son mari et en tendant la main vers Angie, qui se couvrit la bouche le temps d'avaler.

Elle portait un tee-shirt ample et une jupe longue en jean. Ses cheveux étaient permanentés et teints.

« Je m'appelle Dottie Mathis. » Sa voix était haut perchée et nasale. « Nos garçons ont grandi avec Calvin. Ils jouaient au base-ball ensemble.

– Moi, c'est Angie. »

Elle serra la main de Dottie et sourit.

« Vous êtes une Moss, n'est-ce pas ?

– Oui, madame.

– Je crois que je connais votre mère. »

Angie acquiesça.

« Elle travaille là-bas, chez Freeman's ?

– En effet.

– C'est bien ce que je pensais, fit Dottie.

– Et qui sont ces petits anges ? »

Angie porta son attention sur les fillettes.

« Ce sont nos petites-filles. Amber et Tiffany. »

L'aînée, qui devait être en CM1, se tenait fièrement avec ses cheveux noués en une queue-de-cheval crépue et ses lunettes à monture noire, pendant que la plus jeune, âgée d'environ cinq ans, tentait elle aussi d'avoir l'air d'une petite dure tout en se cachant timidement derrière la jambe de son grand-père.

« Ce sont les filles de notre aîné, Mark. Vous aussi, vous devriez avoir des enfants un de ces jours. Vous êtes mariés ?

– Non », répondit Angie.

Elle rougit en songeant : *Qui pose une telle question ?*

« Tu ne lui as pas encore fait ta demande, Calvin ? »

Angie se tourna vers ce dernier, qui serrait sa fourchette dans sa main. On aurait dit qu'il voulait se lever et la planter dans l'oreille de Dottie.

« Non, répondit-il. Pas encore.

– Vous vivez ensemble, n'est-ce pas ?

– Oui, madame », dit-il.

Mais qui est cette femme ?

La conversation s'interrompit brusquement, tout le monde souriant avec gêne.

« Bon, laissons-les finir de manger, dit l'homme, et il rassembla sa femme et ses petits-enfants, plaçant les bras derrière eux pour les guider vers la caisse.

– Ça m'a fait plaisir de vous voir, dit Calvin.

– Ravie d'avoir fait votre connaissance, ajouta Angie.

– Moi aussi, répondit Dottie.

– Passe le bonjour à ton père de ma part », répéta l'homme, et ils s'en allèrent.

Angie attendit qu'ils aient quitté la pièce.

« Ils avaient l'air gentils.

– Ils le sont, répondit Calvin.

– Alors pourquoi tu dis ça sur ce ton ?

– Vieille chouette curieuse. » Il se pinça le nez. « Vous vivez ensemble, n'est-ce pas ? » imita-t-il d'un ton moqueur.

Angie secoua la tête et lâcha un petit rire railleur. Elle tendit la main à travers la table, trempa une chips dans la purée de haricots de Calvin et haussa les sourcils avec la bouche pleine.

« Alors ?
– Alors quoi ?
– Qu'est-ce qui t'en empêche ?
– M'empêche de quoi ?
– De faire ta demande. »

Elle fit un grand sourire, ravie de l'avoir mis sur le gril.

Calvin la regarda. Les derniers rayons de soleil pénétraient par la fenêtre et brillaient dans ses yeux comme l'eau d'un lac.

« Tu bois pas ta margarita ? »

9

Cette première semaine de travail occupa Darl du lever au coucher du soleil, et ce fut ce qui le sauva. Ils construisaient un mur de pierre à l'avant d'une propriété appartenant à des gens qui passaient l'été dans les montagnes. La semaine précédente, ils avaient creusé et coulé les fondations, mais maintenant que le béton était sec, il pouvait faire ce qu'il faisait le mieux – et tandis que ses mains travaillaient, son esprit était vide de pensées.

En théorie, avec suffisamment de temps et de pratique, n'importe qui peut apprendre la maçonnerie. Mais la vérité est que toute personne qui s'y est essayée sait pertinemment ceci : ce qui a l'air plutôt simple ne l'est tout simplement pas. Il y a un art à maîtriser. L'application du mortier demande de la mémoire musculaire, et il faut avoir l'œil pour le niveau. Certaines de ces choses ne peuvent pas s'apprendre, mais Darl Moody avait ça dans le sang.

Dès son premier été après la fin du lycée, il avait commencé à travailler, et il avait été parfaitement évident qu'il était né avec un don. Dans des conditions normales, même quelqu'un qui n'y connaissait rien pouvait observer une équipe et en déduire la hiérarchie. Il y avait généralement quatre hommes. Le plus jeune mélangeait le mortier et apportait les parpaings. S'il était intelligent, il la bouclait, se tenait à l'écart, et il regardait les autres travailler pour apprendre quelque chose de leurs mouvements. Il y avait ensuite un type plus âgé qui pouvait préparer les parpaings et les disposer suffisamment bien pour construire rapidement les murs latéraux, ce qui était assez facile car il y avait des tendeurs et des cordeaux pour que tout soit droit. Le patron passait généralement l'essentiel de son temps l'œil collé à son niveau optique, se déplaçant sur le chantier pour s'assurer que tout était d'aplomb. Mais l'homme qui comptait, le maçon le plus expérimenté, était celui qui construisait les coins, car le mur dans sa totalité dépendait de la manière dont ils étaient bâtis.

Ce qui prenait des années à la plupart des gens avait pris à Darl Moody environ un mois. Il avait un œil inné pour l'équilibre, si bien que ce qu'il construisait n'avait guère besoin d'être vérifié. Il posait les parpaings comme un savant, inclinant la tête sur le côté, faisant des ajustements infimes, de telle manière que, quand il avait terminé, tout était d'aplomb. Chaque fois. Invariablement. Il n'avait pas besoin de beaucoup réfléchir pour le faire. La vérité était que quand ses mains étaient en mouvement, il ne pensait jamais à rien. Et c'était comme ça qu'il travaillait.

Le jour se levait, le givre s'évaporait, le soleil chauffait le dos des hommes si bien que quand venait l'heure du déjeuner les autres étaient claqués, mais Darl continuait de travailler. Il se retournait, attrapait un parpaing, balançait du mortier, et ainsi de suite jusqu'à ce que le soleil soit couché et qu'il n'y ait plus assez de lumière pour y voir clair.

Rendre visite à sa sœur avait compliqué les choses d'une façon inattendue. Même si la culpabilité le rongeait, il avait commencé à penser que c'était un châtiment suffisant. Avoir à vivre avec ces sentiments. Avoir à garder ce secret. S'il se confessait, il ne serait pas le seul à payer. Sa conscience serait lavée, mais ce seraient les personnes qu'il aimait le plus qui souffriraient. Porter lui-même le fardeau avait donc commencé à sembler la solution la plus honorable. Sacrifier une personne au profit de nombreuses autres.

Après le travail, Darl s'arrêta en ville, acheta quatre petits cheeseburgers au bacon chez Wendy's et dévora les trois premiers en un rien de temps. Il garderait le quatrième pour le petit déjeuner et se mettrait au boulot de bonne heure. *Mieux vaut rester occupé*, pensait-il. *Mieux vaut t'épuiser au travail, picoler pour dormir et espérer que tu ne rêveras pas.* Les rêves étaient ce qu'il y avait de pire, car c'étaient les moments où l'on ne pouvait pas choisir de s'aventurer ou non dans l'ombre des souvenirs.

Il agita une boîte de Skoal pour voir s'il en restait à l'intérieur, puis balança la boîte vide par terre et en tira une nouvelle d'un paquet qu'il gardait sur la banquette arrière. Il passa son ongle sur le bord pour déchirer le sceau en papier et se plaça du Wintergreen sous la lèvre, le tabac lui piquant la langue lorsqu'il se lécha les doigts.

Darl vivait dans un grand mobile home niché dans un bosquet de pins de Virginie près d'une grange à foin sur ce qui restait des terres de sa famille. Son père l'avait mis en location pendant toute la jeunesse de Darl, mais quand il était mort d'une attaque cardiaque peu après que son fils avait terminé le lycée, Darl s'y était installé pour pouvoir rester à proximité de la maison et garder un œil sur sa mère. À un moment, les Moody avaient possédé près de quatre-vingts hectares au bout de Moses Creek. Mais au fil des années, des factures étaient restées impayées, des gens avaient perdu leur travail, et parfois la famille n'avait même pas les moyens de régler ses impôts. Donc il ne leur restait désormais que huit hectares qui ne rapportaient guère plus que quelques milliers de dollars chaque automne quand Darl faisait les foins.

Il était près de 21 heures lorsqu'il s'engagea sur le gravier qui bordait la grange et prit la direction de la maison. Une voiture était stationnée dans l'allée, et Darl ne savait absolument pas à qui la Buick cabossée appartenait ni ce que cette personne faisait là. Il passa la main sous la banquette pour attraper son pistolet mais s'aperçut qu'il l'avait laissé à côté du lit ce matin-là. Comme il parvenait au niveau de la voiture et se garait, il distingua l'ombre d'une personne assise sur une chaise en plastique blanche sur le porche. Darl descendit de la camionnette, racla le tabac sur ses gencives et balança la boule de chique dans la cour couverte d'aiguilles de pin.

« Je peux vous aider ? demanda-t-il.

– Je serais pas là si tu pouvais pas », grommela une voix sur le porche.

Lorsqu'il atteignit les marches, Darl le distingua dans la lueur jaune de l'ampoule. Dwayne Brewer était avachi sur la chaise, le dos bizarrement recourbé. Il portait un pantalon de charpentier en toile sombre et un tee-shirt blanc aux manches très courtes. Des poils noirs le recouvraient depuis les épaules jusqu'au revers des mains. Dwayne se leva quand Darl monta sur le porche. Il mesurait dix bons centimètres de plus que Darl et était bâti comme un pilier en béton. Ses cheveux étaient coupés ras et il n'avait pas de barbe, même si des poils commençaient à repousser depuis la base de son cou jusqu'à ses yeux.

« Je suis Dwayne Brewer, dit-il.

– Oui, je sais », répondit Darl.

Il chercha ses clés dans ses poches.

« Qu'est-ce que tu fais ici ? demanda-t-il tout en insérant la clé dans la serrure et en ouvrant la porte.

– J'ai quelques questions à te poser. »

Dwayne se leva derrière Darl comme s'il allait le suivre à l'intérieur.

« Bah, pour être honnête, je suis claqué, dit Darl. Je suis pas vraiment d'humeur à avoir de la compagnie, et je vois vraiment pas de quoi toi et moi on pourrait discuter.

– Ce sera pas long, déclara Dwayne avec une fermeté qui indiquait qu'il ne partirait pas avant d'avoir ce pour quoi il était venu.

– D'accord. Laisse-moi juste aller pisser vite fait.

– J'entre. »

Dwayne pénétra tranquillement dans la maison sans attendre de réponse.

Darl alluma la lumière dans le salon. Le linge propre qu'il n'avait pas plié était entassé sur le canapé. Il balança ses clés sur une console et marcha vers un couloir obscur.

« Fais comme chez toi, dit-il. J'en ai pour une minute. »

Une petite salle de bains se trouvait sur la gauche avant la chambre de Darl, mais il se dirigea vers son arme. Il alluma une lampe près du lit et trouva le M&P Shield où il l'avait laissé. Il enfonça le pistolet à l'arrière de son pantalon, la crosse dépassant au-dessus de sa ceinture. Dans la salle de bains, il se mit à paniquer. Il ouvrit le robinet et observa son reflet dans le miroir au-dessus du lavabo. L'eau coulait dans ses mains et il les porta à son visage, des gouttelettes s'accrochant à la courbe de sa barbe. Il tenta de se convaincre que tout allait bien, que ça allait bien se passer, mais la boule qu'il avait dans le ventre lui disait autre chose. Il tira nerveusement la chasse d'eau au cas où Dwayne aurait écouté, puis retourna vers l'avant de la maison.

Dwayne Brewer était assis à la tête de la table de la salle à manger, en train de se curer les dents avec un doigt tout en regardant une photo accrochée au mur lambrissé.

« C'est ton paternel ? demanda-t-il en désignant de la tête un cliché du père de Darl assis sur un Massey Ferguson rouge avec son fils encore bébé sur les genoux.

– Oui. »

L'avant du mobile home comprenait un salon, une salle à manger et une cuisine d'un seul tenant. Darl se rendit dans la cuisine, ouvrit le réfrigérateur et attrapa une bière. Il en offrit une à Dwayne, mais celui-ci refusa, alors Darl regagna la table et s'assit. Il sentait l'arme à la base de sa colonne vertébrale, et c'était la seule chose qui l'empêchait de se décomposer. *S'il m'attaque, je le descends*, songea-t-il. *Si ce fils de pute bouge, bute-le.*

« Tout bien réfléchi, je crois que je veux bien une bière », déclara Dwayne.

Il tendit la main par-dessus la table et attrapa la canette devant Darl, l'ouvrit et aspira entre ses dents la mousse qui débordait. Il fit tourner la bière dans sa bouche pendant une seconde ou deux, puis l'avala d'un coup et soupira. Darl ne se leva pas pour aller en chercher une autre.

« Qu'est-ce que tu veux ?

– J'ai quelques questions à te poser, et après ça je m'en irai. »

Darl retourna alors au réfrigérateur pour prendre une autre bière et mettre suffisamment d'espace entre eux afin de ne pas avoir à regarder Dwayne dans les yeux quand il parlerait. Il ouvrit la canette et descendit à peu près la moitié de la Budweiser en deux gorgées, les bords de la boîte en métal se froissant dans sa main.

« Vas-y, pose-les. » Il s'appuya au côté des placards à la limite de la cuisine et Dwayne dut se retourner pour lui faire face. « Mais comme j'ai dit, je suis fatigué.

– D'accord, commença Dwayne. Je vais aller droit au but. Quelqu'un m'a dit que t'as chassé sur les terres de Coon Coward le week-end dernier, et je veux savoir ce que t'as vu.

– Eh bien, je sais pas à qui t'as parlé, mais j'étais sur les terres de personne. Bon Dieu, c'est même pas la saison de la chasse. »

Darl but une gorgée de bière.

Dwayne se leva et écarta les bras comme s'il était accroché à une croix. Il se tourna et s'approcha jusqu'à ce qu'il ne reste que trente centimètres entre eux. Darl le regarda dans les yeux. C'étaient deux trous noirs, comme s'il scrutait les tubes d'un fusil à canon double.

« Y a un problème avec ce que tu dis, déclara Dwayne. Je sais avec certitude que t'étais là-bas. Je l'ai vu. »

Il leva deux doigts comme s'il faisait le signe de la paix et tapota les poches sous ses yeux.

« Je sais pas de quoi tu parles.

– Te fous pas de moi. » Dwayne s'approcha jusqu'à ce que Darl sente son souffle brûlant sur son front. « Tu vas devoir être vraiment honnête, ou ça va mal se terminer. Aussi bien pour toi que pour tout le monde. Pourquoi tu retournes pas à cette table, histoire de t'asseoir et de reprendre depuis le début ? »

Darl retourna à la table et Dwayne attendit qu'il soit assis pour le rejoindre. Un lustre en cuivre bon marché suspendu au-dessus d'eux projetait des traînées de lumière jaune sur leur visage. Darl serra les dents et examina le haut de sa canette de bière tout en la faisant tourner entre ses mains sur le placage de la table.

« Le truc, c'est que je sais que t'as passé chaque soirée de la semaine dernière à aller sur la propriété de Coon Coward comme si elle t'appartenait. Je sais que chaque soir après avoir quitté le boulot, t'as enfilé ta tenue de chasse, attrapé ton fusil, et t'es tranquillement allé là-bas comme ce putain d'Elmer Fudd. Je le sais avec certitude, parce que je t'ai vu. Je t'ai vu de mes yeux. Tu vois, tu le savais pas, mais le vieux bonhomme a une caméra planquée là-bas, et elle t'a pris en photo chaque fois que t'es entré et sorti, et il me les a montrées. »

Dwayne arqua les sourcils et attendit que Darl parle.

Ce dernier sentait la sueur perler sur son front, et il approchait de plus en plus du moment où il tirerait son arme de derrière son pantalon et descendrait Dwayne Brewer avec chaque balle que le flingue contenait. *Ce sera de la légitime défense*, pensait-il. *Il est chez moi.*

« Je t'ai pas entendu », dit Dwayne.

Darl demeura silencieux.

« La raison de tout ça, c'est que mon frère est allé là-bas parce qu'il cherchait une des parcelles de ginseng du vieux. Sissy m'a dit qu'il y allait, et je l'ai attendu à la maison, mais il est jamais revenu. Maintenant tu peux affirmer, comme l'a fait le vieux, qu'il s'est peut-être tiré ailleurs. Mais le fait est que sa voiture est là-bas, sur le sentier pour tracteurs, où je sais qu'il l'a garée. La voiture est là-bas, mais pas lui. Donc tu vas me dire ce que t'as vu ou je vais devoir trouver un autre moyen de découvrir pourquoi tu me mens.

– J'ai rien vu, insista Darl.

– C'est qui qu'était là-bas avec toi vendredi soir ?

– Je sais pas de quoi tu parles, Dwayne. »

Darl était dedans jusqu'au cou, et il ne voyait aucun moyen de s'en sortir. Sa vue se troubla à l'idée que Dwayne était au courant pour Calvin.

« Te fous pas de moi, Darl. Ça fait trois fois maintenant, et je vais pas te laisser me mentir encore. Trois chances. C'est pas comme ça que ça marche ? » Il fit rouler les jointures de ses doigts sur la table, tapant jusqu'à quatre. « Le fait que je laisse passer ça prouve que je suis raisonnable. J'aimerais que tu me montres autant de gentillesse. »

Darl voyait la rage monter quelque part tout au fond des yeux noirs de Dwayne Brewer.

« J'ai vu une photo de toi entrant dans le bois vendredi, puis une photo de toi t'enfuyant deux heures plus tard. Un peu après ça, te revoilà, seulement cette fois t'étais pas tout seul. Et la fois d'après, vous êtes sortis tous les deux du bois et vous portiez quelque chose, pas vrai ? »

Darl vit sa dernière chance et la saisit.

« C'est à propos du cerf ?

– Quel cerf ?

– Celui que j'ai braconné sur les terres de Coon Coward. Écoute, s'il s'agit de ça, je te le donne. Dans sa totalité. T'as qu'à le dire.

– Je l'ai déjà dit. Il s'agit de mon frère.

– Et je t'ai dit que je sais rien sur ton frère. Je l'ai pas vu une seule fois là-bas. Pas un seul jour.

– Où est la viande ? » demanda Dwayne.

La question prit Darl au dépourvu.

« Chez le préparateur, bafouilla-t-il.

– Chez le préparateur ? »

Dwayne sourit et tourna la tête pour regarder Darl du coin de l'œil.

« Tu vas me dire que t'as emmené un cerf, hors saison par-dessus le marché, à un foutu préparateur ?

– Je lui ai dit que j'avais un permis pour chasser des bêtes qui causaient des dégâts sur le champ de maïs d'un copain.

– À qui ?

– Au préparateur.

– Qui c'est ? Burt Hogsed ?

– Non, Singleton. »

Darl devait vite trouver une histoire qui ne pouvait pas être vérifiée. L'idée était que ce poivrot de Wilson Singleton avait toujours un tas de cerfs accrochés dans sa chambre de congélation, mais que la moitié du temps il était trop bourré pour faire la différence entre un filet et une cuisse de poulet.

« Wilson Singleton ? » Dwayne Brewer éclata de rire et secoua la tête. « T'aurais aussi bien fait de laisser un élève de maternelle découper ce cerf avec un canif. Mon père est allé à l'école avec Wilson. Il paraît qu'un jour ils faisaient des dissections en cours de biologie quand le vieux Wilson s'est fait choper en train de coller sa quéquette dans la gueule d'une grenouille. Il a dit qu'ils l'appelaient le Têtard.

– Jamais entendu ça.

– Tu penses en tirer beaucoup de viande ? »

Darl voyait que Dwayne tâtonnait.

« Je devrais.

– Pas de balle dans les tripes ni rien ? T'utilises quoi ? Du .308 ? Du .270 ?

– Du .0-6.

– Moi-même, j'aime bien le .7-08. Tu les charges à la main ?

– Non.

– Tu tirais avec quoi ?

– Des Core-Lokt.

– Le champignon le plus mortel de la forêt », dit Dwayne avec un sourire, ses dents formant une juxtaposition blanche et brillante qui ne semblait pas naturelle. Tout le monde dans sa famille avait des dents étonnamment étincelantes. « Difficile de battre une balle qu'existe depuis soixante-dix ans. Je suis passé aux Nosler Partition. J'ai essayé les Ballistic Tip, mais elles bouffent un paquet de viande. Content de savoir que t'en tireras un max, de ce cerf que t'as tué. »

Darl acquiesça.

« Je crois que je vais aller là-bas et demander au vieux Wilson de m'en filer une ou deux livres, si ça t'ennuie pas. Mon congélo est quasiment vide, et je sais pas si je pourrai aller en forêt cet automne ou non.

– Pas de problème », répondit Darl.

Une livre, le filet, il dirait à cet enfoiré qu'il pouvait prendre la totalité de la bestiole imaginaire si ça le faisait foutre le camp de la maison.

Dwayne cogna du poing sur la table et regarda avec un air renfrogné l'endroit où le bas de sa main avait frappé, semblant soupeser ses options. Au bout d'un moment, il se leva et marcha tranquillement vers la porte comme s'il allait faire un brin de nettoyage dehors. Darl le regarda, et quand Dwayne fut presque à la porte, il se leva à son tour. Dwayne se retourna et lança à Darl un regard qui l'emplit d'une peur telle qu'il n'en avait jamais connue, une sensation qu'il n'avait jamais ressentie en tant qu'homme. C'était quelque chose de plus ancien, quelque chose qu'il n'avait pas éprouvé depuis l'enfance.

« T'as pas dit qui t'a aidé à porter ce cerf hors du bois.

– Juste un ami, répondit Darl.

– Un ami. » Dwayne fit un grand sourire et acquiesça. « Les amis peuvent attirer beaucoup d'ennuis. »

Il haussa les sourcils comme s'il voulait que Darl parle.

Mais Darl n'avait rien à dire.

« On se reverra », fit Dwayne en sortant et en refermant la porte.

Darl traversa la pièce et saisit le verrou. Sa main s'immobilisa. Il voulait désespérément fermer la porte à clé, mais il hésitait, craignant que Dwayne l'entende et revienne. Il tira son arme de sous son pantalon et serra la crosse dans sa main contre son flanc. *Tu peux sortir maintenant et mettre un terme à cette histoire*, songea-t-il. *Tu peux en finir maintenant.*

Mais il ne bougea pas. Il ne pouvait pas. Il resta simplement planté là face à la porte.

10

Certains jurent que les prédateurs peuvent sentir la peur, mais qu'il s'agisse d'une véritable odeur ou de quelque chose de totalement différent n'a pas vraiment d'importance. Dwayne Brewer, pour sa part, pouvait sentir la faiblesse. C'était une sensation qui lui venait comme la chair de poule. Aussi naturelle. Aussi immédiate. Et à ces instants il savait toujours qu'il maîtrisait parfaitement la situation. En sortant du mobile home, il était certain que Darl Moody avait peur, mais il ignorait s'il avait vu ou non Carol dans les bois.

La lune déclinante brillait parmi les pins échevelés, un anneau l'entourant de sorte que sa face était auréolée. Les anciens affirmaient que ça signifiait qu'il allait neiger, mais si l'air était bien mordant, Dwayne n'y croyait pas. Il donnait foi à tout un tas de contes de bonnes femmes, comme le fait que les œufs pondus le dimanche ne donnaient que des coqs, ou que les serpents à sonnette jaunes suivaient toujours les noirs, mais malgré ces superstitions, il était certain qu'il ne neigerait pas le dernier jour de septembre.

Il se tint un moment au bord du porche et sortit un paquet de cigarettes souple de la poche à règle qui longeait la couture de son pantalon. Il gratta une allumette arrachée à une pochette provenant de la boutique Hill's Minnow Farm, tira une longue bouffée, puis souffla la fumée devant lui si bien qu'il fendit son propre nuage lorsqu'il descendit les marches pour gagner la cour. Il n'était pas particulièrement pressé. Son instinct lui disait que Darl Moody racontait des conneries, mais la caméra n'ayant pris aucune photo de son frère, il ne pouvait être sûr de rien. Il le découvrirait cependant d'une manière ou d'une autre. Il y avait toujours un moyen de vérifier ce que quelqu'un disait, et si Darl mentait, Dwayne reviendrait.

La Buick Electra était garée en travers près d'un fusain dont les feuilles brillaient d'un éclat jaune malgré les tons froids de la nuit. La camionnette de Darl était stationnée à proximité, et lorsque Dwayne atteignit la vitre côté conducteur de sa voiture, il s'arrêta et regarda à l'arrière du pick-up de Darl. Un revêtement bon marché et gondolé recouvrait le plateau. Le fond était rainuré pour que l'eau s'écoule par l'arrière. Des aiguilles de pin et de la terre obstruaient les sillons, et il y avait un sac de béton de quarante kilos ainsi que quelques petits clous éparpillés sur le plastique. À l'autre extrémité, quelque chose attira son regard. Un objet métallique qui produisait un éclat terne dans le clair de lune, coincé entre les rainures du revêtement. Il contourna l'arrière du pick-up, posa un bras sur le hayon et attrapa ce qu'il venait de remarquer.

Dwayne reconnut un canif qu'il avait vu un millier de fois au cours de sa vie. Il retourna le Case Sod Buster bon marché entre ses mains, le tenant par les extrémités comme s'il roulait une cigarette. Le manche jaune en polymère était fendu d'un côté, si bien qu'il ne restait que la moitié de la coque. Ça s'était produit longtemps auparavant, quand le couteau avait glissé de sa poche et s'était fendu contre une pierre alors que son frère et lui jouaient dans les bois pendant leur enfance. Red Brewer avait assommé Dwayne à coups de gifles et écrasé une cigarette sur le bras de Sissy sous prétexte qu'il avait laissé son frère voler le couteau de leur père. Dwayne appuya sur le cran et ouvrit la lame en acier carbone, la tint à la lumière et vit les ondulations de la patine d'un gris sombre et bleuté qui avait teinté l'acier après toutes ces années. La pierre à aiguiser avait rongé la lame, si bien qu'elle était aussi fine qu'un couteau à filet, même si elle était toujours aussi acérée qu'un rasoir. C'était la seule chose que Carol avait voulue à la mort de leur père, et Dwayne n'avait pas discuté. À l'époque, il ne savait pas trop si son frère aimait particulièrement le couteau, ou s'il représentait autre chose, une sorte d'évocation d'un souvenir qu'il pouvait tenir dans ses mains et qui lui permettait d'aller et venir entre l'avant et l'après.

La rage montait désormais en lui. Il la sentit d'abord au centre de sa poitrine, puis elle crût avec une intensité furieuse jusqu'à atteindre ses yeux. Une fureur irréfléchie s'empara de lui, son corps motivé par l'émotion plus que par le bon sens. Il traversa la cour, monta sur le porche et arracha la porte de ses gonds d'un coup de son énorme botte de bûcheron. Darl se tenait près de la table à manger et il se retourna, terrifié, tapant de la main sur la table avant de trouver son arme. Mais Dwayne était déjà sur lui, et quand il leva le pistolet, son poignet fut repoussé vers le plafond et la balle alla percuter le lustre en cuivre, une ampoule explosant dans son sillage, et le luminaire se mit à se balancer au bout de sa chaîne bon marché. Dwayne agrippait le bras de Darl d'une main tandis qu'il lui écrasait la trachée de l'autre. Darl avait le dos cambré contre la table, puis il tomba par terre, l'arme lui échappant des mains tandis que les poings de Dwayne s'abattaient comme des pierres.

Dwayne trouva son rythme et le feu se répandit en lui. Il sentait tout son corps se réchauffer comme s'il avait bu un shot de whiskey. Les coups pleuvaient et Darl appela d'abord à l'aide, du sang lui coulant du nez et de la bouche, mais bientôt il n'y eut plus d'autre bruit que le son sourd de la jointure des doigts claquant sur de la viande. Dwayne frappa le front de Darl et son cuir chevelu s'ouvrit. L'éclat blanc de l'os rapidement remplacé par du rouge ramena un soupçon de raison à un esprit qui en avait été vidé. Les épaules de Dwayne s'affaissèrent et il plaça ses mains autour du col du tee-shirt de Darl, pesant de tout son poids sur ses clavicules. Darl Moody était inconscient sous lui et il resta là, assis à califourchon sur son corps immobile, ne parvenant pas à retrouver son souffle.

Lorsqu'il se réveilla, Darl Moody tourna la tête d'un côté et de l'autre, balayant la pièce de ses yeux gonflés comme s'il tentait de comprendre où il était. La grange familiale était faiblement éclairée et remplie d'ombres. Il était debout, adossé à la face en spirale d'une grande balle de foin ronde. Ses bras étaient écartés, ses poignets attachés à un câble d'un centimètre d'épaisseur qui faisait le tour de la balle et était fixé à un treuil de l'autre côté. La tension était telle qu'il avait l'impression que ses épaules allaient se déboîter.

Dwayne était assis sur un cageot retourné et ôtait la terre noire sous ses ongles avec la pointe du couteau de son frère. Il leva les yeux en entendant Darl reprendre ses esprits. Un mélange de sang et de mucus lui coulait de la bouche et du nez. Son visage était pulvérisé, sa respiration difficile et bruyante. Lorsque leurs regards se croisèrent, Darl voulut appeler à l'aide, mais sa voix se coinça quand le souffle lui manqua. Il inspira une bouffée d'air et hurla une fois de plus, ses pieds battant furieusement le sol bien que le poids dans son dos fût impossible à bouger. Il grogna, toussa, puis cria de nouveau jusqu'à ce que son corps s'affaisse finalement d'épuisement.

« T'as fini ? » demanda calmement Dwayne, levant à peine les yeux tandis qu'il ôtait la terre de la pointe du couteau en la passant d'avant en arrière sur sa cuisse.

Darl gueula une fois de plus à pleins poumons et Dwayne secoua la tête avec dégoût avant de recommencer à se curer les ongles.

Lorsque le silence revint, Dwayne Brewer se leva, pinça la lame du couteau entre ses doigts, referma le canif et le glissa dans sa poche. Il s'approcha de quelques pas et se tint immobile, les jambes écartées, les mains dans le dos. Darl le regarda et cette fois, quand leurs yeux se croisèrent, il laissa retomber son menton contre sa poitrine.

« T'es prêt à me dire ce qui s'est passé ? » demanda Dwayne d'une voix toujours basse et calme.

Darl se remit à crier, mais Dwayne en avait assez d'attendre. Il se précipita en avant jusqu'à ce qu'ils soient face à face, et il hurla au visage de Darl. Ce dernier secouait la tête et pleurait, sa voix retombant pour ne plus être qu'un gémissement. Dwayne resta planté devant lui, si près qu'il sentait l'odeur du tabac dans l'haleine de Darl, et il beugla de toutes ses forces, tel un animal solitaire hurlant vers le ciel dans l'espoir qu'on lui retournerait son appel.

La grange sentait le foin mûr, le sol était recouvert d'une poussière douce. Dwayne pivota sur lui-même et parcourut la pièce du regard. Le Massey Ferguson rouillé qu'il avait vu dans la maison sur la photo de Darl et de son père se trouvait au centre de la grange, avec un chargeur fixé aux vérins hydrauliques à l'avant. Une longue fourche à foin terne dont la peinture jaune moutarde s'était estompée était boulonnée au chargeur et saillait à la base du godet. Dwayne marcha jusqu'au tracteur et grimpa sur le siège.

La clé était dans le contact. Il enfonça l'embrayage avec son pied gauche et la tourna. Le démarreur gémit avant que le moteur prenne. Le tracteur gronda mollement, puis le bruit s'accéléra lorsque Dwayne ajusta la manette des gaz. Il joua avec les vérins hydrauliques pour déterminer comment lever le chargeur et la fourche à foin, et lorsqu'il eut compris les commandes, il engagea une vitesse et se mit à rouler. La fourche était à hauteur de la poitrine de Darl. Le tracteur avançait gentiment, et lorsqu'il fut près de Darl, Dwayne le mit au point mort, coupa le moteur et freina très légèrement pour que l'engin continue de progresser lentement, la fourche appuyant sur le sternum de Darl à mesure que les roues tournaient.

Dwayne ne voulait pas l'empaler, et la fourche ne lui transperça pas la peau. À la place, elle s'enfonçait dans sa poitrine, le foin faisant office de coussin dans son dos, si bien qu'il avait du mal à respirer. Il n'y avait aucun bruit hormis le cliquetis du moteur qui refroidissait et les gémissements sifflants qui s'échappaient des lèvres de Darl. Dwayne descendit du tracteur et donna un coup de pied dans le pneu avant. Après quoi il regarda Darl et renifla l'air. Un mélange d'essence et de gaz d'échappement emplissait désormais la pièce.

« Maintenant on peut discuter », dit-il.

Darl dut prendre deux ou trois petites bouffées d'air pour parler, et quand il le fit, ses mots étaient à peine plus qu'un murmure.

« Est-ce que tu vas me tuer ?

– Oui », répondit Dwayne d'un air détaché, comme si on lui avait demandé s'il avait faim.

Darl se remit à pleurer, respirant avec tellement de difficulté qu'il s'étouffait comme s'il se noyait. Dwayne secoua la tête. Il était dégoûté de voir un homme planté là sans la force de se battre, pleurnichant, aussi impuissant qu'un putain de gamin. Il n'y avait pas de place dans ce monde pour les faibles. Il parcourut les quelques pas qui les séparaient et approcha tellement son visage de celui de Darl qu'il sentit sur sa joue chaque souffle qui sortait de sa bouche.

« Tu sais ce que j'ai vu, reprit-il. Tu sais que je sais que t'étais là-bas, et que toi et une autre personne avez porté quelque chose hors du bois ce soir-là. Ce que je veux savoir, c'est ce qu'il y avait dans cette bâche. » Darl resta silencieux. Dwayne lui appuya fort le doigt sur le front et rugit : « Réponds-moi ! Est-ce que c'était mon frère ?

– Oui, gémit Darl.

– C'était qui avec toi ? »

Une fois encore, Moody ne répondit pas.

« Tu vas me le dire où je vais attraper ces tenailles et commencer à t'arracher des morceaux comme si c'était une putain d'expérience scientifique. Je crois que tu serais surpris de découvrir tout ce qu'un homme peut perdre sans mourir. Tu t'évanouiras, mais tu reprendras conscience. Tu te réveilleras et je continuerai. »

Darl sanglota et bafouilla quelque chose d'inaudible.

« Qu'est-ce que tu dis ? » demanda Dwayne.

Les larmes de Darl redoublèrent, et en expulsant tout l'air qu'il avait en lui, il prononça en gémissant le nom de son meilleur ami : « Calvin Hooper. »

Dwayne acquiesça et s'écarta du visage de Darl. Il retourna au tracteur et posa le pied sur le pneu avant.

« Vous l'avez enterré ou vous l'avez simplement balancé quelque part dans les bois ?

– Enterré, répondit Darl.

– Et Calvin Hooper t'a aidé ? »

Darl acquiesça et tenta de ravaler la salive et le sang qu'il avait dans la bouche.

C'était tout ce que Dwayne avait besoin d'entendre. Il se foutait un peu de savoir comment c'était arrivé, si c'était accidentel ou intentionnel. Dans un cas comme dans l'autre, son frère était mort, et dans un cas comme dans l'autre, deux hommes l'avaient mis en terre. Deux hommes, ça se résumait désormais à ça. Deux hommes qui savaient la même chose. Il n'y en avait pas un meilleur que l'autre. Les deux avaient pu le balancer dans sa tombe. Réduire ce nombre rendrait les choses tellement plus simples.

Dwayne Brewer tira le canif de son frère de sa poche et déplia la lame. Il vérifia sur son pouce qu'elle était acérée, le tranchant brillant d'un éclat d'un blanc pur à la faible lueur de la lampe. Il s'approcha rapidement et d'un geste net fit courir la lame dans le sens de la largeur sur le cou de Darl Moody, sa gorge s'ouvrant comme des lèvres. Le sang jaillit en longues giclées, s'écoulant sur l'avant de ses vêtements, peignant sa chemise et la fourche à foin et son pantalon, puis se déversant sur le sol poussiéreux. Darl suffoquait et battait violemment des pieds dans la flaque qui se répandait sous lui. Même si ça paraissait facile au cinéma, il n'y avait aucune grâce dans la mort. Il se pissait et se chiait dessus, et les gargouillis qu'il produisait en tentant d'inspirer de l'air ressemblaient à une canalisation bouchée.

Dwayne resta là à regarder Darl dans les yeux comme s'il regardait un ciel nocturne. Enfant, il avait été fasciné par le fait que les étoiles pouvaient mourir, et lui et son frère avaient passé bien des nuits dans les bois derrière leur maison, observant à travers les espaces dans les arbres, attendant que les lumières se consument au-dessus d'eux. Malgré toutes ces nuits, ils n'en avaient jamais vu une seule disparaître. Pendant toutes ces années, toutes ces années, les étoiles s'étaient accrochées à leur brillance, mais en quelques courtes secondes les yeux de Darl Moody s'éteignirent.

11

Chaque nuit depuis qu'ils avaient enterré Carol Brewer dans le champ du fond, Calvin Hooper se réveillait toutes les dix minutes après des rêves qui se terminaient toujours de la même manière. Parfois il était sur une pelleteuse sur un chantier, ou alors il se tenait dans le rectangle du frappeur pendant une partie de softball, ou peut-être qu'il regardait par la fenêtre de la cuisine tout en faisant la vaisselle, mais il apercevait du coin de l'œil quelque chose qui attirait son attention, et en se tournant pour regarder il voyait des voitures de police avec des agents qui en descendaient, et il savait pourquoi ils étaient là, et ils étaient trop proches pour qu'il puisse s'enfuir, et cette certitude, cette certitude accablante le réveillait brusquement et il suffoquait, sa gorge sèche le faisant souffrir.

Une fois encore, il n'arrivait pas à dormir. Il avait vidé la moitié d'une bouteille de Pepto-Bismol et était allongé sur le dos au-dessus des draps, fumant une cigarette avec un cendrier en verre posé sur le ventre, quand il entendit un craquement sur le porche. La fenêtre de la chambre était ouverte, et lorsqu'il jeta un coup d'œil à l'extérieur, il ne vit rien dans la cour éclairée par la lune. Au cours des dernières semaines, un animal était venu sur le porche la nuit pour voler les croquettes qu'il laissait dehors dans un bol pour un chat errant. Calvin supposa que c'était lui qui avait fait du bruit et se rendit à la porte pour mettre en fuite le charognard.

À travers la porte écran, il ne vit rien sur le porche, et lorsqu'il regarda de chaque côté, l'éclat sur le verre l'empêcha de voir dans les recoins obscurs. Il alluma l'ampoule à l'extérieur et sortit, et il vit aussitôt que quelqu'un se tenait sur sa droite. Il tenta de se retourner pour attraper le fusil de chasse qu'il gardait près de la porte, mais il avait déjà un pistolet pointé entre les yeux.

« Fais pas ça, ordonna l'homme. Va t'asseoir là-bas sur cette balancelle. »

Calvin se figea. Son cœur cognait et il retint son souffle jusqu'à avoir la tête qui tourne. Pendant une fraction de seconde, il regarda Dwayne Brewer dans les yeux, puis il se concentra sur l'extrémité du pistolet que celui-ci tenait, l'arme suffisamment haute pour que Calvin puisse voir l'intérieur du canon. Dwayne mesurait trente bons centimètres de plus que lui, si bien que Calvin n'avait d'autre choix que de lever la tête pour croiser son regard.

« Je t'ai dit de t'asseoir », répéta Dwayne, désignant avec le pistolet une balancelle en bois derrière Calvin.

Ses jambes étaient paralysées, et comme il ne bougeait pas, Dwayne s'avança et le frappa avec l'arme sur le côté du visage. Son sourcil gauche s'enflamma aussitôt et des étoiles dansèrent devant ses yeux. Portant les deux mains à son front, Calvin tituba jusqu'à la balancelle et Dwayne s'approcha sans cesser de le viser.

« Tu sais qui je suis ? »

Calvin acquiesça. Le côté de son œil le lançait, et quand il ôta sa main, un filet de sang coula sous sa barbe le long de sa mâchoire, puis goutta de son menton sur sa cuisse nue.

« Alors tu sais pourquoi je suis ici. »

Calvin lui lança un regard vide et ne prononça pas un mot. Tout à coup, il ne se sentait plus ni nauséeux ni fatigué. Son esprit était électrisé, comme s'il avait sniffé un trait de quelque drogue merveilleuse.

« Je suis passé chez Darl et on peut aller y faire un tour pour voir ce que ça a donné, ou alors tu peux nous faire gagner du temps et m'emmener directement à l'endroit où vous avez enterré mon frère.

– Qu'est-ce que t'as fait à Darl ?

– Je crois pas que tu sois idiot, Calvin.

– Qu'est-ce qui lui est arrivé ?

– Il a eu ce qu'il méritait, et ton tour viendra », répondit Dwayne Brewer.

Sa voix était profonde et calme, ses paroles avaient un caractère définitif qui ne laissait guère de place au doute.

« Œil pour œil, dent pour dent. C'est pas ce qu'on dit ? Tu sais ce qu'il a fait et il a payé sa dette.

– Et moi ?

– J'ai pas encore décidé. »

Il y avait une expression étrange sur le visage de Dwayne, une légère courbure au coin des lèvres, comme si ses pensées l'amusaient. Il s'approcha un peu plus, jusqu'à ce que l'ampoule accrochée près de la porte soit juste au-dessus de son épaule, lui conférant une silhouette menaçante.

« Œil pour œil, Calvin. La règle ne change pas.

– Je sais pas de quoi tu parles.

– Tu vas m'emmener à l'endroit où vous avez tous les deux enterré mon frère, et tu vas me le rendre pour que je puisse réparer ça.

– Comment ?

– Ça te regarde pas. C'était mon *frère* », répliqua Dwayne. Il prononça ce dernier mot d'une voix grondante, et Calvin comprit ce qu'ils lui avaient pris et ce que ça signifiait. « C'était tout ce qui restait de ma famille, et je compte bien réparer ça.

– Et après ?

– Tu découvriras bien assez tôt ce qu'est arrivé à Darl, et tu sais déjà pourquoi il fallait qu'il en soit ainsi. *Il fallait qu'il en soit ainsi*, répéta-t-il, accentuant cette phrase comme si c'était le destin. Quant à toi, ton heure ne saurait tarder. Et en attendant, ton fardeau ne sera pas léger. »

Dwayne Brewer avait une façon étrange de parler, ce qu'il voulait dire pénétrant lentement l'esprit de Calvin, si bien que le poids de ses paroles faisait tournoyer l'univers encore plus vite. La vision de Calvin se troubla, et pendant une seconde il dut contracter les cuisses le plus possible pour rester concentré. Tout le monde a peur de mourir, mais avoir cette menace au-dessus de sa tête comme une ombre implacable, une noirceur qui ne croissait ni ne s'éloignait jamais, toujours présente, suffisait à rendre fou.

« L'esprit est un enfer à lui seul », déclara Dwayne.

Calvin le regarda, hébété et silencieux.

« Après suffisamment de temps, je suppose que tu finiras peut-être par le faire toi-même, reprit Dwayne. Tu me faciliteras les choses. Sinon, on trouvera une autre solution. Maintenant, allons-y.

– J'ai besoin de passer quelques vêtements », dit Calvin.

Il ne portait qu'un caleçon à motif écossais.

« Je crois que tout ce dont t'auras besoin, c'est de ces bottes là-bas. » Dwayne désigna de la tête une paire de chaussures de bûcheron boueuses près de la porte. Il se pencha pour les ramasser, sans jamais détourner le pistolet de la tête de Calvin. Il les jeta et les semelles claquèrent sur les planches du porche.

« Et d'une pelle.

– Y en a une à l'arrière de ma camionnette.

– Parfait. »

Calvin Hooper enfila les bottes. L'intérieur était froid et poisseux contre sa peau. Il resserra les lacets de cuir dans leurs œilletons et les passa d'avant en arrière dans les crochets, tirant fort avant de les enrouler une fois autour de ses chevilles et de faire un double nœud à chaque pied. Lorsqu'il se leva de la balancelle, Dwayne Brewer désigna les marches et Calvin gagna la cour tête baissée. L'air nocturne était froid, mais la température n'était plus un réconfort. Désormais, ce qu'il ressentait était totalement différent, comme une solitude absolue. Il n'avait aucun mot pour le décrire.

Calvin Hooper traversa le champ sous la menace de l'arme, les sons de la nuit s'atténuant autour d'eux comme si le silence était leur passager. Ses jambes étaient humides et le démangeaient à cause de la rosée dans l'herbe qui arrivait à hauteur de taille dans le premier pâturage. Le bétail les suivit, s'attendant à être nourri, puis se rassembla à la barrière qui donnait sur le deuxième champ et beugla tandis que les deux hommes continuaient de s'enfoncer dans l'obscurité.

Il flottait dans la nuit une odeur humide de foin et de purin, un relent doux et terreux qui lui était si familier que Calvin le remarquait à peine. Ils avancèrent jusqu'à la petite colline puis descendirent vers le dernier pâturage : un long passage étroit bordé d'un côté par un ruisseau et qui coupait à des angles serrés la limite des bois. La pelleteuse était pile là où Darl l'avait laissée, son bras mécanique détourné de la cicatrice d'argile rouge fraîche.

Dwayne Brewer avait porté la pelle depuis la maison pour que Calvin ne fasse pas quelque chose de stupide, et lorsque ce dernier s'arrêta à l'endroit où la terre s'effritait dans l'herbe, il la jeta à ses pieds.

« Creuse, dit-il.

– Ce serait plus facile si tu me laissais utiliser cette machine.

– Oui, en effet, répondit Dwayne. Et tu risquerais d'abîmer le corps de mon frère et je serais obligé de te découper en morceaux. »

Calvin se pencha et ramassa la pelle par terre. Il n'avait pas de gants et le manche en bois était rendu glissant par la rosée. Il savait que ses mains calleuses seraient couvertes d'ampoules d'ici quelques minutes, mais il planta la lame dans le sol, l'enfonça avec sa botte, puis la dégagea et balança la première pelletée d'argile. Le sol était plein de cailloux et de racines, mais la pelleteuse les avait pour l'essentiel brisés, si bien que creuser le trou qui avait été comblé était bien plus aisé que si ç'avait été la première fois.

La boue maculait ses tibias et ses mollets, l'argile éclaboussant ses cuisses tandis qu'il atteignait trente centimètres de profondeur, puis soixante, puis un mètre. Ses muscles le brûlaient et la sueur ruisselait sur son corps, si bien que s'il cessait de creuser, ne serait-ce qu'une minute, l'air glacial de la nuit le paralysait. Calvin supposa qu'il en était à peu près à la moitié lorsque son corps commença à flancher. Il planta la pelle dans le sol de sorte qu'elle tienne toute seule, puis s'assit au bord du trou, son caleçon et ses cuisses se couvrant de terre humide.

« J'ai besoin d'une cigarette », déclara-t-il sans se tourner vers l'endroit où Dwayne se tenait dans l'ombre.

Il entendit quelque chose heurter le sol derrière lui, et lorsqu'il regarda par-dessus son épaule il vit un paquet souple de Doral 100 avec une pochette d'allumettes enfoncée dans la Cellophane. Il tira une cigarette du paquet et craqua une allumette.

« Ces clopes, elles sont à l'homme que t'es en train de déterrer. »

Calvin replaça la pochette d'allumettes où il l'avait trouvée et reposa le paquet par terre. Un calme surréaliste s'était désormais emparé de lui, son esprit ralentissant à mesure que son corps approchait de l'épuisement.

« Tu sais que c'était un accident », dit-il.

Dwayne ne répondit rien. Le seul son provenait d'un petit duc qui hululait de temps à autre quelque part loin parmi les arbres.

« Darl avait pas l'intention de descendre ton frère, Dwayne. Il était dans les bois pour essayer de tuer un cerf, et il a vu ce qu'il a pris pour un cochon sauvage en train de fouiller.

– Il l'a pris pour un cochon, hein ? »

Calvin ne sut comment répondre.

« Je crois que tu ferais bien de retourner dans ce trou », déclara Dwayne.

Calvin se laissa retomber dans la tombe et tourna sa tête en cercles tout en soulevant les épaules pour tenter d'atténuer la tension dans ses muscles. La cigarette pendait à ses lèvres et il passa ses doigts dans ses cheveux, la paume irritée et brûlante. Il avait encore un bon paquet de boulot, et il tenta de se rappeler comment le corps de Carol Brewer était étendu au fond pour être sûr de ne pas l'abîmer avec la pelle. Il n'avait pas voulu regarder, mais pendant une seconde il l'avait fait. L'image qui le hantait lui revint soudain, et ce souvenir l'ébranla avec une aisance déconcertante. Craignant de laisser son esprit s'égarer, il agrippa le manche de la pelle qui était plantée dans le sol et il se remit à creuser parce que c'était plus simple, et au bout de quelques minutes son esprit était absorbé par sa tâche.

La botte gauche de Carol Brewer apparut la première. Lorsqu'il la vit, Calvin appuya la pelle contre le bord de la tombe et s'agenouilla. Ses mains étaient en sang et abîmées, et il laboura l'argile meuble avec ses doigts avant de la balancer sur le côté. Pendant des heures il y avait eu le *tchomp* répétitif de la lame s'enfonçant dans le sol, le bruit doux des pelletées retombant hors du trou. À présent tout était silencieux, et Calvin vit une ombre croître au-dessus de son épaule.

L'odeur de pourriture se mêlait à celle de la terre retournée, mais c'était loin d'être aussi insupportable que ce qu'il s'était imaginé. Les bottes de Carol Brewer et ses jambes furent dégagées. Son pantalon de camouflage était couvert de boue rouge séchée. Quand Calvin atteignit sa taille, il vit la peau qui avait pris une étrange teinte sombre, uniquement adoucie par la couleur de l'argile. Le corps était toujours raide, comme quand ils l'avaient enterré, le sol l'ayant préservé d'une manière ou d'une autre, ralentissant ce qui se serait produit rapidement s'il était resté à l'air libre. Autour de la tête, la terre était rendue poisseuse par une sorte de fluide, et seule la tache de vin indiquait qu'il s'agissait bien de Sissy Brewer. Calvin s'arrêta lorsque le corps fut exposé, et il regarda avec hébétude la silhouette sombre au-dessus de lui.

« Même un chien vous l'auriez enveloppé dans une couverture », observa Dwayne, dégoûté.

Calvin savait qu'il avait raison, que c'était peut-être le détail le plus honteux. Darl et lui n'avaient même pas traité Carol Brewer comme un être humain.

Dwayne Brewer lui passa un drap qu'il avait récupéré dans le coffre de sa voiture et ordonna à Calvin d'envelopper son frère dedans. Lentement, il souleva les pieds de Carol, puis ses jambes, son torse et ses bras, jusqu'à ce que le fin drap de coton soit complètement sous le corps, le tissu éclairé par la lune prenant une teinte bleue, comme une flaque d'eau. Lorsque ce fut fait, il rassembla les coins et fit un nœud que Dwayne, allongé sur le ventre, attrapa dans une main tandis que l'autre continuait de tenir le pistolet. Il grogna, et le corps s'éleva. Le sol était boueux, et Calvin s'appuya à la paroi de la tombe jusqu'à ce que Dwayne dépose son frère à un endroit qu'il ne voyait pas de celui où il se tenait.

Ses bras et ses épaules étaient raides comme du bois, et la plante de ses pieds le faisait souffrir à force d'appuyer sur la pelle. Il était intégralement trempé de boue et de sueur. Il saisit la pelle, la balança hors du trou et s'apprêta à en sortir. Il bondit en s'appuyant du pied contre la paroi, attrapa le rebord au niveau de sa poitrine et poussa de toutes ses forces, son visage embrassant le sol. À cet instant, quelque chose le percuta à l'arrière de la tête, le bruit du métal contre son crâne, et une lumière blanche emplit ses yeux comme s'ils étaient éblouis par un flash d'appareil photo. Puis ce fut le noir complet.

Calvin retomba dans la tombe, bras écartés, une jambe coincée sous son corps. Le sol était froid et humide contre son dos, mais il ne le sentait pas. Il ne voyait ni n'entendait rien. Il ferait jour avant qu'il se réveille transi jusqu'aux os. Pour la première fois depuis des jours, il dormait.

12

Dwayne Brewer porta le cadavre de son frère dans un drap noué par-dessus son épaule comme s'il trimballait un sac de pommes de terre. Et même s'il était d'une force hallucinante, le poids l'écrasait, si bien que lorsqu'il franchit une petite colline et redescendit de l'autre côté, il dut s'arrêter et se reposer, les mains sur les genoux, pour reprendre son souffle.

Le chemin qui serpentait sur huit cents mètres parmi les bois derrière la cabane étroite où avait vécu Sissy pouvait être vu plus comme un tunnel au milieu des arbres que comme un sentier visible tracé sur le sol. Les premières lueurs brillaient derrière un arbre à l'horizon, mais Dwayne aurait pu trouver son chemin de nuit comme de jour, que le sentier ait été envahi d'herbe ou qu'il ait été exactement tel que son grand-père l'avait laissé.

Seule une porte en acier dont la peinture noire écaillée laissait voir des pans irréguliers de rouille et un petit mur de pierres de rivière ressortaient sur le flanc de la colline. Mais même eux étaient camouflés par les ronces et les plantes grimpantes. Le reste du silo était enterré dans la montagne pour préserver une température basse et constante. Le père de Red Brewer avait construit cet endroit, et il continuerait d'exister bien après que leur nom serait éteint. La structure n'était pas si différente des silos et des remises à conserves que les anciens avaient partout dans les montagnes, mais ce qui était étrange, c'était qu'il l'ait construite si loin de la maison. Son grand-père avait toujours utilisé un alambic qui exigeait une bonne eau, alors il l'avait installé près d'un ruisseau peu profond et avait bâti cet endroit quelques mètres plus loin pour entreposer son alcool blanc.

Sur la fin du trajet, Dwayne ne pouvait soulever son frère que sur quelques mètres à la fois. Ses épaules le brûlaient, et son esprit fatigué le ramenait au souvenir du fin sentier rouge qui avait autrefois marqué le chemin qu'il avait emprunté. À l'époque, Sissy et lui aidaient leurs grands-parents à transporter les bocaux de légumes d'été de la maison au silo dans une brouette bleue dont le fond était tapissé de vieux édredons.

Dwayne posa sa charge derrière lui et leva une épaisse barre d'acier de son support, et la vieille porte s'ouvrit en gémissant sur ses gonds rouillés. Un souffle d'air l'atteignit, et son odeur, sa fraîcheur sur son visage, le ramenèrent à un moment où il s'était tenu là, arrivant à peine à la hanche de son grand-père. Un cerf éviscéré était suspendu à un crochet au plafond pour sécher. Son grand-père l'avait rapporté pour découper en morceaux la viande sombre et tendineuse. Il y avait tellement de souvenirs attachés à ce lieu, tellement de souvenirs de membres de sa famille et des choses qu'il avait le plus aimées.

Peu à peu, ses yeux s'accoutumèrent à l'obscurité à l'intérieur et il entra. Il n'y avait pas d'électricité et les lanternes accrochées au plafond n'avaient plus de pétrole. La fine lumière qui pénétrait par la porte éclairait le sol poussiéreux, les poutres de soutènement en bois enduit de poix, les étagères fabriquées à partir de cageots qui bordaient les murs, sur lesquelles des bocaux oubliés renfermaient toujours des haricots et du maïs dans des solutions troubles. Une petite fissure courait sur le mortier du mur du fond, scintillant à cause de l'eau qui suintait lentement, rendant la pièce froide et humide et sujette à la moisissure.

Dwayne porta son frère dans le coin opposé et l'adossa au mur de pierre. Il sortit le canif de Sissy de sa poche et découpa le drap comme si c'était un cocon. L'odeur de la chair en décomposition était de plus en plus forte, et Dwayne en était imprégné – son maillot de corps blanc et son pantalon marron étaient tachés de boue, de sang et de sueur, ainsi que d'autre chose, un fluide qui s'était écoulé à travers le drap. Il dégagea le corps de Sissy du tissu, le découpant en lambeaux jusqu'à ce qu'il ne reste plus qu'un tapis tirebouchonné sous lui. Le cadavre était raide, et Dwayne dut fournir un effort considérable pour le faire tenir droit, ses bras pendant contre ses flancs, ses jambes étendues devant lui comme s'il était juste assis là, en équilibre contre le mur.

De l'argile recouvrait la tenue de camouflage de Sissy et conférait à sa peau devenue sombre une teinte d'un orange sec et poussiéreux. Un seau en étain était posé près de la porte, et Dwayne le porta dehors pour le remplir au ruisseau afin de nettoyer le visage de son frère. Le sol était meuble et vert, un épais tapis de graminées s'étirant jusqu'à l'endroit où l'eau s'écoulait. Elle était incolore, le ruisseau parfaitement limpide lorsqu'il plongea le seau dedans pour le remplir. Il fit tournoyer l'eau dans le fond rouillé, vida puis remplit de nouveau le récipient jusqu'à ce que son contenu soit aussi clair que ce qui s'écoulait sur les pierres et le sable.

De retour dans le silo, Dwayne prit de l'eau entre ses mains et la versa sur la tête de son frère comme s'il le baptisait. Les cheveux de Carol étaient épais et bouclés, d'un blond-roux comme le foin, mais ils s'aplatirent tandis que l'eau les plaquait sur son crâne, des gouttes aussi minuscules que des perles de verre se coinçant dans ses cils. Dwayne se mouilla une main et la passa sur la joue de son frère, et il eut l'impression de toucher un manteau en daim trempé de pluie. Quelque chose dans cette sensation faillit le faire vomir et il ne supporta plus de le toucher. Il se releva, attrapa le seau et fit couler l'eau sur le visage de Carol, puis il versa ce qui restait sur sa tête et ses bras. Même si Carol était trempé – ses vêtements adhérant à son corps, le sol poussiéreux assombri sous lui –, Dwayne le voyait désormais plus clairement. Sa peau était d'une teinte verdâtre, ses bras couverts de cloques et gonflés comme s'ils avaient été carbonisés. Il y avait des boursouflures sur ses lèvres, une résine couleur ambre avait séché au niveau de sa bouche et de ses yeux, et sa tache de vin sombre était la seule preuve qu'il s'agissait bien de Sissy.

Dwayne se tint au-dessus de ce qui restait de sa famille. Jusqu'alors il avait été occupé, et ce n'était qu'à cet instant qu'il pouvait prendre le temps de réfléchir aux conséquences.

Toute sa vie, il avait estimé qu'il devait protéger son frère, faire en sorte d'assumer l'essentiel de la douleur que ce monde prodiguait parce que lui était assez fort pour la supporter. Lorsqu'il avait fallu s'interposer entre Sissy et leur père quand Red Brewer attrapait un gros pichet en verre ou un chenet en fonte pour le lui jeter, ou planquer Sissy dans le placard quand un des copains de cuite de Red débarquait dans la chambre des garçons tard le soir pour se glisser dans le lit à côté d'eux, Dwayne avait encaissé autant qu'il avait pu, car l'amour pour son frère était le plus profond qu'il avait jamais connu.

La culpabilité s'empara alors de lui, une honte immense qui le frappa avec une force qu'il n'avait jusqu'alors jamais ressentie. Il s'effondra à genoux en sanglotant et bascula tête la première sur la poitrine humide de son frère. Il gémit et hurla, cognant des poings sur le sol jusqu'à ce que la jointure de ses doigts soit couverte de poussière et de sang. « Je suis désolé ! bégayait-il. Je suis désolé ! », ses paroles étouffées mais sonores. Les larmes ne s'estomperaient que quand quelque chose de plus grand le trouverait. Une seule émotion pouvait masquer ce genre de tristesse, l'unique émotion dont il savait qu'elle était plus puissante que la souffrance. Avec le temps, elle arriverait. Et alors il saurait vers quoi diriger sa rage.

13

Calvin Hooper se réveilla aux premières lueurs du jour, transi jusqu'aux os. Il était nu à l'exception de son caleçon et de ses bottes, la peau couverte de boue humide. C'est le bruit de ses dents en train de claquer qui l'arracha à son sommeil. Il était recroquevillé en position fœtale, frissonnant, et lorsqu'il ouvrit les yeux, ceux-ci se posèrent sur un objet brillant devant son visage. Il tendit la main vers ce qu'il voyait, fit rouler l'enveloppe en cuivre entre ses doigts et examina la douille : une cartouche .45 ACP, laissée dans la tombe comme une promesse.

Il serra la balle dans sa main, roula sur le dos et fixa le ciel vide. Quelques étoiles lointaines ne s'étaient pas encore retirées dans l'obscurité. Il resta allongé là quelques minutes, heureux de s'être au moins réveillé. Il passa le bout des doigts sur la coupure qui bordait son sourcil gauche, puis sentit la bosse à l'arrière de sa tête. Son crâne le lançait en rythme avec son cœur, et lorsqu'il se leva, la douleur redoubla, cognant tandis qu'il s'extirpait de la tombe.

La maison de ses parents surplombait le champ du milieu et il ne pouvait risquer d'être vu, alors il rentra chez lui en restant proche de la colline, longeant discrètement une clôture affaissée dont les piquets étaient aussi gris et fins que des os rongés. Il se posait tant de questions, il y avait tant de choses qu'il ne comprenait pas. Il entendait encore résonner la voix de Dwayne Brewer, cinq mots aussi définitifs et catégoriques que s'ils avaient été gravés sur une pierre tombale : « Il a payé sa dette. » Bientôt, Calvin saurait quelle était la sienne. La balle qu'il portait dans sa main en était la garantie.

Des deux côtés de l'allée de Darl Moody, les champs étaient remplis de hautes herbes dorées prêtes à être coupées et mises en balles. Le pâturage était accolé à un épais bosquet de pins, et l'allée de gravier se poursuivait parmi les arbres jusqu'à l'endroit où se dressait le mobile home avec son revêtement beige taché et gondolé. Le toit en bardeaux était parsemé d'aiguilles de pin d'un brun rouille. Le sol l'était également, si bien que lorsque Calvin arriva, les semelles de ses chaussures ne firent aucun bruit dans la cour. Il tira son paquet de cigarettes de sa poche de jean et souffla un trait de fumée dans le ciel. La cime du pin au-dessus de lui était morte et pleine de branches cassées.

Un petit porche couvert menait à l'habitation ; une chaise en plastique avait été repoussée sur le côté, la porte était de travers sur ses gonds. Il monta les marches et pénétra à l'intérieur. L'entrée conduisait à un grand espace de vie où des vêtements étaient empilés sur un canapé en cuir noir. La table basse qui lui faisait face était encombrée de factures et de télécommandes. Un meuble télé était placé en oblique contre le mur.

Il contourna le canapé jusqu'à la salle à manger : un couloir sur la droite, la cuisine sur la gauche, une chambre plus loin. Les ampoules imitant des flammes de bougie d'un lustre en cuivre bon marché étaient allumées au-dessus de la table de la salle à manger, mais seulement quatre sur les cinq. La table était de travers et il y avait du sang sur le sol. La couleur rouge sombre lui fit dresser les poils sur la nuque. Il s'agenouilla et examina les gouttes qui avaient moucheté la moquette. Quelque chose sous la table attira son regard, une petite douille argentée.

Toujours accroupi, Calvin parcourut la pièce du regard à la recherche de l'endroit où la balle s'était logée. Au-dessus de lui, la cinquième ampoule n'avait pas grillé. Elle avait explosé. Le bras du lustre était déformé et il y avait un trou dans le panneau du plafond derrière. Mais il n'y avait pas assez de sang pour que quelqu'un ait été tué par balle ici. L'endroit était vide et silencieux.

Lorsqu'il sortit sur les marches devant le mobile home, il distingua la grange au bout de l'allée qui traversait les pins. Deux vieux tennessee walkers efflanqués se tenaient côte à côte dans le pâturage sur la gauche lorsqu'il s'engagea sur l'allée de gravier, l'herbe haute autour d'eux. Calvin regarda les chevaux et ils ne se retournèrent pas. Une brise souffla sur le champ, plaquant l'herbe sur le côté comme une raie dans des cheveux, et l'air devint frais lorsqu'elle l'atteignit.

Dans sa tête, il savait déjà ce qu'il trouverait à l'intérieur. S'y étant rendu des centaines de fois, il pouvait se représenter la grange de mémoire : un tas de piquets de clôture dans un coin, des bidons d'huile de moteur couverts de poussière bordant une étagère peu profonde, des bouteilles de Clorox en verre brun, des morceaux de corde enroulés et suspendus à des clous tordus, des coupe-boulons ici, un jeu de clés Allen là, trois pièges à animaux à côté d'un bidon d'essence dans les combles. C'était une grange semblable à des centaines d'autres dans le comté, un endroit rempli de choses sans grande importance. Mais quand sa main toucha la poignée en métal froide de la porte, il fut submergé par une sorte de tristesse de mauvais augure, une sensation qui traversa son corps, l'assurant de ce qu'il découvrirait.

Il tira la lourde porte coulissante et entendit une hirondelle rustique s'envoler de son nid dans les chevrons du plafond, le léger battement de ses ailes puis le silence. L'air était chargé d'un mélange de vieux foin et d'essence et l'acier terne sentait la rouille. Il n'y avait pas de lumière à l'intérieur, juste les rayons du soleil qui pénétraient par la porte ouverte. De l'entrée de la grange, il vit Darl Moody contre une balle de foin ronde, les bras écartés sur le côté, la tête pendant sur sa poitrine, le col de sa chemise rouge de sang. Le reste de son corps était dissimulé par un vieux tracteur Massey Ferguson. Calvin s'approcha jusqu'à voir le chargeur levé et la fourche à foin plantée dans la poitrine de Darl. Pendant une seconde il resta là, totalement incrédule. De toute sa vie, il n'avait jamais rien vu d'aussi cruel, le spectacle devant lui était irréel, incompréhensible.

Un sang noir recouvrait l'avant de Darl, la flaque sous ses pieds aussi épaisse que de la peinture sur la poussière, comme si un cerf avait été éviscéré là. Calvin tomba à genoux. Il fixa le sol poussiéreux avec des fourmis dans la paume des mains, les bras incapables de soutenir son poids. Ses oreilles se mirent à siffler, la pièce sembla se resserrer autour de lui et il n'arriva plus à respirer. Il se retourna et sortit de la grange à quatre pattes, rampant péniblement sur le gravier jusqu'à ce que ses mains rencontrent de l'herbe, la rosée imprégnant les genoux de son jean, la froideur du monde le réveillant avec une intensité brûlante.

C'est là qu'un sentiment de déchirement le trouva, un chagrin si profond qu'il se roula en boule et sanglota comme si c'était la fin du monde. Les secondes étaient des heures et les minutes des jours, les années devenant des décennies de larmes, un millier au moins avant que la sensation s'estompe suffisamment pour qu'il parvienne à passer le coup de fil.

« Police du comté de Jackson, quel est votre problème ?

– J'ai besoin d'aide, répondit Calvin.

– D'accord, monsieur, mais j'ai besoin que vous me disiez quel est votre problème. »

Ces quelques mots étaient tout ce qu'il parvenait à dire. Il tenta désespérément de parler.

« Monsieur ? Monsieur, vous êtes là ? »

Mais il n'avait pas assez d'air en lui pour répondre.

14

Après quatre heures passées au poste de police à attendre que les enquêteurs reviennent de la scène de crime, Calvin Hooper devenait complètement dingue. La pièce n'était pas plus grande qu'un placard et il en avait mémorisé chaque détail : la moquette à boucles homogènes couleur ardoise, les murs blancs et dépouillés, une horloge ronde centrée au-dessus de la porte avec sa trotteuse rouge qui achevait son tour de cadran, la texture rugueuse du plateau gris de la table devant laquelle il était assis sur une chaise pliante en métal, fixant une petite caméra accrochée au plafond dans un coin de la pièce.

Il était convaincu qu'ils l'observaient. Il tentait de rester calme, mais la vérité était qu'il perdait la boule. Les néons au-dessus de lui étaient d'un blanc aveuglant, leur reflet sur les murs l'entourant de lumière. C'était comme être ébloui par de la neige, la pièce si lumineuse qu'il avait l'impression qu'elle le touchait physiquement, cognant sur ses bras et son visage. Quatre heures qu'il était assis là. Quatre heures et personne n'était venu lui dire un mot. Il n'en pouvait plus. Il savait que s'il restait là une minute de plus il péterait les plombs.

Calvin se leva et jeta un coup d'œil par la petite vitre blindée de la porte. Personne ne semblait monter la garde à l'extérieur.

Il s'attendait à ce que la porte soit fermée à clé, mais à sa grande surprise elle s'ouvrit sur un couloir vide, pas une âme dehors pour le retenir. Tirant son paquet de cigarettes de sa poche, il longea le couloir en direction de l'entrée par laquelle ils l'avaient amené. Le hall se trouvait à l'angle sur la gauche.

Il passa devant une porte ouverte et jeta un coup d'œil dans une pièce où une femme qui portait trop de maquillage était assise derrière un bureau, pianotant sur un clavier. Elle leva les yeux vers lui et il vit la ligne où son fond de teint s'arrêtait sur sa mâchoire, son visage d'une teinte plus sombre que son cou. Des boucles serrées tombaient sur ses épaules et ses cheveux sombres étaient crêpés à l'avant. Elle plissa les yeux et commença à se lever.

« Monsieur ? »

Calvin accéléra et ne répondit pas.

« Monsieur ? répéta-t-elle, le suivant à présent dans le couloir. Monsieur, où allez-vous ? »

Il se retourna et lui montra le paquet de cigarettes dans sa main.

« Je sors fumer une clope.

– Non, j'ai besoin que vous retourniez vous asseoir dans cette pièce. »

Elle s'approcha de lui, le tailleur-pantalon qu'elle portait bruissant tandis qu'elle marchait.

« Je suis là-dedans depuis quatre heures, et personne n'est venu me dire un mot. J'ai rien fait de mal. » Calvin commençait à être en colère. « Maintenant, je vais sortir fumer une cigarette, et quand j'aurai fini, je reviendrai et j'irai m'asseoir.

– Non, monsieur. Vous allez retourner dans cette pièce comme je vous l'ai demandé et vous allez attendre patiemment. »

Lorsqu'elle arriva à son niveau, elle lui saisit le bras et Calvin se dégagea vivement.

« Ne me touchez pas ! »

Elle voulut de nouveau l'attraper et il recula. La femme hurlait qu'il allait retourner s'asseoir dans la pièce, Calvin hurlait qu'il allait sortir fumer une cigarette, et ils étaient en train de se prendre le bec lorsque l'inspecteur Michael Stillwell apparut à l'angle et les sépara.

« Hé, bafouilla-t-il. Hé ! Qu'est-ce qui se passe ? »

La femme commença à parler et Calvin l'interrompit. Il avait connu Michael Stillwell toute sa vie, les deux hommes ayant joué au base-ball ensemble au lycée, et même s'ils n'avaient jamais été vraiment amis, Calvin était heureux de voir un visage familier.

« Je suis assis dans cette foutue pièce depuis quatre heures, Michael, et personne n'est venu me dire un mot. Maintenant, tout ce que je veux, c'est sortir fumer une cigarette.

– Pas tout de suite », répondit Stillwell.

Ses yeux étaient gris et ses cheveux toujours sombres, mais il avait désormais des poches sous les yeux, et il avait pris un peu de ventre. Il portait un costume bleu marine bon marché, un de ces plans trois-pour-le-prix-de-deux de chez Belk qui ne servaient à rien hormis aux entretiens d'embauche pour des jobs payés des queues de cerise et pour habiller les morts.

« Comment ça ? Tout ce que je veux, c'est sortir fumer une foutue cigarette. Je suis en état d'arrestation ?

– Non, tu n'es pas en état d'arrestation.

– Alors pourquoi je peux pas sortir ?

– Je venais justement te voir, expliqua Stillwell. Viens. Retournons là-bas et discutons. » Il posa une main sur son épaule et désigna le couloir de l'autre. Il le ramena à la salle d'interrogatoires, ouvrit la porte et la tint pour que Calvin entre. « Assieds-toi là et je reviens dans une seconde. »

Calvin pénétra dans la pièce et se laissa tomber sur la chaise pliante. Il se frotta les yeux, les rouvrit en grand et revit l'éclairage lumineux de la pièce. Il serra les dents.

Après une minute ou deux, Stillwell revint avec deux gobelets en polystyrène.

« Je t'ai apporté du café », dit-il en les posant sur la table.

Il ôta sa veste et la suspendit au dossier de sa chaise.

« Je veux pas de café, Michael. Je t'ai dit que je voulais une cigarette.

– Vas-y, fume.

– On m'a dit que je pouvais pas le faire ici. Il paraît que personne n'a le droit de fumer dans le bâtiment.

– Et c'est à peu près le dernier de mes soucis, Cal, répliqua Stillwell. Les cendres dans ce gobelet si tu ne le bois pas. »

Il glissa un des cafés fumants vers Calvin.

Ce dernier se radossa contre sa chaise et fouilla dans sa poche. Il sortit une cigarette de son paquet et alluma son briquet, prit une longue bouffée et recracha la fumée en hauteur. Le nuage se brisa contre le plafond et redescendit sur eux tandis qu'il posait ses clopes sur la table et plaçait le briquet au centre du paquet.

« J'ai consulté la déposition écrite que tu as faite quand tu es arrivé ici, mais je vais te poser quelques questions et j'ai besoin que tu sois complètement honnête avec moi, Cal. »

La cigarette pendait aux lèvres de Calvin et il plissa les yeux pour en écarter la fumée. Il se pencha de nouveau contre sa chaise et enfonça les mains dans les poches avant d'un sweat-shirt à capuche sale qui portait la mention « Société de terrassement Hooper » sur la poitrine.

« C'est une déposition officielle, exactement comme celle que tu as écrite, ce qui signifie qu'il vaudrait mieux que tu ne changes pas ta version des faits à partir de maintenant, tu comprends ? »

Calvin acquiesça et la cigarette rougeoya entre ses lèvres.

« Nous sommes enregistrés. » Stillwell leva les yeux vers la caméra dans le coin de la pièce. « J'ai donc besoin que tu répondes à ce que je te demanderai le plus honnêtement possible. Dis-moi tout ce qui te vient à l'esprit, même si ça ne semble pas très important. »

Une fois encore, Calvin acquiesça. Il ôta sa main de sa poche pour faire tomber la cendre de sa cigarette, des bouts de tabac brûlant produisant un sifflement lorsqu'ils touchèrent le café.

« Donc, à quelle heure es-tu arrivé chez Darl ce matin ?

– Vers 7 heures, répondit Calvin. Peut-être un peu avant.

– Et qu'est-ce que tu faisais là-bas ?

– J'étais venu pour essayer de l'aider avec son tracteur. Il avait cassé la flèche. Il voulait que je voie si on pouvait la réparer ou s'il fallait qu'il en achète une nouvelle.

– Et pourquoi y es-tu allé si tôt ?

– 7 heures, c'est pas tôt. Mon père et moi, on a un gros chantier en cours. Je croule sous le boulot, et Darl aussi était débordé. C'était le seul moment qu'on avait. Je comptais jeter un rapide coup d'œil et aller au travail. Il allait faire la même chose.

– Il t'attendait ce matin ?

– Eh bien, oui. »

Cette question lui semblait stupide.

« Darl avait du boulot ce week-end, et il avait besoin de réparer le tracteur.

– Quand lui as-tu parlé pour la dernière fois ?

– Je sais pas. Y a un ou deux jours. »

Il tira une longue bouffée et fit tomber un morceau de cendre dans le café.

« Deux, je suppose. Je lui ai dit que je passerais ce matin.

– Et vous vous êtes parlé au téléphone ?

– Non. »

Il ferma les yeux et secoua la tête.

« Non, je lui ai pas parlé au téléphone depuis le week-end dernier.

– Alors comment lui as-tu parlé ?

– Je l'ai croisé chez Ingles. Il était dans sa camionnette en train de manger un hamburger et je m'étais arrêté pour acheter du lait, et il s'avère que j'ai vu son pick-up.

– Y avait-il quelqu'un avec toi ?

– Non.

– Quelqu'un t'a vu ?

– Je pense pas. » Calvin commençait à être confus. Les questions que Stillwell posait donnaient l'impression qu'il était suspect. « Qu'est-ce que ça peut faire qu'on m'ait vu lui parler ou non ?

– J'essaie de t'aider, Cal. C'est tout. Quand quelqu'un me dit qu'il était chez Ingles, c'est mon boulot de déterminer si c'est vrai ou non. Donc, si quelqu'un peut me dire qu'il t'a vu là-bas, ça nous aide tous les deux.

– Je t'ai dit que j'y étais.

– Je sais.

– Sinon, pourquoi j'aurais dit ça ? »

Calvin laissa tomber la cigarette dans le gobelet, le filtre jauni tournoyant à la surface.

« Parle-moi de ce matin.

– Qu'est-ce que tu veux savoir ?

– Qu'est-ce que tu as trouvé à ton arrivée là-bas ?

– Je me suis garé devant la maison et la porte était ouverte, alors je me suis dit qu'il était réveillé. Quand je suis monté sur le porche, je l'ai appelé et j'ai pas eu de réponse, donc je suis entré. J'ai vu un peu de sang près de la table de la salle à manger, mais ça m'a pas vraiment étonné sur le coup…

– Ça ne t'a pas étonné ?

– Non. Quand on travaille avec ses mains, on se coupe tous les jours.

– Donc…

– Donc j'ai continué dans la maison en pensant qu'il était peut-être sous la douche et je l'ai appelé de la chambre, et comme j'arrivais toujours pas à le trouver je suis allé à la grange en me disant qu'il bossait peut-être déjà sur le tracteur, et c'est là que je l'ai trouvé.

– Qu'est-ce que tu as trouvé ? »

Calvin Hooper cogna des poings sur la table. Le gobelet de café trembla, mais il ne bascula pas et le liquide ne déborda pas.

« Comment ça, qu'est-ce que j'ai trouvé ? »

Ses yeux verts étaient écarquillés et sa mâchoire était projetée en avant sous l'effet de la colère.

« J'ai besoin que tu me dises ce que tu as vu.

– Tu le sais pertinemment ! J'ai vu Darl attaché à cette foutue balle de foin. »

Calvin faisait tout son possible pour ne pas pleurer. Il sentait ses yeux s'embuer de larmes.

« Et j'ai vu le sang. J'ai vu tout ce sang, et lui qu'était attaché là.

– Et qu'est-ce que tu as fait ensuite ?

– T'es con ou quoi ? Je vous ai appelés ! »

Il se mit à sangloter et enfonça son visage dans ses mains. Stillwell tendit le bras et posa la main sur l'épaule de Calvin, qui sursauta et se mit à pleurer encore plus fort lorsque Stillwell la serra.

« C'était mon meilleur ami, bafouilla-t-il. Darl était comme un frère pour moi. »

Calvin n'avait ni dormi ni mangé depuis des jours, et au cours des dernières heures il avait atteint son seuil, cet endroit tout au fond de lui qu'aucun homme ne peut désigner jusqu'à ce qu'il craque. Ce stade de saturation était arrivé et avait disparu en un clin d'œil, et maintenant il était à peine plus que l'ombre de ce qu'il avait été la semaine précédente. Les seuls bruits désormais étaient celui de leur respiration et le tic-tac lent de la trotteuse avançant sur le cadran de l'horloge. Aucun des deux ne bougeait, et finalement, après quelques minutes, Calvin Hooper releva la tête, attrapa son paquet de cigarettes sur la table et en alluma une autre. Il fit tourner le briquet sur la table, un quart de tour à chaque fois, avec un regard vide.

« La question que je vais te poser maintenant est probablement la plus importante, Calvin. »

Il regarda Stillwell du coin de l'œil, mordilla la cuticule de son pouce puis tira une longue taffe sur sa Winston.

« Qui détestait suffisamment Darl pour faire ça ?

– Personne.

– Tu es cer…

– Certain, coupa Calvin. Darl Moody voyait toujours les mêmes gens. Il a jamais eu une prise de bec avec quelqu'un qui se soit pas réglée aussitôt.

– Est-ce qu'il prenait de la drogue ? Est-ce que tu sais s'il avait des dettes ?

– Non. Il lui arrivait de boire quelques bières, mais c'était tout. Écoute, je sais pas ce que tu veux que je te dise. Darl Moody était toujours le même type que celui avec qui on est allés au lycée. Il se cassait le cul toute la semaine, il adorait aller dans les bois, et il s'en collait généralement une le vendredi. L'un des pires trucs que je l'aie vu faire, c'est mettre ce raton laveur dans la petite Miata de tapette de Donald Ray quand on était en première. À part ça, c'était un des plus chics types que j'ai jamais connus.

– Ce qui s'est passé était personnel, déclara Stillwell. Ce qui s'est passé dans cette grange, c'est pas le genre de truc qu'on décide de faire sur un coup de tête.

– Je sais pas quoi te dire.

– Qu'est-ce que tu t'es fait à l'œil ? »

Stillwell se réinstalla sur sa chaise et croisa les bras.

La question prit Calvin au dépourvu, et pendant une brève seconde il sembla déconcerté.

« Pardon ?

– J'ai dit : qu'est-ce que tu t'es fait à l'œil, là ? »

Stillwell désigna du revers de la main le côté du visage de Calvin.

Ce dernier leva la main gauche et tapota doucement la coupure à côté de son œil, ayant presque oublié qu'elle était là. Il tira quelques rapides bouffées sur sa cigarette pour la finir et tordit le filtre pour en faire tomber la braise avant de le balancer dans le café.

« Je coupais du bois.

– Quand ça ?

– Hier. J'abattais quelques arbres et une branche est tombée du sommet de l'un d'eux et m'a frappé à l'arrière de la tête. Ça m'a mis à terre et j'ai atterri sur une pierre, répondit Calvin en laissant sa main sur le côté de son visage.

– Où coupais-tu des arbres ?

– Derrière la maison.

– Laisse-moi voir l'arrière de ta tête. » Stillwell se pencha vers la gauche pour mieux regarder, et Calvin inclina la tête en avant et montra la bosse en forme d'œuf. Stillwell grogna. « Ça a l'air de faire mal. »

Calvin tapota doucement autour de la blessure, attrapa son paquet de cigarettes sur la table et l'enfonça dans sa poche.

« Vu ta façon de me poser toutes ces questions, on dirait que tu penses que je pourrais être lié à tout ça. »

Stillwell ne répondit pas.

« C'est ça ? Je suis suspect ? »

Stillwell serra son poing droit et plaça sa main gauche dessus. Il fixa ses mains tout en exerçant une pression sur la jointure de ses doigts. Au bout d'un moment, il releva les yeux.

« Ce serait naïf de croire que tu ne l'es pas.

– Alors, est-ce que je dois parler à un avocat ?

– Je ne sais pas. Tu penses avoir besoin d'un avocat ?

– Écoute, est-ce que je suis en état d'arrestation, parce que je…

– Non, non, tu n'es pas en état d'arrestation, l'interrompit Stillwell.

– Bon, y a autre chose ?

– Tu as ton téléphone sur toi ?

– Oui.

– Alors sors-le et enregistre mon numéro. »

Calvin tira son téléphone portable de sa poche et entra le numéro que Stillwell lui donna.

« Si tu penses à autre chose, appelle-moi.

– Je t'ai dit tout ce que je savais. »

Il se leva, Stillwell le regarda et acquiesça, et Calvin quitta la pièce sans qu'un mot de plus soit prononcé.

Dans le hall, un mur était bordé de plaques en cuivre sur lesquelles étaient gravés les portraits et les noms des anciens shérifs. Calvin n'aurait su dire pourquoi, mais il s'en approcha et examina le portrait du shérif Griff Middleton, qui avait été tué dans un vallon à Little Canada en 1953 alors qu'il traquait un des fils Woods qui avait agressé Norvella McCall. Soixante ans plus tard, bien que ça se soit produit trois décennies avant sa naissance, Calvin connaissait cette histoire aussi bien que toutes les personnes originaires du comté de Jackson. Les choses avaient un don pour ne jamais quitter ces montagnes. Les histoires prenaient racine comme tout le reste. Il faisait désormais partie de l'une d'elles, une histoire qui ne serait jamais oubliée, et le fait qu'il connaissait la vérité n'en était que plus pesant. Comme Dwayne le lui avait dit la nuit précédente, l'esprit est un enfer à lui seul.

15

Ce que la terre avait ralenti s'était accéléré au cours des premiers jours que Sissy avait passés à faire la gueule contre le mur. Ses épaules s'étaient affaissées et son corps s'était étiré, mais il était à présent boursouflé, le visage grotesque et défiguré. L'odeur de viande en décomposition submergea Dwayne Brewer à l'instant où il ouvrit la porte. La puanteur chaude et aigre était semblable à celle des animaux écrasés qui gonflaient au soleil, mais elle était plus intense, plus riche, si bien qu'on devinait la taille de ce qui était en train de pourrir.

Dwayne entra dans la pièce et s'assit face à son frère. Il regarda son visage, ses joues d'un bleu verdâtre. De grosses cloques recouvraient ses bras, sa peau était marbrée et presque brillante. Comme Carol avait doublé de volume, il était trop gros pour ses vêtements et le tissu lui pénétrait dans la chair, le haut de sa chemise remontant au-dessus de son ventre. Ses yeux étaient exorbités, sa langue lui sortait de la bouche, et c'était difficile pour Dwayne de voir ça. Mais pour une raison ou pour une autre, il ne pouvait s'empêcher de regarder.

Il avait passé les derniers jours à se remémorer le passé. C'était comme si son esprit était soudain inondé par toutes les années qu'ils avaient vécues ensemble, des souvenirs qui remontaient d'eux-mêmes et qu'il ne pouvait contrôler.

Un automne, quand Dwayne avait environ douze ans, il avait campé dans les ruines d'un fort qu'il avait construit. À son réveil, des dindons qui picoraient les glands au sol étaient sortis d'une épaisse haie de lauriers où ils avaient dormi pendant son sommeil. « C'est étrange que des dindons ne nichent pas dans les arbres, mais ceux-ci ont dormi par terre », avait-il dit à son frère en rentrant. Ce soir-là, ils avaient décidé de se lever de bonne heure le lendemain matin pour essayer d'en tuer un avec un arc et une flèche.

Le soleil n'avait pas encore franchi la crête de la montagne quand son frère et lui avaient escaladé la colline jonchée de feuilles mortes jusqu'aux ruines du fort. Les murs construits avec des pneus crevés, de vieux morceaux de planches et du contreplaqué s'étaient écroulés sur eux-mêmes, et le long morceau de tôle rouillée qu'il avait récupéré dans le ruisseau pour faire un toit était froissé comme une canette de bière.

Les dindons étaient éparpillés au sol, des ombres sombres tapies dans les lauriers. L'un des oiseaux était plus proche que les autres, ils le voyaient clairement de l'endroit où ils se trouvaient, et Dwayne avait convaincu son frère de tenter sa chance. Il avait tiré une flèche de son carquois et l'avait coincée sur la corde de l'arc, puis il avait tendu l'arme à Sissy.

Reculant, ce dernier avait visé. Un bref sifflement avait retenti et la flèche s'était retrouvée dans le flanc du volatile avant que Dwayne ait eu le temps de s'en rendre compte. Il avait regardé l'oiseau crier de terreur, tous les autres dindons se réveillant et décampant dans une folie assourdissante pendant que la bête battait furieusement d'une aile, l'autre transpercée et arrimée à son corps par la flèche.

Dwayne et son frère s'étaient doucement approchés, et l'oiseau tournait en rond tandis qu'un côté tentait de s'échapper alors que l'autre lui était désormais aussi inutile qu'une tumeur. Quand l'animal avait cessé, Dwayne avait vu le sang couler sur ses plumes mouchetées, un rouge si vif qu'il semblait briller sur la toile de fond noire. L'oiseau avait incliné la tête sur le côté et ouvert son bec acéré dans la direction de Dwayne, et ce dernier avait perçu quelque chose de familier dans ses yeux, quelque chose de si familier dans sa souffrance.

Le dindon était tombé sur le flanc et ils étaient restés là une minute à l'observer, attendant la suite. Dwayne s'était approché sur la pointe des pieds. Il n'avait jusqu'alors jamais vu un oiseau cligner des yeux, et il y avait quelque chose dans ce mouvement, quelque chose dans la manière dont ses yeux s'ouvraient et se refermaient, qui lui avait fait prendre conscience de l'existence de la bête. Comme si ce dindon n'était pas un oiseau, mais une créature totalement différente, une créature exactement semblable à lui. Il y avait tellement de sang, toutes les plumes en étaient imprégnées, et l'oiseau avait de nouveau ouvert son bec, laissant échapper un râle sifflant comme s'il était à bout de souffle. Dwayne savait qu'il était en train de mourir et qu'il ne pouvait rien faire pour l'empêcher. Il savait aussi qu'il souffrait, et tout ce qu'il se disait, c'était qu'ils devaient mettre un terme à cette agonie, précipiter sa mort. C'était ça le sens du mot « pitié ».

« Faut que tu l'achèves », avait-il dit.

Carol avait l'arc entre les mains, et il regardait l'oiseau d'un air hébété, les yeux emplis de larmes.

« Tue-le, Sissy », avait-il insisté, mais son frère ne bougeait pas ni ne parlait.

Dwayne avait scruté le sol autour de lui sans savoir exactement ce qu'il cherchait et ses yeux s'étaient posés sur une pierre à peu près de la taille d'un ballon de foot, un gros morceau de quartz laiteux taché d'argile rouge. Il l'avait ramassée à deux mains. Puis, se tenant au-dessus de l'oiseau, il avait levé la pierre au-dessus de sa tête et s'était apprêté à l'achever. Quand la pierre s'était abattue, il avait fermé les yeux, et lorsqu'il les avait rouverts il avait vu qu'il avait raté son coup. Le sol était meuble sous la tête de l'oiseau, si bien qu'il n'avait réussi qu'à l'estropier encore plus. L'aile de l'animal battait rageusement, sa tête se contorsionnait lentement. Dans son regard noir, le garçon avait vu l'éternité, et il entendait son frère qui gémissait derrière lui.

Il s'était dépêché de ramasser la pierre, préparé à frapper, et il l'avait abattue plus fort. Et cette fois quand il avait rouvert les yeux, c'était fini. Le seul mouvement provenait du vent qui agitait les plumes couleur bronze. Dwayne Brewer avait tué tout un tas de petits animaux – lapins, écureuils, colombes. Il avait même abattu son premier cerf l'automne précédent. Mais là, c'était totalement différent. Ça ne le perturbait pas, mais c'était différent. Ça lui avait semblé nécessaire. Absolument nécessaire.

En se retournant, il avait vu son frère à genoux, le visage rouge comme une pivoine, sa tache de vin sombre rendu brillante par les larmes. Il avait alors compris que Carol n'était pas taillé pour cet endroit, que certaines personnes étaient nées trop douces pour supporter la férocité qui les entourait. Il n'y avait pas de place pour la faiblesse dans un tel monde. La survie était si souvent une question de dureté.

« T'as jamais eu une once de méchanceté en toi », dit-il en regardant l'endroit où son frère reposait contre le mur de pierre de l'autre côté de la pièce. Et aussi vrai que ça ait été, la cruauté du monde l'avait tout de même trouvé.

16

Le légiste avait conservé le corps de Darl Moody jusqu'au mardi pour qu'il soit enterré deux jours plus tard, près d'une semaine après que Calvin l'avait découvert. À l'approche de la cérémonie, ce dernier ne s'était pas cru capable d'y aller. Il ne s'imaginait pas portant le cercueil de l'église au corbillard, puis du corbillard à la tombe, en sachant ce qu'il savait. Mais quand la mère de Darl lui avait demandé de le faire, il n'avait pas pu dire non.

Curieusement, quand il avait gravi la colline en portant le cercueil noir laqué, il n'avait pas ressenti ce à quoi il s'était attendu. La vérité, c'était qu'il n'avait rien éprouvé du tout, simplement une sorte d'engourdissement, comme s'il venait d'être arraché à un rêve. Étrange. Surréaliste. Comme s'il s'était réveillé dans un monde nouveau dans lequel il n'avait jamais mis un pied.

Il avait toujours trouvé bizarre que le soleil brille lors d'un enterrement. Toujours trouvé étrange que les cadavres soient enterrés sur une colline. Les tombes ici étaient de travers, une extrémité plus profonde que l'autre. Les pierres tombales mouchetaient la pente au-dessus de Chastine Creek. Certaines étaient si vieilles et érodées que les noms avaient été effacés par le temps. Certaines des plus anciennes n'avaient même jamais eu de nom car les habitants des montagnes savaient qui gisait dessous.

La mère de Darl Moody portait une robe noire qu'elle semblait avoir enfilée machinalement et elle arborait une expression stoïque qui indiquait qu'elle n'avait plus de larmes à pleurer. La parcelle derrière la tombe de son mari était creusée, un monticule d'argile rouge dissimulé de l'autre côté. Ça devait être tellement extraordinaire pour elle de regarder un bout de terre qui lui était destiné, une tombe qui au bout du compte renfermerait son cercueil. Les mères ne devraient pas enterrer leurs enfants. C'était tout ce que pensait Calvin tandis qu'il se tenait là, vêtu d'un pantalon à pinces et de sa plus belle chemise.

La mort de Darl Moody avait dévasté le comté de Jackson. De telles choses ne se produisaient pas ici. Il y avait deux ou trois meurtres par an, mais rarement plus, et ceux qui avaient lieu étaient généralement liés à la drogue. Tout un tas de gens étaient défoncés à la meth ou aux cachets, et ce genre de personnes avait tendance à se retrouver dans des endroits dangereux, mais pas les hommes comme Darl, pas une famille comme les Moody. Tout le monde dans le comté les connaissait, et personne n'avait la moindre méchanceté à dire à leur sujet. Ce qui était arrivé était une tragédie, et la communauté s'était ralliée derrière eux en vendant des hot dogs et des gâteaux et en organisant des tombolas avec des armes en guise de lots et des concours de tir pour participer aux frais, comme chaque fois qu'un événement inattendu frappait l'un des leurs.

Pendant que le prêtre lisait des extraits de l'épître aux Corinthiens, Calvin se tenait sur le côté et regardait une nuée de corbeaux déambuler dans l'enclos paroissial en contrebas. Angie était appuyée à lui, ses parents se tenant derrière elle.

Calvin se tourna vers la famille rassemblée à l'ombre de la tente au bord de la tombe. La sœur de Darl, Marla, était assise à côté de sa mère, son mascara coulant sur ses joues comme de l'encre diluée. Son mari était auprès d'elle et lui serrait le genou d'une main, caressant de l'autre le dos de leur petite fille qui se tenait en équilibre sur sa jambe et suçait son pouce. Leurs trois garçons étaient sur les chaises d'à côté, les yeux vidés par le chagrin et la stupeur. Marla ressemblait à Darl, le même visage tout en longueur. Ils avaient le nez pointu et les sourcils épais de leur mère, des lèvres fines qui avaient toujours semblé déformées par la tristesse ou la colère. Leur père avait été un petit homme filiforme avec des bras qui paraissaient trop longs pour son corps. Ses yeux étaient de la couleur du ciel, et en repensant à cet instant au fait qu'aucun de ses enfants n'avait hérité de ses traits, Calvin revit l'épaisse veine qui courait le long de ses avant-bras et de ses biceps comme une plante grimpante. Ça avait été un homme excessivement dur, en partie parce qu'il y était obligé, et c'était sans doute ce qu'il leur avait transmis, cette dureté. Et peut-être que ça suffisait.

« Ce que je dis, frères, c'est que la chair et le sang ne peuvent hériter le royaume de Dieu, et que la corruption n'hérite pas l'incorruptibilité, lut le prêtre. Voici, je vous dis un mystère : nous ne mourrons pas tous, mais tous nous serons changés en un instant, en un clin d'œil, à la dernière trompette. La trompette sonnera, et les morts ressusciteront incorruptibles, et nous, nous serons changés. »

Changés. C'était un mot aussi valable qu'un autre. Rien ne serait plus jamais comme avant. Impossible. Et peut-être que c'était la seule certitude qui lui restait.

Un léger mouvement sur sa gauche attira son attention, et en se retournant Calvin vit sa mère appliquer un mouchoir roulé en boule sur le coin de ses yeux. Elle portait un pantalon noir et un chemisier en soie sombre doté d'épaulettes. Ses cheveux argentés et plats étaient brossés uniformément de chaque côté de son visage et lui descendaient jusqu'au ventre. Il avait tenu bon jusqu'alors, mais en voyant sa propre mère, quelque chose le frappa encore plus que le reste. Il commença à sangloter, et bientôt il fut en pleurs. Son père se tourna vers lui, sa main dans le creux des reins de sa femme, et Calvin vit ses yeux embués de larmes, même s'il refusait de les laisser couler, ne les aurait jamais laissées couler, parce que les hommes ne pleuraient pas, et Calvin le comprenait. Mais le fait de voir son père si près de craquer suffisait à justifier ses propres larmes, et quand il sentit la main du père d'Angie sur son épaule, Calvin s'effondra. Les choses les plus complexes que se disaient les hommes étaient souvent non dites.

Il ne bougea pas pendant l'enterrement, et il ne bougea pas lorsqu'il s'acheva. Peu à peu, les personnes présentes reprirent la direction de leur voiture, et une à une elles s'en allèrent. Au bout de quelques minutes, des ouvriers arrivèrent sur l'étroit chemin de gravier dans un pick-up Ford couleur crème cabossé avec des pelles entassées à l'arrière. Ils l'observèrent, et Calvin crut reconnaître le plus jeune des deux comme étant l'un des fils Collins, avec qui il avait travaillé un hiver dans une ferme forestière à Tuckasegee.

Les deux hommes enroulèrent le tapis de fausse herbe qui avait dissimulé la terre aux yeux de la famille. Ils remplirent la tombe pelletée après pelletée, plaisantant à propos de quelque chose que Calvin ne perçut pas de l'endroit où il se tenait. Ça leur prit un peu plus d'une heure. Ils étaient trempés de sueur, leur chemise de travail kaki assombrie dans le dos. Le plus âgé attrapa une pilonneuse sur le plateau de la camionnette pour tasser la terre de la tombe. Lorsqu'ils eurent fini, ils s'en allèrent en le regardant, se demandant ce qu'il faisait encore là. Mais quelque chose lui disait qu'il devait rester jusqu'au bout, qu'il ne pouvait pas partir tant que tout n'était pas fini. Cependant, maintenant que ça l'était, il avait du mal à s'éloigner.

Une main effleurant l'arrière de son bras le fit sursauter, et en se retournant il vit Angie, la lumière du soleil inondant ses yeux vert bouteille. Ses joues et son nez étaient mouchetés de taches de rousseur d'un orange léger.

« Tu es prêt ? demanda-t-elle.

– Oui, répondit Calvin. Oui. J'arrive dans une minute. »

Elle se pencha pour l'embrasser.

« OK. »

Calvin la regarda s'éloigner, le vent plaquant sa robe d'été contre sa hanche, ses cheveux blonds voletant comme des flammèches. Un pull bleu marine aux mailles serrées recouvrait ses bras, et ses bottes de cow-boy dessinaient des V sur ses mollets. Elle était la raison pour laquelle il garderait son secret, même s'il devait le hanter pour le restant de ses jours. Angie était tout ce qu'il avait toujours voulu, et il savait que d'une manière ou d'une autre ça pouvait encore être suffisant, qu'un homme ne pouvait pas en demander plus. *Peut-être est-ce la façon qu'a le monde de maintenir l'équilibre*, songea-t-il. *Peut-être faut-il ce genre de souffrance pour avoir tout ce qu'on a toujours désiré.*

De l'autre côté de la rue, une nuée d'étourneaux apparut soudain telle une ecchymose au-dessus d'un champ jauni. Les oiseaux tournoyèrent dans le ciel, étincelant d'un éclat noir, puis s'éloignèrent aussi vite qu'ils étaient arrivés. Leur sillon scintilla sur le flanc de la montagne et Calvin fit son possible pour les suivre des yeux jusqu'à ce qu'ils soient trop loin pour qu'il les voie. Il ne cessait de repenser à un extrait des Saintes Écritures, un passage que le prêtre avait lu quelques minutes plus tôt. Cinq mots qui tournaient encore et encore dans sa tête, même s'il ne se rappelait pas ce qu'il y avait avant ou après. Ce n'étaient que cinq mots, et il ne savait pas ce qu'ils signifiaient.

La mort a été engloutie.

17

Dwayne attrapa une section de robinier et la plaça sur une souche de peuplier grisâtre qui servait à couper du bois depuis une décennie. Soutenant d'une main le poids de la hache près de la tête, il attrapa le bout du manche de l'autre, souleva l'outil au-dessus de son épaule et fendit la bûche en deux quasiment sans aucun effort. Il balança le bois sur le côté, ramassa la Bush à ses pieds et vida d'un trait ce qui en restait, écrasa la canette vide dans ses mains et attrapa une autre bûche.

Il construisait une montagne de bois de chauffage et de canettes vides sur une parcelle sans herbe de la cour devant la maison. Le ciel était bas et gris, mais il n'avait pas plu. Une forte brise faisait bruisser de temps à autre les feuilles couleur rouille sur le sol autour de lui. Le tatouage délavé aux couleurs confuses représentant un crâne portant un chapeau de cow-boy avec deux pistolets croisés par-dessus un drapeau confédéré gonflait sur le côté gauche de sa poitrine tandis qu'il cherchait à reprendre son souffle avec une cigarette au coin de la bouche. La sueur coulait dans son dos et sur sa poitrine, imprégnant la taille de son pantalon de travail bleu marine, si bien que le tissu était presque noir.

La maison avait été bâtie pièce après pièce à partir de bouts de bois récupérés et volés. Rien ici n'était permanent, et tandis que chaque ajout pourrissait, un nouveau était monté à partir de contreplaqué et de clous tordus d'un autre côté, si bien que lentement, au fil des décennies, la cabane de cinq pièces s'était déplacée à travers la propriété comme une gouttelette d'eau suivant le chemin de moindre résistance. Red Brewer n'était pas charpentier. Les poulaillers étaient mieux construits. De même que les niches. Mais cet endroit était le toit qu'ils avaient eu au-dessus de leur tête et qui avait abrité le clan Brewer de la pluie pendant toute la misérable vie de Dwayne.

Depuis six mois, des rapaces peuplaient les arbres autour de la maison. À un moment, au début du printemps, des groupes d'oiseaux étaient arrivés en tournant en rond au-dessus des montagnes, formant des orbites de dix ou douze bêtes, et s'étaient posés sur chaque branche disponible sur la colline au-dessus de la maison. Depuis, ils n'étaient jamais repartis. Et chaque jour ils trônaient en haut des chênes, regardant d'un œil noir ce minuscule bout de terre. Les épaisses branches ployaient sous leur poids de sorte que le mouvement d'un seul modifiait l'équilibre des autres, qui devaient battre des ailes à quelques reprises pour retrouver leur perchoir. Quand le soleil se levait chaque matin, un rapace déployait ses ailes et les gardait ouvertes pour que la lumière fasse s'évaporer la rosée sur ses plumes. Un autre oiseau se joignait au premier, puis un autre et encore un autre, jusqu'à ce que chacun ressemble à une sorte de crucifixion aux ailes noires nichée dans les arbres.

Au début, Dwayne avait été convaincu qu'ils étaient le signe qu'un malheur était imminent, un présage. Il n'avait jamais rien vu de tel. Des corbeaux, oui, mais pas des rapaces, pas comme ça, jamais de sa vie. Mais après six mois, ils faisaient juste partie du paysage, et il n'y aurait pas prêté la moindre attention s'il n'y avait eu le bruit de leurs ailes battant l'air pendant qu'il fendait le bois pour l'hiver. Au bout de l'allée, il entendit une voiture approcher, et ce son le prit au dépourvu car personne ne venait jamais ici. Au bas de l'allée, une douzaine de pancartes « DÉFENSE D'ENTRER » et « PROPRIÉTÉ PRIVÉE » clouées aux arbres indiquaient clairement les intentions du propriétaire. Sur le piquet de la boîte à lettres, un panneau en étain blanc, rouillé et criblé de chevrotines, avait été peint à la main et annonçait en lettres inégales « LES INTRUS FONT DE BEAUX TROPHÉES ».

Tenant la hache à une main contre son flanc, il tira une longue bouffée sur sa cigarette et attendit que la voiture apparaisse parmi les arbres. La Crown Vic était banalisée, mais une série de lumières blanches clignotantes près des phares indiquait que c'était la police. Dwayne serra le haut du manche de la hache jusqu'à ce que sa main soit exsangue et blême. Il n'attendit pas que la voiture arrive à son niveau. Il fonça directement vers elle. Et lorsqu'il fut du côté du conducteur, il se pencha et regarda à l'intérieur avec une intensité particulière. La vitre se baissa et Dwayne croisa le regard de la personne à l'intérieur.

« Dwayne Brewer ?

– C'est une propriété privée.

– Je suis de la police du comté de Jackson.

– Et comme j'ai dit, c'est une propriété privée.

– Ça n'a aucune importance, monsieur Brewer.

– Comment ça ?

– Parce que je n'ai pas besoin de permission ni de mandat pour emprunter une allée qui mène à une maison. De plus, je suis ici pour poser quelques questions à propos d'une enquête en cours. Vous pouvez donc appeler le commissariat si vous voulez, mais on vous dira exactement la même chose.

– Quelle enquête ?

– Pourquoi ne me laissez-vous pas me garer, et alors nous discuterons. »

Dwayne ne répondit pas, mais l'inspecteur n'attendit pas l'autorisation. Il remonta sa vitre tout en redémarrant, puis se gara derrière la Buick de Dwayne et sortit.

« Je suis l'inspecteur Michael Stillwell. »

Il tendit une main que Dwayne lorgna avant de croiser de nouveau son regard.

« J'en ai pas grand-chose à foutre de qui vous êtes. Dites-moi pourquoi vous êtes ici. »

La fin de sa cigarette brûla jusqu'au filtre et il jeta le mégot dans la cour, puis il alla chercher une autre bière dans un pack ouvert près de la pile de bois. Il l'ouvrit, aspira la mousse qui débordait, changea de main et agita celle qui avait tenu la canette pour se débarrasser de ce qui avait coulé dessus. Il posa la bière par terre et se remit au travail.

« J'enquête sur la mort de Darl Moody.

– Qui ? demanda Dwayne d'un air perplexe avant de fendre la bûche devant lui.

– Darl Moody, répéta l'inspecteur.

– Connais pas.

– Donc vous n'êtes pas au courant de ce qui lui est arrivé ?

– Pourquoi je le serais ? »

Dwayne se pencha et plaça une autre bûche sur la souche.

« Je me disais que vous aviez pu lire quelque chose à ce sujet dans le journal.

– Ce torchon progressiste est juste bon à tapisser les cages des oiseaux. Je m'en servirais même pas pour allumer un feu.

– Écoutez, dit Stillwell d'un ton sévère, je vais aller droit au but parce que je vois que vous ne m'appréciez pas trop, et plus je m'attarde ici, plus je commence à éprouver la même chose à votre égard. »

Dwayne abaissa la tête de la hache contre terre et s'appuya en équilibre sur le manche comme sur une canne.

« Un homme nommé Coon Coward m'a dit que vous étiez passé chez lui parce que vous cherchiez votre frère.

– Et après ?

– Il a dit que vous aviez tous les deux regardé des clichés pris par une caméra de chasse qu'il a dans les bois, et que Darl Moody figurait sur certains d'entre eux.

– Je sais pas si c'est vrai ou non.

– Comment ça ? Soit il y était, soit il n'y était pas.

– Je sais pas qui c'était sur ces photos, et comme je vous ai dit, je m'en fous. Ça pouvait être ce type que vous cherchez ou ça pouvait être le putain de pape. Quoi qu'il en soit, c'était pas pour ça que j'étais venu, donc ça changeait rien pour moi.

– Et pourquoi étiez-vous là-bas, monsieur Brewer ?

– Le vieux vous l'a dit. » Il souleva la hache et l'abattit violemment sur la bûche, les parties séparées volant à travers la cour comme des éclats d'obus. « J'étais venu pour mon frère.

– Pourquoi votre frère aurait-il été là ?

– Je suis sûr que le vieux vous l'a également dit.

– Juste au cas où il ne l'aurait pas fait, pourquoi ne me le dites-vous pas ?

– Le ginseng. »

Dwayne ramassa la bière par terre et but une longue lampée qui déborda des coins de sa bouche et dégoulina sur son menton.

« Mon frère en avait après le ginseng du vieux.

– Et vous l'avez retrouvé ?

– Non. Il est pas encore rentré. Je sais pas où il est barré.

– Où habite votre frère ?

– Un peu plus loin sur la route. Au bout d'Allens Branch. Y a tout un tas de boîtes à lettres en bas dont une qui dit "BREWER", et il habite tout là-haut dans l'ancienne maison de mes grands-parents.

– Et vous dites que vous ne l'avez pas vu depuis combien de temps ?

– Vous savez, plus je reste ici à répondre à vos questions, plus je commence à me demander ce que vous foutez là. »

Dwayne laissa tomber la hache par terre et vint se planter tout près de l'inspecteur, tentant de l'intimider, mais il n'y eut aucun changement visible dans l'expression ni dans la posture de Stillwell.

« Je vous ai dit pourquoi je suis ici, monsieur Brewer.

– Non, vous m'avez dit que vous enquêtiez sur ce qu'est arrivé à un type dont j'ai jamais entendu parler, mais ce que ça a à voir exactement avec moi ou mon frère, vous l'avez pas dit. »

Un long grondement au loin avait gagné en force à mesure qu'il approchait, jusqu'à ce qu'une lourde averse balaie les arbres et leur tombe dessus. Aucun des deux ne bougea de l'endroit où il se tenait. Ils plissèrent un peu les yeux tandis que l'eau s'écoulait de leur front, mais pendant quelques secondes ils restèrent là à se fusiller du regard comme s'ils étaient sur le point de se battre. La pluie était froide sur la peau nue de Dwayne, mais il ne sentait quasiment rien.

« Nous nous reverrons, monsieur Brewer », dit Stillwell, tendant la main dans le petit espace qui les séparait, et Dwayne se contenta de la regarder sans prononcer un mot.

L'inspecteur grimpa dans sa voiture et fit sans se presser une marche arrière dans la cour. Lorsque le véhicule contourna le tas de bois, Dwayne se tourna pour lui faire face, jusqu'à ce que les feux arrière disparaissent dans la brume de pluie et les nuages bas. L'air était vaporeux, et il s'ébroua comme un chien pour ôter l'eau de son visage, puis il attrapa la hache dans la boue.

La rage monta dans sa poitrine jusqu'à lui brûler les yeux, ses oreilles sifflant de colère. Sur la souche, il posa la bûche suivante et abattit violemment la hache, grognant tandis que le robinier se fendait en deux. Il en attrapa une nouvelle, la posa sur son extrémité, et il s'imagina le visage de Stillwell sur la partie sciée du bois lorsqu'il frappa. La pluie tombait à verse autour de lui et de la vapeur s'élevait de ses épaules lorsqu'il prit une autre bûche et s'imagina le visage de Darl Moody. Coon Coward fut le suivant, puis Calvin Hooper, et il continua de les réduire en morceaux jusqu'à ce qu'il n'y ait plus de bois devant lui.

Quand tout le tas fut coupé, il abattit violemment la hache, qui produisit un bruit sourd et laissa une cicatrice sur la souche. La colère continuait de monter et Dwayne Brewer frappa encore et encore, jusqu'à ce que le lourd tranchant ait laissé sur le bois un entrelacs de marques. Ses muscles étaient brûlants et il s'acharna jusqu'à ce que ses bras n'en puissent plus, et lorsqu'il fut incapable de soulever la hache, il éclata d'un rire hystérique en voyant son corps lui faire défaut de la sorte. Il se laissa tomber par terre et s'étendit à plat sur le dos. La pluie tombait de plus en plus fort, mais il ne chercha pas à s'abriter.

18

La pluie qui avait commencé à tomber la veille s'était poursuivie durant la nuit, si bien qu'au matin le chantier avait viré à la gadoue. Les prévisions annonçaient une amélioration dans la soirée, mais il faudrait un jour ou deux avant qu'ils puissent reprendre le travail. Pour une fois, ça arrangeait Calvin Hooper. Il s'était passé tellement de choses qu'il avait pris du retard sur tout ce qu'il avait à faire chez lui : le tas de bois, boucher un trou de souris dans le placard, changer l'huile de sa camionnette.

Une remise ouverte que son grand-père avait construite avec des planches de pin tordues et de la tôle rouillée récupérées dans une grange en ruine se dressait derrière la maison. Le vieux s'en était servi pour protéger son tracteur de la pluie, mais désormais Calvin l'utilisait pour réparer des voitures. Son Ford Super Duty blanc était surélevé sur des minirampes. Étendu sur le sol de terre compacte, il tira sur la goupille de la valve de vidange qu'il avait installée après avoir enlevé le vieux bouchon avec un jeu de clés bon marché acheté à un homme au bord de l'autoroute. La valve facilitait le travail et limitait les dégâts que quinze litres de 15W-40 pouvaient provoquer. Il ouvrit la valve et l'huile traça une ligne noire jusqu'au réceptacle. Pendant qu'il attendait, il s'étira les mains et écouta la pluie cogner sur la tôle.

Quelqu'un pénétra dans la remise, et tandis qu'il se retournait pour regarder qui était là, il vit deux paires de pieds : un pantalon d'homme couvrait le haut de bottines noires qui montaient à la cheville et étaient dotées de fermetures éclair sur les côtés, et deux épaisses jambes mouchetées de taches brunes avec des chaussures plates en cuir éraflées et usées jusqu'à la trame. Calvin sortit de sous la camionnette, et Michael Stillwell offrit sa main pour l'aider à se lever. Sharon Moody se tenait derrière lui, portant un tee-shirt noir et une jupe en laine. Elle avait un sac en plastique noué sur la tête pour protéger ses cheveux de la pluie. Calvin la regarda, vit son visage se contorsionner comme si elle hésitait entre sourire et pleurer. Il se releva, épousseta son pantalon et ses épaules, puis attrapa un chiffon pour s'essuyer les mains.

La mère de Darl s'approcha, et avant que Calvin ait le temps de la prévenir qu'il était sale, elle le prit dans ses bras et enfonça son visage dans sa poitrine comme s'il était la dernière chose au monde à laquelle elle pouvait se raccrocher. Seulement cinq jours s'étaient écoulés depuis qu'elle avait mis son fils en terre, presque une semaine de plus depuis qu'elle avait appris comment Calvin l'avait découvert. Il passa les bras autour d'elle, prenant soin de ne pas mettre d'huile sur l'arrière de son tee-shirt, et ils restèrent là un long moment, oscillant d'avant en arrière comme s'ils dansaient un slow. Stillwell avait l'air d'essayer d'interpréter ce qui se passait, et ça tapa sur les nerfs de Calvin. Si la mère de Darl n'avait pas été là dans ses bras, il lui aurait collé un gros pain.

Calvin la sentit se détendre contre lui, et Mme Moody s'écarta et s'essuya les yeux avec les poings. Elle esquissa un mince sourire et ouvrit la main pour tapoter la joue de Calvin. Le fait de la voir tout en sachant qu'il n'y avait rien à dire ni à faire fendait le cœur de ce dernier, et il dut détourner le regard pour garder son sang-froid. La lumière dehors était grise, la pluie donnait l'impression que la maison tremblotait, et il la regarda tomber jusqu'à ce que son calme revienne.

« Qu'est-ce que vous faites ici ?

– Michael est passé chez moi ce matin, répondit Mme Moody. Il m'a informée qu'il était en route pour aller déposer quelque chose chez Coon Coward, et je lui ai dit que je comptais passer le voir depuis le décès de sa sœur. J'ai pensé que je ferais aussi bien de sortir un peu de chez moi. Il faut que je sorte de cette maison. » Elle secoua la tête et se pinça l'arête du nez. « Je n'arrête pas de passer en revue les affaires de Darl, de feuilleter des photos. Je suis en train de devenir folle, Calvin. J'ai besoin de sortir de cette maison. Alors j'ai décidé de l'accompagner. »

Calvin attendit que Michael Stillwell dise quelque chose.

« Je comptais venir te voir après, et Mme Moody a dit que ça ne la dérangeait pas de passer ici d'abord, de venir directement.

– Te voir rend les choses un peu plus supportables, déclara Mme Moody. Quand je reste chez moi toute la journée, je n'arrête pas de penser au fait que je suis si seule. Marla est passée avec les enfants, et c'était agréable, mais j'avais besoin de sortir de là. Voir des gens m'aide. Et je n'ai pas eu l'occasion de te remercier. Je sais combien ça a été dur. Ce que je t'ai demandé. » Sa voix se brisa. « Je sais combien ça a dû être dur, mais c'est comme si tu avais toujours été là. On porte les siens. Darl et toi, vous auriez tout aussi bien pu être frères. »

Calvin s'essuya de nouveau les mains sur le chiffon et le jeta sur une petite étagère qui courait le long du mur sur la gauche et sur laquelle étaient posés des outils, des bidons d'huile vides et une petite radio noire dont l'antenne argentée s'étirait vers le plafond. L'odeur de la pluie emplissait la remise. Il regarda Mme Moody et vit la force qu'elle avait eue en elle constamment, une force qui était devenue comme une coquille presque impénétrable après le décès de son mari. Car aussi durs qu'aient été les hommes de ces montagnes, les femmes avaient toujours été des rocs. Elles étaient habituées au chagrin, habituées à ne jamais avoir assez. Elles étaient adaptées à la dureté de ce monde. Calvin sentait tout ça en elle à cet instant, et il en était presque jaloux. Il se tourna vers Stillwell.

« Alors, qu'est-ce qui t'amène ?

– Je dois passer chez Coon Coward parce qu'il m'a apporté quelques photos prises par une caméra de chasse qu'il avait dans les bois, et maintenant que j'ai eu la chance de les consulter, je dois lui retourner sa carte.

– D'accord.

– M. Coward a été absent pendant un peu plus d'une semaine après la mort de sa sœur, et à son retour, il a vérifié l'appareil, et il y avait quelques photos de Darl allant et venant chaque soir, déclara Stillwell. Il pensait que ça pourrait être utile.

– Je vois pas en quoi ça pourrait être utile, mais soit.

– À la fin, il y avait deux photos d'une personne entrant dans le bois avec Darl puis l'aidant à porter quelque chose, et quand je les ai examinées, c'était toi. »

Calvin ne sut pas quoi répondre, mais il acquiesça.

« Je pensais que tu pourrais me dire ce que vous faisiez ? »

Calvin jeta un coup d'œil en direction de Mme Moody, qui le regardait comme elle le faisait quand Darl et lui étaient enfants. Il n'avait jamais pu lui mentir, et il était difficile pour lui de s'imaginer le faire maintenant. Il se tourna vers l'inspecteur.

« Darl était là-bas pour chasser.

– OK.

– Il savait que Coon était absent, je suppose, et y a ce cerf qu'il avait vu entrer et sortir du bois pendant des années, et je pense qu'il s'est dit qu'il aurait jamais une meilleure opportunité. Mais comme j'ai dit, je sais pas en quoi c'est utile.

– Donc, c'est tout ce que vous portiez ? Ce cerf ?

– Non », répondit Calvin.

Il secoua la tête.

« Je crois pas que Darl l'ait vu. Mais il a abattu une belle biche loin dans un vallon tout au bout des terres de Coon, et il m'a demandé de l'aider à la traîner.

– Ça ne ressemble pas à Darl », observa Mme Moody.

Calvin la regarda et remarqua la déception sur son visage, et en voyant ça il en voulut à Stillwell de l'avoir amenée, de l'avoir laissée avoir une pensée négative à propos de son fils. Elle avait assez souffert comme ça, et Darl n'était enterré que depuis cinq jours.

« Aller là-bas pendant que Coon était absent. Ça ne ressemble pas à Darl.

– Si », dit Calvin. Il la regarda et tenta de sourire pour qu'elle se rende compte que le fait d'aller là-bas, c'était complètement lui. « Vous savez aussi bien que moi qu'il adorait chasser. Bon sang, il pensait qu'à ça. Chaque hiver il s'amusait avec ses pièges à lapin, et au printemps, c'étaient les dindons. L'été, il attrapait des truites, et dès que l'air commençait à être mordant, il voulait être dans un affût. Bon Dieu, il adorait chasser le cerf. Je crois qu'il aurait vécu dans les bois comme un Indien s'il avait pu. » Calvin lâcha un petit rire et regarda l'expression de la femme s'adoucir. « Ça faisait longtemps qu'il était après ce cerf, madame Moody. D'après ce qu'il disait, c'était le plus gros qu'il avait jamais vu dans le comté de Jackson. Et vous le connaissez, d'une manière ou d'une autre il allait faire tout son possible pour l'avoir. Il était juste comme ça. Chaque fois qu'il était après une bête, fallait que ce soit la plus grosse, ou la plus méchante, sinon, ça l'intéressait pas. »

Mme Moody acquiesça et sourit solennellement. Ils restèrent tous là quelques moments sans dire un mot, et au bout du compte quelque chose sembla changer sur le visage de la femme, comme si elle avait eu une réponse à sa question.

« Quand vas-tu demander cette fille en mariage ? demanda-t-elle.

– Je sais pas », répondit Calvin.

Il baissa les yeux vers le sol et tapa dans la poussière avec le bout de sa botte avant de croiser son regard.

« Celle-là, il faut la garder », ajouta Mme Moody.

Calvin enfonça les mains dans les poches arrière de son jean et acquiesça.

« C'étaient ses parents qui se tenaient derrière toi pendant la cérémonie ?

– Oui.

– C'est ce que je pensais. Le fait qu'ils étaient présents en dit beaucoup sur l'estime qu'ils te portent. Ça devrait signifier quelque chose pour toi, Calvin. Car pour moi, ça n'est pas anodin. »

Elle le fixa d'un air sérieux et il eut du mal à soutenir son regard.

« Tu sais que Marla va en avoir un autre ? demanda Mme Moody. Encore une fille. En avril. Ça en fera cinq. » Elle secoua la tête et fut aussi proche de sourire que son cœur le permettait. « Une vraie poule pondeuse, c'est moi qui te le dis. C'était déjà assez difficile avec les trois garçons. Winking, Blinking et Nod, c'est comme ça que je les appelle, comme ces oiseaux qu'Opie élevait dans un épisode de l'*Andy Griffith Show*. Des chenapans, voilà ce qu'ils sont. Je ne sais pas s'ils me maintiennent jeune ou s'ils me tuent. Encore quelques-uns de plus et j'ouvrirai une crèche.

– Vous devriez aller dire bonjour à Angie avant de partir. »

Il regarda à travers la pluie le petit porche protégé par une moustiquaire à l'arrière de la maison. Mme Moody s'approcha, lui appuya sur l'épaule, et il baissa la tête et la laissa lui faire une bise sur la joue comme elle le faisait chaque fois qu'ils se disaient au revoir depuis qu'il avait cinq ou six ans.

« Passe me voir à la maison, dit-elle. J'ai des choses à te donner. Des choses que tu aimerais sans doute avoir.

– Oui, madame, répondit Calvin. Je le ferai. »

Lorsqu'elle s'éloigna sous la pluie, il n'y avait aucune hâte dans son pas. Elle avait les mains sur la tête pour maintenir le sac en plastique fermement sur ses cheveux, et lorsqu'elle eut gravi les marches à l'arrière de la maison, Calvin se tourna vers Stillwell.

« T'es sacrément gonflé de l'amener ici.

– Elle te l'a dit. Elle voulait m'accompagner chez M. Coward. C'est tout.

– Conneries. Ils vivent à trois kilomètres l'un de l'autre. T'as dû passer devant chez lui pour venir ici. Alors me dis pas qu'il s'agissait de l'emmener là-bas.

– Alors il s'agit de quoi, Calvin ?

– Tu l'as amenée ici pour voir si tu parviendrais à obtenir une réaction de ma part.

– Et ?

– Va te faire foutre, Michael. »

Il se posta juste en face de lui et enfonça son doigt dans la poitrine de Stillwell pour ponctuer ses paroles. Comme il mesurait quelques centimètres de moins, Calvin tendit le cou pour le regarder les yeux dans les yeux.

« Si t'avais pas cette plaque, je te démolirais. Je te le dis, sans cette plaque, je te péterais le nez comme quand on était gamins. »

Aux grandes heures du lycée de Smoky Mountain, Stillwell et lui avaient tous les deux demandé à Carla Mathis de les accompagner au bal de fin d'année, et elle avait dit oui à Calvin. Cet après-midi-là, sur le terrain de base-ball, Stillwell lui avait violemment lancé la balle dessus pendant qu'il s'entraînait à la frappe, et il avait laissé passer. Mais quand Stillwell lui avait dégommé les jambes avec une balle rapide tandis qu'il reprenait place dans le rectangle du frappeur, Calvin s'était rué sur le monticule et lui avait cassé la gueule, les entraîneurs se précipitant pour les séparer comme des chiens.

« Ton œil est guéri », observa Stillwell.

Calvin ne répondit pas.

« Tu sais que le sang dans la maison a été analysé, poursuivit Stillwell. C'était celui de Darl.

– Et à qui d'autre tu voulais qu'il soit ?

– Je ne sais pas.

– Écoute, si t'as quelque chose à me demander, vas-y, demande. C'est le moins que tu puisses faire. Venir ici et demander. » Calvin recula et attrapa une clé de vidange sur l'étagère. « Mais cause pas plus de soucis à cette femme qu'elle en a déjà. Ça fait pas une semaine qu'elle a enterré son fils. Tu m'entends ? »

Stillwell n'acquiesça pas ni ne parla.

« Cette femme en a salement bavé durant sa vie, et je vais pas rester là à regarder un enfoiré de ton genre l'emmerder encore plus. Si tu recommences, j'irai voir le shérif, ajouta Calvin. Mon père et lui sont potes depuis longtemps, et quand je lui dirai que tu l'as amenée ici comme ça, tu sais que ça lui plaira pas. »

Le silence s'installa et Calvin ouvrit de grands yeux en attente d'une réponse. Finalement, Stillwell acquiesça. Calvin commença à se glisser de nouveau sous la camionnette pour se remettre au travail.

« Tu connais Dwayne Brewer ?

– Quoi ?

– Dwayne Brewer ?

– Non, je t'ai entendu. J'essaie juste de comprendre pourquoi tu me demandes ça.

– Eh bien, tu le connais ?

– Évidemment, répondit Calvin. La plupart des gens dans ce comté le connaissent, ou ont entendu parler de lui. On allait à l'école avec son frère. Tu le sais. »

Calvin voyait bien que Stillwell essayait d'interpréter sa réaction, mais le flic n'ajouta pas un mot, ne donna pas la moindre explication quant au motif de sa question.

« Tu dis quoi ? Tu penses que c'est Dwayne Brewer qu'a fait ça ?

– C'était juste une question. »

Stillwell se gratta l'arrière de la tête et tira une boîte de tabac de sa poche. Il en enfonça sous sa lèvre et épousseta les brins qui étaient tombés sur le devant de son polo gris.

« J'ai pas grand-chose à quoi me raccrocher. Tout un tas de trucs dingues se sont produits dans ce comté au fil des années, mais une chose qui semble toujours se vérifier, c'est que le coupable est généralement un proche. Dans le coin, un homme est plus susceptible de tuer son cousin que d'aller faire un tour et de descendre quelqu'un qu'il ne connaît pas.

– Alors, t'es en train de dire quoi ? »

Calvin était assis par terre avec les bras autour des genoux.

« Je dis que si tu penses à quelque chose, tu m'appelles, d'accord ?

– D'accord », répondit Calvin.

Il s'étendit sur le dos et se glissa sous la camionnette.

« Tu as mon numéro. »

Stillwell sortit de la remise et marcha sous la pluie. Il pataugea dans les flaques de la cour et gravit les marches derrière la maison, la porte écran se refermant en claquant derrière lui. Calvin prit une profonde inspiration, ferma les yeux et exhala contre le châssis. En entendant ce nom, il avait failli avoir une attaque. Il avait la trouille de savoir à quel point Stillwell était proche de la vérité, mais il ne pouvait rien faire. Ce qui lui pendait au-dessus de la tête s'abattrait d'une minute à l'autre. Il était impossible de savoir quand le monde s'écroulerait autour de lui.

19

Dwayne Brewer ouvrit en grand la porte d'acier afin de faire entrer assez de lumière pour voir ce qui restait de son frère. Debout à l'entrée du silo, il sentit le souffle de la pièce sombre sur lui, une odeur de plus en plus forte qui avait empiré depuis la dernière fois qu'il était venu. Il prit quelques rapides inspirations pour ne pas avoir un haut-le-cœur et tituba à l'intérieur en portant un lourd sac de chaux sur une épaule et une bible en lambeaux dans sa main.

« Tu pues, frangin », dit-il en posant le sac aux pieds de Sissy.

La peau de Carol n'était plus gonflée et distendue. Au cours de la dernière semaine elle s'était affaissée et liquéfiée et avait pris une consistance presque crémeuse. Le noir verdâtre était celui de l'eau des mares. Tous les fluides qui s'étaient échappés de son corps formaient une flaque autour de lui. Sa peau semblait se déchirer, s'ouvrir et suinter un liquide noir.

Il s'agenouilla à côté du cadavre de Sissy, tira le couteau de leur père des profondeurs de la poche de son frère et l'ouvrit. Il découpa un large sourire en haut du lourd sac en papier et balança des poignées de chaux sur le corps comme s'il semait des graines. Lorsqu'une fine couche recouvrit les vêtements et la chair de Carol, Dwayne se laissa tomber sur la terre et s'appuya à une lourde colonne enduite de poix, les jambes repliées contre son torse. Dehors, les feuilles voletaient dans un tourbillon couleur rouille qui bruissait contre le sol quand le vent traversait la vallée. Des mouches bourdonnaient autour de son visage et il les repoussait pour simplement les voir se poser sur son frère. Dwayne ne supportait plus de le regarder.

C'était le quatrième dimanche qu'il passait sans lui, et c'était le jour le plus difficile. Leurs grands-parents avaient été très pieux, et pendant leur enfance, Sissy et lui avaient passé la plupart des dimanches à écouter leur grand-père lire les Saintes Écritures avec une paire de lunettes à monture d'acier posée sur le bout du nez dans le salon de la cabane où il vivait. En été, il les emmenait à des rassemblements sous des tentes qui étaient dressées dans des vallons lointains, et quand ils étaient avec lui, ils se sentaient en sécurité. Peut-être était-ce cette sensation qui avait fait que les paroles sacrées lui étaient restées, mais quoi qu'il en soit, Dwayne Brewer avait lu la Bible du roi Jacques du début à la fin au moins cent fois.

Bien qu'ils aient été croyants, Sissy et lui n'avaient jamais été portés sur les églises, les sanctuaires ou les personnes qui les fréquentaient. Ils avaient essayé une fois après le décès de leur grand-père. Quand la cloche avait sonné dans la minuscule église blanche au bord du ruisseau, ils avaient marché jusqu'au premier rang pour mieux entendre. Le prêtre n'arrêtait pas de leur jeter des coups d'œil durant la prière d'ouverture, et ils entendaient les gens murmurer dans leur dos. Comme ils ne savaient pas comment les choses étaient censées se dérouler vu qu'ils n'étaient jamais venus avant, ils n'avaient pas trouvé ça étrange. Le prêtre était sur le point de livrer son message quand Dwayne avait senti quelqu'un lui tapoter l'épaule. Il avait levé les yeux et l'un des bedeaux, un homme rougeaud avec des yeux de vache injectés de sang, s'était penché et lui avait murmuré à l'oreille qu'il aimerait qu'ils le suivent. Dwayne avait transmis le message à son frère et Sissy avait chuchoté : « Pourquoi ? » Dwayne avait répondu qu'il n'en avait pas la moindre idée, mais ils s'étaient levés et avaient longé l'allée centrale.

Une fois à l'arrière de l'église, le bedeau avait tendu le bras en direction d'un banc appuyé contre le mur du fond. Dwayne avait déclaré qu'il ne comprenait pas, et l'homme avait expliqué que son frère et lui rendaient les fidèles nerveux. Cette vieille sensation familière s'était alors emparée de lui et il s'était rué sur la gorge de l'homme et l'avait serrée jusqu'à ce que les yeux lui sortent de la tête. Les gens se retournaient sur les bancs, des hommes se levaient et venaient vers lui, et Dwayne les voyait du coin de l'œil. Mais il s'en foutait. Il avait hâte d'exploser quand ils poseraient la main sur lui. Tout à coup, il avait senti quelqu'un lui tapoter le dos et avait entendu la voix nasale de son frère. « On ferait peut-être mieux d'y aller, Dwayne. On ferait peut-être mieux de se tirer d'ici. » Et quelque chose dans cette voix lui avait fait entendre raison. Il avait lâché l'homme avant que les autres l'atteignent, et son frère et lui étaient sortis d'un pas lourd sans dire un mot.

Quelques semaines plus tard, ils roulaient sur la route quand Dwayne avait vu une pancarte qui disait : « DIEU RECRUTE DANS LES BAS-FONDS, PAS SUR LE PIÉDESTAL ». Il s'était esclaffé, secouant la tête en passant et songeant : *Tu connais que dalle aux bas-fonds.*

Il fixait les semelles des bottes de son frère dans une sorte de transe hallucinée. « Hier matin, j'ai pensé à un passage d'Isaïe, prononça Dwayne en ouvrant la bible sur ses genoux. Je me suis dit que je le lirais ce matin, si ça te va. » Il marqua une pause. « Voici ce que ça dit. Ça dit… »

Dwayne se mit à lire le passage, le cinquante-troisième chapitre du Livre d'Isaïe, qui disait que le Christ n'était pas né de rois, mais de rien, une plante délicate enracinée dans une terre desséchée. C'était de là qu'il en était venu à connaître la souffrance, le chagrin et la peine du péché.

« On le maltraite, et lui se soumet et n'ouvre pas la bouche, semblable à l'agneau qu'on mène à la tuerie, et à la brebis muette devant ceux qui la tondent ; il n'ouvre point la bouche... On lui a donné son sépulcre avec les méchants, et dans sa mort il est avec le riche, alors qu'il n'a pas commis d'injustice, et qu'il n'y a pas de fraude dans sa bouche. »

Dwayne songeait à son frère et au Christ, et il ne voyait aucune différence entre eux. Tous deux étaient nés en bas, leur fardeau, le poids des gens cruels. Le péché, c'étaient les épines sur sa tête, les clous dans ses mains et ses pieds, la lance dans son flanc. Le péché, c'étaient les crachats sur le visage de Carol, l'humiliation de la pauvreté, les raclées, le tourment du silence. Ça plaisait au Seigneur de les mettre à l'épreuve, d'instiller le chagrin dans leur cœur, car ce n'était qu'en souffrant, en supportant les péchés de nombreux autres, qu'ils pouvaient ouvrir les portes à ceux qui leur avaient fait du mal.

Lorsqu'il eut fini de lire le chapitre, Dwayne referma sèchement le livre. Il le balança par terre à côté de lui, un nuage de poussière s'élevant du sol. Il leva les yeux avec un immense sourire et dit : « Frangin, t'es comme Jésus. »

La pièce était immobile, et dans cette immobilité il entendit un léger bruit qui ressemblait à un journal en train d'être froissé. Il provenait de son frère. Sissy murmurait quelque chose que Dwayne ne distinguait pas de l'endroit où il était assis. Alors il tourna la tête pour écouter attentivement. Le son était toujours trop bas pour être intelligible, à peine audible, mais constant. Il regarda avec de grands yeux le visage de son frère. Les lèvres de Sissy semblaient frémir, et il l'observa avec stupéfaction tandis que ce pour quoi il avait prié semblait se produire juste sous ses yeux. Durant son enfance, il avait une tante qui pouvait arrêter les saignements, qui pouvait lire un verset de la Bible pour que le sang cesse de quitter un corps. Son nom était Opal, et elle pouvait soigner le muguet d'un bébé en lui soufflant dans la bouche. Il y avait de la magie dans ce monde. Dwayne l'avait vue. Et à cet instant il était certain qu'il allait la revoir.

De l'endroit où il était assis, il ne discernait pas les mots, alors il s'approcha à quatre pattes et pencha l'oreille vers les lèvres de son frère. Des mouches à viande rondes comme des pièces de cinq cents se mirent à tournoyer autour de leur visage et se posèrent sur les épaules et le dos de Dwayne. Il regarda les bras de son frère, où des mites d'un brun rougeâtre grosses comme des têtes d'épingles galopaient sur la peau noire, de minuscules œufs éparpillés sur lui comme des graines de moutarde. Le sol autour de lui palpitait de vie, des scarabées d'un brun terne, certains d'un vert iridescent, des mille-pattes enroulés en spirale comme des ammonites. Le son était bas et constant, mais il ne distinguait pas les mots, et Dwayne s'écarta afin de lire sur les lèvres de son frère. Et c'est alors qu'il vit une masse qui se tortillait comme une langue couleur crème, une unique syllabe divisée en un millier de parties mouvantes. À cette vue, sa gorge se serra, et il enfonça un doigt dans la bouche de son frère, récupérant tout ce qu'il pouvait. Il agita la main et les mouches bourdonnèrent autour de lui.

Au milieu de cette horreur, Dwayne Brewer était dévasté par une unique pensée déchirante. Il ne pouvait rien faire pour empêcher ce qui se produisait. Quoi qu'il fasse, la dernière chose qu'il aimait au monde était en train de fondre comme de la cire.

L'odeur qu'il avait tellement tenté d'ignorer lui retourna alors l'estomac. Il se releva et sortit car l'air de la pièce était devenu irrespirable. Dehors, un vent vif fit se dresser les poils sur ses bras, et Dwayne ferma les yeux et leva son visage vers le ciel. Il sentait le soleil qui réchauffait sa peau pâle et il cligna des yeux face à une lumière dorée d'un jaune si perçant que c'était comme s'il était devenu une abeille sur une fleur de pissenlit. L'air dansait, chargé de l'odeur musquée des feuilles mourantes, un automne rempli de mousse de chêne, de bois d'agar et de cuir. Il inspira profondément et une sorte de chaleur apaisante inonda ses poumons.

Il avait toujours été dérouté par le fait qu'une telle cruauté puisse survivre au milieu de tant de beauté. Pourquoi avait-Il imposé au monde une telle souffrance ? C'était une énigme qui n'avait aucun sens, et elle pesait comme une pierre sur le cœur de Dwayne. Tout ce qu'il savait, c'était que toute sa vie durant on lui avait demandé de la porter, et il était fatigué. *Nous nous provoquons depuis trop longtemps, Toi et moi*, pensa-t-il. *Nous deux, nous n'avons jamais vu les choses du même œil.*

20

Calvin Hooper poussa en arrière avec la pointe de ses chaussures le rocking-chair d'un gris patiné dans lequel il était installé. Mme Moody était assise à côté de lui, les deux se rapprochant de plus en plus à mesure qu'ils se balançaient. Un bouvier australien tacheté nommé Prescott était étendu avec la tête posée à plat entre les pattes avant sur les planches du porche, se léchant les babines et haletant. Il se retourna vers eux lorsque Calvin parla.

« Je crois que je pourrais pas avaler une bouchée de plus si j'essayais.

– Quelque chose me dit que quand cette tarte sortira du four, tu trouveras de la place, répliqua Mme Moody. J'ai acheté cette courge à Lebern Dills. Je suis allée le voir à propos d'une tombola à l'église, et elle était aussi jolie qu'un coucher de soleil, posée là sur son sol. »

Ils étaient venus pour le dîner dominical, Calvin et Angie, Marla, Rusty et les enfants. Toute la maison était emplie de sourires et de rires, de bagarres et de chamailleries, comme chaque fois. Mme Moody avait utilisé trois conserves de saumon, un tas de haricots, des pommes de terre rouges, des oignons vidalia et deux gâteaux au pain de maïs pour constituer un repas de dix dollars qui les avait tous nourris.

Calvin entendait les casseroles et les poêles qui tintaient dans la maison tandis que Marla et Rusty faisaient la vaisselle, elle lavant et lui essuyant. Dans le jardin, Angie portait leur petite dernière, une fillette aux yeux ambrés nommée Ruth, pendant que les trois garçons lui montraient une cabane qu'ils avaient construite à la lisière du bois.

« Alors, tu l'as achetée, cette bague ? »

Mme Moody le regarda et arqua les sourcils.

« Pas encore », répondit Calvin.

Elle tendit la main et la plaça sur celle de Calvin. Des taches brunes la mouchetaient, ses veines étaient saillantes et bleues, et elle lui serra fort les doigts.

« Tu sais que je te taquine.

– Je sais.

– Mais tu n'en trouveras pas une mieux qu'elle, dit-elle. Les femmes comme ça ne courent pas les rues.

– Elle est bien, répondit-il, sans rien ajouter car les hommes dans le coin n'en disaient jamais plus, ils ne laissaient jamais paraître leurs émotions ni ne s'épanchaient avec des mots.

– Bon, je vais faire un saut vite fait à l'intérieur. »

Mme Moody se pencha et se leva du rocking-chair.

« Tu as besoin de quelque chose tant que je suis debout ?

– Non, madame. »

Le chien se leva et dressa les oreilles. Il la regarda avec des yeux pleins d'espoir, et elle le gratta sous le menton en passant. Lorsqu'elle fut dans la maison, Prescott se laissa retomber sur le porche aux pieds de Calvin, se roula en boule, soupira et ferma les yeux.

Le temps s'était réchauffé au cours des deux derniers jours. Les saisons étaient étranges, le monde devenant de plus en plus bizarre à mesure que les années passaient. Désormais, soixante centimètres de neige pouvaient tomber et avoir fondu le lendemain après-midi, puis le surlendemain il faisait de nouveau un temps à porter un tee-shirt au milieu du mois de décembre. Mais c'était agréable d'être assis là à cet instant. Tout ce que Calvin se disait, c'était : *Je ne me suis pas senti aussi bien depuis un bout de temps.*

Près d'un cornouiller dépouillé dans le coin du jardin, Angie tenait la fillette contre sa poitrine et avait glissé l'autre bras autour de la taille du plus jeune des garçons pour l'aider à monter dans l'arbre. Lorsqu'il eut trouvé une prise, elle recula et il passa la jambe par-dessus la branche, se hissa et grimpa plus haut. Les deux garçons plus âgés étaient déjà près de la cime, et le petit fila dans l'arbre tel un singe pour les rejoindre. Angie se retourna vers la maison avec un grand sourire. Calvin croisa son regard et elle secoua la tête.

Il mit sa main en porte-voix et cria : « Ils vont se briser le cou ! » Et Angie acquiesça, mais elle ne prononça pas un mot et ne se retourna pas pour les empêcher.

En la voyant se tenir là avec la fillette sur sa hanche, Calvin savait que Mme Moody avait raison : les femmes comme Angie Moss ne couraient pas les rues. Il se voyait bien lui achetant une bague, quelque chose de simple car c'était ce qu'elle avait toujours affirmé vouloir, juste quelque chose de simple. Il se voyait bien avec elle à l'avant de l'église, toutes les personnes qui les aimaient souriant en silence sur les bancs, et il s'imaginait cette fillette dans ses bras en ce moment comme la leur. Plus que tout, il se voyait bien vieillir avec elle, comme tout le monde autour d'eux, comme ses parents et ceux d'Angie, partageant un amour paisible comme l'avaient fait Mme Moody et le père de Darl. Ce genre d'amour n'était pour personne hormis eux deux. Il était privé et silencieux, aussi suffisant que la grâce.

Quelque chose cogna contre les planches du porche à côté de son siège, et en regardant Calvin vit ce qui était tombé de sa poche. Là, sur les lattes usées, aussi brillante qu'une pièce de monnaie, se trouvait la balle qu'il avait découverte devant son visage quand il s'était réveillé dans la tombe. Calvin la ramassa vivement, ce minuscule objet lui donnant le sentiment qu'il était exposé, comme si tout ce qu'il avait en lui était soudain étalé sur la table au vu et au su de tous. Il tint la cartouche entre ses doigts et passa son pouce sur l'enveloppe en cuivre, comme s'il frottait une pierre antistress. Depuis ce jour-là, il l'avait gardée sur lui. Depuis ce jour-là, il n'avait pu oublier, ne serait-ce qu'un instant, à quelle vitesse le marteau pouvait s'abattre.

Le ressort grinça, faisant claquer la porte écran tandis que Mme Moody revenait sur le porche, et le bruit le fit sursauter. Elle portait un objet enveloppé dans un vieil édredon en patchwork cousu à partir de sacs de farine et de morceaux de vêtements. Lorsqu'elle fut devant lui, elle le tendit et Calvin le lui prit des mains.

« Je voulais que tu aies ceci », dit-elle.

Ce qu'il tenait était lourd, et lorsqu'il déplia l'édredon il vit le canon en acier inoxydable et la crosse en bois stratifié, une carabine courte que Darl avait achetée quelques années plus tôt pour aller chasser l'ours noir dans le Maine avec un type nommé Cobb.

« Je ne peux pas accepter ça, dit-il.

– Si, tu peux, insista Mme Moody. C'est ce qu'il aurait voulu.

– Vous devriez la donner à l'un des fils de Marla.

– Ils en auront bien assez, répliqua-t-elle. Il avait deux ou trois fusils de chasse qui appartenaient à son père, et je me suis dit que je les garderais pour les garçons quand ils seront assez grands. Mais celui-ci, je veux que ce soit toi qui l'aies. Il a économisé pour cette arme et ce voyage pendant deux ans, et quand lui et ce garçon sont partis d'ici, je crois que ça a été l'un des moments où je l'ai vu le plus heureux. Ils avaient un de ces GPS qui leur indiquait le chemin, et il les a fait passer pile au cœur de New York. Je les imagine tous les deux dans ce pick-up avec des cages et un tas de chiens aboyant à l'arrière, en train de descendre Park Avenue. »

Elle éclata de rire et secoua la tête.

« Il adorait quand tu allais dans les bois avec lui pour traquer l'ours. Je ne suis pas sûre que ça ait été ta tasse de thé de poursuivre une meute de chiens pendant des kilomètres, mais il adorait que tu l'accompagnes. »

Calvin passa les doigts sur la carcasse, épaula l'arme et actionna le levier. Son mécanisme était parfaitement huilé.

« Je ne sais pas quoi dire.

– Dis que tu emmèneras ces garçons dans les bois quand ils seront plus grands et que tu leur raconteras des histoires sur leur oncle.

– Je peux faire ça, répondit Calvin.

– Alors il n'y a rien à ajouter. »

Mme Moody tendit la main et lui tapota la joue comme elle le faisait chaque fois, les yeux plissés et la mâchoire serrée. Personne n'avait évoqué Darl de tout l'après-midi, et il y avait quelque chose de plaisant dans le fait de voir la vie revenir, même si c'était une sensation de courte durée. Le truc avec ce monde, c'était qu'on n'avait encore rien trouvé pour le faire ralentir ou s'arrêter de tourner.

Ils restèrent un long moment assis sans parler, ni l'un ni l'autre n'ayant quoi que ce soit à dire ni même le désir de briser le silence. Parfois la proximité suffisait, et le simple fait d'être proches rendait les sons inutiles. Le lendemain, le soleil se lèverait au-dessus des sapins baumiers comme il le faisait depuis toujours, mais à cet instant Calvin Hooper et Mme Moody le regardaient décliner. La lueur de l'après-midi était aussi faible que l'éclat d'une bougie, d'un jaune à la fois pâle et magnifique. Il regarda Angie pourchasser les garçons dans le jardin, chacun criant et riant, et il ne cessait de se dire : *J'ai tant à perdre.*

21

La Grand Prix bleu canard était garée devant la cabane croulante dans laquelle Sissy avait vécu. Dwayne avait ramené la voiture de son frère. Sa peinture délavée créait une juxtaposition étrangement lumineuse par rapport aux planches couvertes de chaux qui se détachaient du squelette grossier de la maison. Il était derrière le bâtiment, en train de récupérer un bidon de mélange deux-temps qu'il avait laissé Carol emprunter pendant l'été, lorsqu'il entendit quelqu'un cogner à la porte.

« Police du comté de Jackson ! hurla la personne. Monsieur Brewer, j'ai besoin de vous parler ! Police du comté de Jackson ! J'ai besoin que vous veniez à la porte ! »

Dwayne Brewer jeta un coup d'œil à l'angle de la maison, un logement sur le point de s'effondrer. Stillwell se tenait sur le porche avec la main droite posée sur la poignée de son arme. La peinture vert forêt de la porte n'était désormais guère plus qu'une tache, le grain du bois ressortant à la surface comme du braille. Il tapa du poing sur la porte jusqu'à ce qu'elle se mette à trembler sur les gonds tordus qui la maintenaient au montant pourri.

« Police du comté de Jackson ! » continuait de hurler Stillwell.

Il se tenait là, portant un pantalon de treillis vert olive et un polo noir avec son insigne brodé sur le côté gauche de la poitrine.

Ses cheveux étaient séparés par une raie parfaite. Son visage était rasé de frais.

Une feuille morte traversa le porche en raclant le sol et un râle sylvestre poussa un cri perçant quelque part dans les bois. Il y avait une fenêtre sur la gauche de la porte. Un petit banc était installé devant le rebord de celle-ci avec un pot en terre cuite ébréché qui contenait de la terre grise et une plante morte toute noueuse. Stillwell s'agenouilla avec la main en visière et se pencha pour regarder à l'intérieur. La vitre était faite d'un verre ondulé voilé par la crasse, et lorsqu'il toqua dessus, elle trembla dans les croisillons.

« Monsieur Brewer. Police du comté de Jackson. Si vous êtes là, j'ai besoin que vous veniez à la porte.

– Il est pas là », déclara Dwayne en apparaissant à l'angle de la maison.

Stillwell sursauta en entendant sa voix, sa main agrippant son pistolet.

« Où est-il ?

– Aucune idée », répondit Dwayne.

Il portait un jean maculé de boue et un débardeur jaunâtre qui enveloppait lâchement son torse énorme. Il était presque simiesque, on aurait dit une créature de fête foraine qui aurait gagné sa vie en mangeant du verre.

« Je l'ai pas vu.

– C'est sa voiture, non ? »

Stillwell désigna la Grand Prix d'un geste de la tête.

« Oui.

– Donc sa voiture est là, mais pas lui.

– C'est ce qu'on dirait.

– Alors, où est-il ?

– Comment je suis censé le savoir ? » Dwayne inclina la tête sur le côté et attendit une réponse, un bidon d'essence rouge à la main.

« Vous ne trouvez pas étrange que sa voiture soit là et pas lui ?

– Bien sûr que c'est étrange, mais Sissy est un peu barge. En plus, c'est la fin de la saison du ginseng. Il connaît des coins à Oconee où les baies sont pas encore tombées. Bon sang, il s'est peut-être tiré là-bas, ou en Géorgie, pour ce que j'en sais. Ça me surprendrait pas.

– Et comment il y serait allé ?

– Il a pu prendre un foutu train pour ce que j'en sais. »

Stillwell descendit du porche et s'approcha jusqu'à ce qu'ils soient à portée de main l'un de l'autre. Il n'était rien comparé à une brute comme Dwayne. Il lui atteignait à peine les épaules et Dwayne pesait cinquante bons kilos de plus que lui. *Je parie que je pourrais te plier comme un lapin*, songeait ce dernier. *Je pourrais te choper par les jambes, te plier d'un coup et te briser le cou comme à un lapin.*

Le fait de voir Stillwell se tenir là allumait un feu en Dwayne. Pendant que son frère était en train de pourrir au milieu des arbres, ce flic cognait sur sa porte au point de la dégonder. Personne ne voulait en rester là. Personne ne voulait leur foutre un peu la paix.

« Pourquoi vous fouinez ici, de toute manière ? Je croyais que vous étiez censé élucider ce qu'est arrivé à ce Moody.

– En effet.

– Alors comme j'ai dit, pourquoi vous fouinez ici ?

– J'essayais de parler avec votre frère de ce qu'il avait pu voir pendant qu'il volait le ginseng de M. Coward. C'est ce que vous avez dit qu'il faisait, n'est-ce pas ?

– Et qu'est-ce que le ginseng a à voir avec ce qu'est arrivé à ce gars ?

– Peut-être rien.

– Alors pourquoi un inspecteur de la criminelle se soucie de la parcelle de ginseng d'un vieux bonhomme ?

– Nous n'avons pas la chance d'avoir une division criminelle, répliqua Stillwell. J'ai une douzaine d'affaires en cours sur mon bureau en ce moment. Braconner les parcelles de ginseng me concerne autant que les personnes disparues ou les meurtres.

– Faut avoir des priorités.

– Qu'est-ce que vous faites avec ce bidon d'essence ? »

Dwayne Brewer baissa les yeux comme s'il avait oublié ce qu'il tenait à la main.

« J'avais besoin de carburant pour la tronçonneuse. J'avais oublié que j'avais laissé Sissy l'emprunter pour se débarrasser des mauvaises herbes il y a quelques mois. » Il regarda Stillwell avec une expression à mi-chemin entre ennui et dégoût. « Je crois que je vais retourner chez moi. »

Stillwell ne bougea pas tandis que Dwayne passait à côté de lui et traversait la cour jaunie.

« Où est votre voiture ?

– À la maison, cria Dwayne sans se retourner.

– Comment vous rentrez chez vous ? »

Finalement, Dwayne s'arrêta et pivota sur lui-même.

« La maison est un peu plus loin à travers les bois. Kitchens Branch est juste de l'autre côté de ces collines. »

Dwayne désigna les arbres d'un geste de la tête. La lumière du soleil l'atteignait de telle sorte que ses yeux avaient un éclat aussi noir que de l'onyx.

« Vous voulez que je vous dépose ?

– Non, répondit-il, et il se retourna.

– Si vous voyez votre frère, dites-lui de m'appeler ! » cria Stillwell.

Dwayne leva haut le bidon d'essence, comme pour lui signifier qu'il l'avait entendu, mais il ne se retourna pas et ne répondit rien, se contentant de s'éloigner dans le fourré de jeunes arbres et de broussailles, les bois se refermant autour de lui.

22

Dwayne n'était pas retourné au silo, mais tandis qu'il se dirigeait vers chez lui à travers les bois, il ne pouvait passer sans dire un mot. Il posa le bidon d'essence près de la porte, souleva la lourde barre et pénétra à l'intérieur.

« Ils sont venus te chercher, frangin, dit-il. Et je crois pas que ces chiens vont nous lâcher avant un moment. »

Depuis un mois que Dwayne avait ramené son frère dans le silo, le corps de Carol Brewer s'était dégonflé comme un ballon de baudruche abandonné. Tous les fluides s'étaient écoulés pour former une lagune autour de lui, et désormais, près de cinq semaines après qu'il avait été tué, sa peau était d'un sombre marron grisâtre, et aussi fine que du papier à cigarette. Son visage n'était plus reconnaissable, et Dwayne ne put se résoudre à le regarder.

Assis en tailleur par terre, Dwayne pencha la tête en arrière contre l'une des colonnes enduites de poix et ferma les yeux, puis il laissa son menton retomber sur sa poitrine. Posant les mains sur le sol à côté de lui, il déplia et replia les doigts, créant de petites crêtes de poussière entre eux, puis il traça un sillon peu profond autour de l'empreinte de ses mains. Soudain, il se rappela une époque où son dos était lacéré et couvert d'ecchymoses à cause d'une rallonge que son père avait utilisée comme un fouet. Il n'avait que dix ou onze ans. Sissy devait en avoir cinq ou six.

Mais en regardant la longue étagère de pin grossièrement taillée qui longeait le mur sur la droite, il vit les gâteaux au chocolat alignés et entendit Sissy dire : « Faut que tu les laisses refroidir », comme si ça se produisait là devant ses yeux.

Le garçon avait un vieux torchon enroulé autour de la taille comme un tablier et il jouait à la dînette. Dwayne l'avait réprimandé parce qu'il se comportait comme une tapette, mais Sissy s'en fichait, et bientôt son frère avait joué avec lui, tous les deux riant et faisant les pitres, oubliant pendant un bref moment de quoi ils se cachaient. Sissy avait un sourire qui pouvait faire oublier à un homme qu'il était mourant. Des pattes-d'oie apparaissaient au coin de ses yeux, son sourire était large et ses dents inhabituellement droites. Cette image était restée gravée dans l'esprit de Dwayne comme une photo, et en y repensant, il gloussa dans sa barbe et sourit.

Le pantalon de camouflage que portait Sissy bougea au niveau de sa cuisse comme si un animal cherchait à sortir de sa poche. Dwayne regarda, stupéfait. Le tissu remua de nouveau et quelque chose apparut sous la jambe de Sissy, une petite tête brune qui bougeait d'avant en arrière pour libérer son corps. Dwayne se leva et observa tandis qu'un jeune rat efflanqué s'extirpait de sous le cadavre de son frère et sprintait vers le coin de la pièce. La fureur monta en lui et il se précipita en avant, écartant les bras en grand.

Le rat détala sur la droite, mais Dwayne tapa du pied et lui barra le chemin. La bête fila de nouveau dans le coin, attendit, puis partit vers la gauche, mais une fois encore il n'y avait nulle part où s'enfuir, et elle se recroquevilla sur elle-même comme si en ramassant suffisamment son corps elle allait disparaître. Il était désormais presque sur le rat, et comme il approchait, l'animal montra ses petites dents jaunes et produisit un son sifflant, mais la botte de Dwayne s'abattit rapidement. Il sentit les os minuscules craquer comme des allumettes. En relevant son pied, il vit le corps du rat qui frémissait, ses mouvements devenus lents et agonisants. Dwayne appuya ses mains contre les pierres froides et frappa de nouveau jusqu'à ce qu'il ne reste que de la chair aplatie et ensanglantée dans la poussière.

Sissy était assis là, indifférent et en train de pourrir. Dwayne se tourna vers son frère et une culpabilité immense s'installa au fond de son cœur. *Certaines personnes n'ont jamais rien*, songea-t-il. Certaines personnes voient tout ce qu'elles aiment leur être arraché des mains, comme si Dieu trouvait leur souffrance amusante.

Dehors, le soleil brûlait d'un éclat blanc, et Dwayne quitta l'obscurité et regagna le monde. Il rentra chez lui les yeux pleins de larmes, comme quand il était enfant. Lorsqu'il atteignit la cour, il se posta près de la souche à couper le bois et examina les rapaces dans les arbres, rien que des ombres aux épaules hautes éparpillées parmi les branches. Il hurla à pleins poumons, pas de mots, juste un cri guttural provenant d'un endroit au fond de lui qui était complètement en feu, et tous les oiseaux s'élevèrent dans l'air, si bien que les branches se mirent à trembler et que les arbres semblèrent bouger.

Laisser un homme comme Calvin Hooper vivre après ce qu'il avait fait, c'était de la clémence, et il n'y avait pas de place pour ça dans un monde dénué de la moindre bonté. La souffrance de Dwayne ne pouvait qu'être apaisée par la certitude qu'il n'était pas seul. L'unique réponse à ce genre de solitude était que les autres subissent la même chose.

23

Il l'épiait depuis le bord du champ tandis qu'elle déchargeait les courses de la voiture, et il ne bougea pas jusqu'à ce qu'il soit certain. Il était tapi là depuis un long moment, et ses jambes étaient raides et engourdies. Des poulets grattaient et picoraient au bord de la maison. L'un d'eux, bronze et gris, l'avait repéré quelques minutes plus tôt et le regardait désormais d'un air soupçonneux. Lorsqu'elle pénétra à l'intérieur, il se leva et trottina jusqu'à la cour, les volatiles détalant vers l'arrière de la maison, l'herbe sèche craquant sous ses pieds.

Il se glissa sur le porche et s'adossa au mur en bois. La porte était ouverte sur sa gauche. L'adrénaline fusait dans ses veines comme si c'était la toute première fois. À l'âge de dix ans, caché dans un affût avec un fusil posé en travers des genoux, Dwayne avait retenu son souffle pendant qu'une petite biche traversait un fourré de lauriers derrière lui. Ses sabots avaient piétiné les feuilles séchées jusqu'à ce qu'elle soit si proche qu'il aurait pu la toucher, mais il avait continué de retenir son souffle, son cœur battant la chamade dans sa poitrine, ses cheveux dressés sur sa tête, stupéfait qu'un homme, s'il était suffisamment immobile, puisse complètement disparaître. C'était la même sensation désormais, un chasseur traquant sa proie, et il ferma les yeux pour écouter les plus infimes nuances de sons.

Tout en exhalant doucement par le nez, il entendit des pas dans la maison. Elle fredonnait une chanson, se déplaçait rapidement, sans se méfier. Elle approchait. Toujours plus près. Elle était presque là et il rouvrit les yeux lorsqu'elle franchit la porte. Angie Moss ne se retourna pas lorsqu'il fit une grande enjambée et l'attrapa sous le menton. Un bras lui écrasait la gorge tandis que l'autre poussait sa tête en avant. Il se pencha en arrière jusqu'à ce que ses pieds décollent du sol et qu'elle lui donne de violents coups dans les tibias. Des ongles lui labourèrent les bras comme du fer chauffé à blanc, mais il ferma les yeux et laissa la sensation glisser sur lui. C'était plus simple d'accepter la douleur, d'inspirer profondément par le nez et de se perdre un court instant dans l'odeur de chèvrefeuille des cheveux contre son visage. Angie leva les mains dans un ultime effort pour lui griffer les yeux, mais Dwayne leva la tête vers l'auvent de tôle puis l'agita lentement d'avant en arrière jusqu'à ce que les bras d'Angie retombent et que ses jambes deviennent inertes, et elle se laissa immédiatement aller contre lui.

Ce n'était pas comme au cinéma. Ce n'était pas une connerie d'Hollywood avec un chiffon imprégné de chloroforme. Dwayne Brewer le comprenait, tout comme il comprenait qu'elle reprendrait connaissance d'ici quelques secondes – dix, peut-être douze –, alors il passa rapidement à l'action. Après quelques petits pas rapides, il l'abaissa par terre puis la roula sur le ventre, tira une paire de Serflex de la poche arrière de son jean et lui joignit les poignets dans le bas du dos. Tout en comptant dans sa tête, il la tourna sur le côté et attendit qu'elle se réveille. Dix. Onze. Ses yeux se rouvrirent et s'écarquillèrent, et elle balança la tête d'avant en arrière, tentant de comprendre où elle était, de saisir ce qui se passait.

Dwayne regarda ses pupilles se dilater tandis qu'elle effectuait la mise au point, et lorsqu'elle le vit elle tenta de se lever, mais il s'assit à califourchon sur sa poitrine et la maintint en place. Quand Angie cria, il plaqua sa main sur ses lèvres et elle lui mordit les doigts et agita la tête dans tous les sens, ses cheveux blonds fouettant les lattes poussiéreuses comme les fibres d'une corde effilochée, l'arrière de sa tête cognant les planches. Certaines personnes abandonnaient vite la partie, et d'autres se battaient comme des diables. Angie Moss se cambrait avec une férocité qu'il n'avait vue que chez les animaux. Mais ça ne servait pas à grand-chose. Il savait être patient. Son visage vira au rouge, elle expulsait par les narines un souffle humide qu'il sentait sur le revers de sa main, mais il la tint jusqu'à ce qu'elle se fatigue, ses yeux s'emplissant de larmes, son mascara coulant comme de l'aquarelle, et finalement elle capitula.

À cet instant, il se pencha et appuya son visage rasé contre sa joue. La peau d'Angie était chaude contre la sienne.

« Je vais te laisser te relever, maintenant, et tu ne vas pas crier, murmura-t-il. Si tu cries, je t'égorge comme une foutue truie. »

Il se redressa tout en continuant de lui couvrir fermement la bouche jusqu'à ce qu'elle écarquille les yeux et acquiesce pour lui faire savoir qu'elle comprenait. Il ôta sa main et elle inspira immédiatement une bouffée d'air et lui donna un violent coup de genou dans les reins, poussant un hurlement qui fit virer son visage au rouge tomate.

« Comme tu veux. »

Dwayne se releva, bouillonnant de rage, et il la hissa sur ses pieds en la tirant par les cheveux.

Les jambes d'Angie se mirent en mouvement et elle s'arracha à son emprise. Dwayne se retrouva avec un enchevêtrement de cheveux semblable à de la soie de maïs dans la main. Elle atteignit le bord du porche et descendit la première marche avant que son élan ait raison d'elle. Ses bras attachés dans son dos firent basculer son poids en avant et elle s'affala dans la cour, la jupe noire ample qu'elle portait s'étalant sur le sol comme une couverture. Elle était tombée non loin du porche et il la rejoignit avant qu'elle ait pu se redresser. L'agrippant de nouveau par les cheveux, il la maintint voûtée et l'entraîna derrière la maison jusqu'à la remise où il avait caché sa voiture loin de la route.

Tout en la tenant d'une main, il peina à insérer la clé dans la serrure de l'autre puis à ouvrir le coffre, et lorsqu'il y fut parvenu, il attrapa à l'intérieur un rouleau de ruban adhésif argenté. Soudain, elle parvint une nouvelle fois à s'échapper. Elle se dégagea et sprinta en direction de la cour, mais ses pieds s'emmêlèrent dans les larges volutes de sa jupe et elle tomba à l'angle de la maison. Les mains liées, elle se tortilla sur un pan d'argile rouge dénué d'herbe, tentant de se relever, mais une fois encore il fut sur elle, la plaquant de tout son poids au sol tandis qu'il collait le ruban autour de son visage et étouffait ses hurlements.

Il tenta de lui agripper les chevilles en esquivant ses jambes qui frappaient comme des pistons. Un coup l'atteignit sous le menton. Un éclair blanc jaillit devant ses yeux. Comme il battait l'air pour essayer d'attraper ses pieds, sa vision revint et il parvint à s'emparer d'une jambe, puis de l'autre, et il la ligota totalement. Ses cris étouffés butaient contre le ruban adhésif sur sa bouche, elle respirait fort par le nez. Il passa un bras autour de sa taille et la porta sur sa hanche jusqu'au coffre ouvert, la balança dedans et regarda avec colère son corps recourbé par-dessus la roue de secours, sa jupe qui remontait sur ses jambes. Elle avait des yeux de mendiant, une expression pleine de terreur, mais la faiblesse ne lui inspirait aucune pitié. La façon dont elle avait capitulé l'écœurait, et il referma le coffre en le claquant, satisfait de ne plus avoir à la regarder. Il ne restait désormais plus que le son d'Angie tambourinant contre la carrosserie.

Le soleil déclinait et Dwayne regarda en direction de la lumière pour estimer l'heure. Il avait supposé qu'elle ne serait absente que quelques minutes, mais il avait passé un long moment tapi dans ce champ à attendre, tout ce temps le rendant de plus en plus vulnérable. Depuis le jour où Calvin l'avait mené au champ du fond, Dwayne avait entrepris de mémoriser leurs emplois du temps, et il les connaissait désormais parfaitement. Calvin rentrait vers 18 heures.

Il ouvrit la portière côté passager, posa un genou sur le siège et se pencha dans l'habitacle pour attraper son pistolet. Il enfonça le 1911 à l'arrière de son jean et se dirigea vers la maison. La porte était ouverte, la pièce à l'avant emplie de l'odeur de bougies à la cannelle bon marché et de fumée de cigarette. Par une porte sur la droite, il pénétra dans la cuisine, où des sacs de courses étaient posés sur des plans de travail en Formica et sur une petite table carrée. Le téléphone portable d'Angie se trouvait sur un set de table beige tressé, et il s'en servit pour vérifier l'heure. Il était 16h45, et son esprit s'apaisa, conscient qu'il lui restait plein de temps.

Il fouilla dans les sacs et repéra un pot de glace à la vanille et aux noix de pécan ainsi qu'une conserve de sardines. Il arracha le couvercle de la glace, en préleva un peu sur son doigt et se l'enfonça dans la bouche. Affamé, il engloutit la moitié du pot avant de reprendre son souffle. Puis il mangea les poissons entiers, et lorsqu'il eut fini, il lécha l'huile sur ses doigts et fuma une cigarette jusqu'au filtre avant de l'écraser sous sa botte sur le lino.

Il était un peu plus de 17 heures lorsqu'il se leva de la table et glissa le téléphone d'Angie dans sa poche. Il rassembla quelques sacs de courses pour les emporter et sortit de la maison par la porte de derrière, traversa un minuscule porche protégé par une moustiquaire et doté d'une moquette d'extérieur verte puis descendit quelques marches en bois pour gagner la cour. Il déposa les provisions sur le sol de la voiture côté passager, s'installa au volant, puis il tira le 1911 de sous son jean et le posa sur le tableau de bord. Le pot d'échappement crachota lorsqu'il recula dans la cour et contourna la maison, passant devant la voiture d'Angie dont les portières étaient ouvertes et longeant l'allée avec le champ qui s'étirait sur sa droite. Il l'entendait qui donnait des coups de pied contre les parois du coffre, et il ferma les yeux et se massa les tempes lorsqu'il atteignit le bord de la route.

Un groupe de motards déboucha d'un virage en rugissant, des hommes âgés avec des plaques de Floride sur de grosses machines customisées, qui poursuivaient les couleurs de l'automne en fonçant sur les routes sinueuses. Dwayne baissa sa vitre et les salua de la main lorsqu'ils passèrent. Les motos s'éloignèrent en grondant, et le bruit que faisait Angie devint assourdissant en leur absence. Il alluma la radio et monta le volume au maximum, la musique grésillant dans des haut-parleurs défoncés. Janis Joplin chantait « Me and Bobby McGee », et il fredonna en chœur la chanson qu'il connaissait mot pour mot tandis qu'il s'engageait à toute allure sur la deux voies.

Le soleil continuait de décliner et la température chutait à mesure que la lumière diminuait. Dwayne roulait vitre ouverte, l'air froid fouettant les poils de son bras posé sur la portière. Du sang séché peignait sa peau aux endroits où Angie l'avait griffé. Il jeta un coup d'œil dans le rétro, et lorsque le refrain arriva, il chanta à pleins poumons jusqu'à ce qu'il n'y ait plus que la route, la direction dans laquelle il allait, et la vérité absolue des paroles.

24

Calvin avait consacré sa journée à défricher un enchevêtrement de *Smilax*, d'*Hackelia* et de chèvrefeuille afin d'installer un green au bord d'une falaise, histoire que des promoteurs puissent amener des acheteurs potentiels pour qu'ils admirent la vue et tapent quelques balles de golf dans la vallée. Comme son portable ne captait nulle part sur le chantier, il avait passé tout le jour perdu dans ses pensées, songeant à Darl et à Dwayne et à Angie tout en travaillant. Et tandis que le soleil descendait dans le ciel, il était finalement parvenu à une certitude.

Du haut de la falaise, la montagne tombait d'un côté vers Tilley Creek et le vieux magasin Speedwell, et de l'autre vers le lac Glenville puis, plus au sud, vers Walhalla. À cette altitude, les arbres étaient dépouillés, chaque courbe et chaque contour du paysage se dessinant en lumière et en ombre, tous les secrets de la montagne exposés par la saison. Des taches de couleur interrompaient les crêtes uniquement aux endroits où les cèdres et les sapins baumiers prenaient racine, de minuscules bosquets vert forêt qui s'étalaient comme des plaques de mousse.

Il coupa le moteur et sortit de la cabine vitrée de la pelleteuse avant de sauter par terre depuis la chenille d'acier tachée de boue. L'air sentait la terre retournée, et même si c'était une odeur avec laquelle il vivait au quotidien depuis longtemps, elle avait pris une signification nouvelle. Désormais, elle le faisait penser à Darl et à Carol Brewer, au jour où il s'était réveillé frissonnant au fond d'une tombe qui aurait aisément pu devenir la sienne. Le soleil était presque couché, sa lumière jaune striée comme un tigre par des lambeaux de nuages d'un gris sombre. Il regarda les dernières lueurs du jour, indifférent à tout sauf à la balle dans sa poche.

Sur le chemin du retour, il s'arrêta au bord de la branche ouest de la rivière Tuckasegee, là où se dressait la centrale électrique Thorpe depuis le début des années 1940 : un bâtiment carré étrangement haut, avec des vitres semblables à celles des cathédrales qui s'élevaient sur sa façade en brique. Un large parking de gravier s'étirait à côté, et Calvin s'y gara pour voir si Angie lui avait envoyé un message. C'était l'endroit le plus proche du chantier où les téléphones portables captaient, mais même là, seuls les textos passaient. Il avait pris l'habitude d'y faire une halte chaque soir en rentrant. Le téléphone bipa et Calvin découvrit une série de messages qui étaient restés sans réponse. Le premier disait qu'elle allait faire des courses et demandait s'il voulait quelque chose, le deuxième qu'elle avait acheté de la glace et prévoyait de faire des côtes de porc pour le dîner, et le dernier contenait une succession d'emojis au visage jaune soufflant des baisers et des cœurs. Il répondit : *J'arrive. Parfait les côtes de porc.* Il appuya sur « Envoyer » et balança le téléphone sur le siège passager de sa camionnette avant de regagner la route.

La deux voies contournait une retenue d'eau boueuse, calme et profonde, derrière un grand barrage, puis elle filait vers le nord, passant devant un mobile home, une cabane, quelques fermes, et se prolongeant dans la ligne droite de Tuckasegee. Le niveau de carburant était bas, et lorsque le voyant d'alerte s'alluma, Calvin se rendit compte qu'il ne pourrait pas rentrer sans s'arrêter, alors il passa au Jimmy's Mini Mart pour prendre quelques litres de diesel.

Lorsqu'il remonta dans la cabine, son téléphone affichait un message qui disait : *Appelle-moi.* Il n'en pensait rien de particulier lorsqu'il composa le numéro, supposant qu'Angie avait peut-être besoin qu'il fasse un arrêt à l'épicerie. Mais lorsqu'il entendit Dwayne Brewer, toute sensation quitta son corps.

« Tu sais, je commençais à me dire que t'allais pas appeler. »

Cette voix était facilement reconnaissable. Les mains de Calvin se mirent à trembler et son cœur à cogner violemment. Il ouvrit la bouche pour parler, mais aucun mot ne sortit. L'air était coincé dans sa gorge comme s'il avait eu le souffle coupé.

« Tu m'entends, n'est-ce pas ? Calvin ? »

Il laissa tomber l'appareil sur le sol et le ramassa précipitamment.

« Je suis là, dit-il lorsqu'il eut de nouveau le téléphone contre l'oreille.

– Et où on va à partir de maintenant ? »

La question le surprit. Calvin trouvait étrange la façon de parler de Dwayne. Il y avait toujours ce ton moralisateur dans ce qu'il disait, comme s'il essayait de vous enseigner quelque chose.

« Si tu poses un doigt sur elle, je jure sur Dieu que je te traquerai et...

– Tu ferais peut-être bien de réfléchir à la façon dont tu me parles.

– Je te le jure, je vais...

– Dis pas de bêtises, l'interrompit Dwayne. J'ai besoin que tu fasses quelque chose pour moi, et à mon avis, tu me le dois.

– Quoi ? hurla Calvin. Qu'est-ce que tu veux ?

– Je me disais que toi et moi, on pourrait se retrouver et en discuter.

– Dis-moi.

– Non, je pense qu'il vaut mieux qu'on se voie, répliqua Dwayne. J'ai jamais trop aimé le téléphone. Je préfère regarder un homme dans les yeux quand j'ai quelque chose à lui dire.

– Je veux lui parler.

– Ce que tu vas faire, c'est que tu vas me retrouver là-haut où vous défrichez toute cette terre. Tu vas me retrouver là-bas à 10 heures ce soir, et on va régler tout ça. Voilà ce que tu vas faire. »

Calvin se demanda comment il était au courant pour le chantier et depuis combien de temps Dwayne Brewer le suivait.

« Mais si tu recommences à dire des trucs débiles, si tu fais quelque chose de débile, Calvin, je crois que tu sais comment ça se terminera. Tu sais pertinemment de quoi je suis capable. »

Calvin regardait d'un air hébété à travers le pare-brise, songeant qu'il s'était réveillé lové contre elle ce matin-là.

« Angie…

– 10 heures. »

Il entendait sa propre respiration comme des parasites sur la ligne.

« 10 heures, dit-il. Je te retrouverai là-bas à 10 heures.

– Exact, fit Dwayne. Tu me retrouveras là-bas à 10 heures et on réglera ça. On laissera ça derrière nous et on reprendra le cours de nos vies.

– OK », dit Calvin, et la ligne fut coupée.

Plus loin sur la route, un coonhound maigre comme un clou traversa devant une voiture. Le conducteur enfonça la pédale de frein et klaxonna, mais Calvin n'entendit rien. Il regardait fixement à travers le verre poussiéreux, et le monde devant lui semblait aussi plat et immobile qu'un tableau. Ce n'était pas ce que disaient les gens, ce n'était pas que le temps se figeait, mais plutôt que ses pensées se télescopaient à une allure tellement inimaginable que le monde semblait se traîner.

Il avait un sifflement dans l'oreille et l'impression que sa tête flottait, comme si son corps s'était évanoui, ne laissant rien derrière lui que son esprit. Les questions tombaient comme des morceaux de colline en train de s'ébouler. Tout lui atterrissait dessus jusqu'à ce qu'il soit complètement enseveli. Un glissement de terrain de pensées sans rien pour le ralentir. Et il n'y avait pas de fond pour interrompre sa chute.

25

Dwayne essuya les toiles d'araignées et la poussière sur les globes de lampe et remplit les réservoirs de pétrole. Les mèches étaient anciennes et en lambeaux, mais lorsqu'elles furent imprégnées de combustible, elles s'allumèrent sans problème. Des petites langues de lumière tapaient contre le mur de pierre, et maintenant il la voyait. Il regarda le feu se refléter dans ses yeux, puis il se mit au travail.

Il enjamba Angie comme si elle était à peine plus qu'une bûche sur son chemin et posa les provisions qu'il avait prises chez elle sur une longue étagère en pin. Lorsqu'il eut fini, il revint et l'attrapa sous les bras, la souleva et l'adossa au mur, si bien qu'elle était assise avec les mains dans le dos, les genoux repliés contre la poitrine.

« Je vais enlever ce ruban adhésif et ça va faire mal », prévint-il.

Il gratta l'extrémité du scotch, et lorsqu'il l'eut décollé, il arracha le ruban tout autour de sa tête, emportant au passage des cheveux et de la peau. Angie fit la moue et ses yeux s'embuèrent, mais elle ne cria pas ni ne pleura.

« Tu sais qui je suis ? » demanda Dwayne.

Elle secoua la tête.

« Où sommes-nous ? fit-elle. C'est quoi, cette odeur ?

– Je veux que tu observes là-bas, de l'autre côté de la pièce. »

Dwayne désigna de la tête le mur derrière lui et Angie se pencha pour regarder derrière une colonne.

La pièce était sombre, mais la lueur de la lampe atteignait suffisamment le corps pour laisser voir Carol Brewer assis là tel un mannequin grotesque. La peau était gris sombre dans la lumière jaune, son visage ressemblait à un déguisement d'Halloween. Seuls le contour grossier de sa silhouette et les vêtements tachés de boue qu'il portait indiquaient qu'il avait été une chose vivante.

« Qu'est-ce que c'est ?

– C'est mon frère », répondit-il, et il se tourna dans la direction où regardait Angie.

Ce qui restait de Carol emplit Dwayne d'une grande tristesse.

« Je vais gerber », dit-elle, et à peine ces mots eurent-ils franchi ses lèvres qu'elle se tourna sur le côté et vomit dans la poussière à côté d'elle.

Dwayne tira un mouchoir jaune à motif cachemire de sa poche arrière, le déplia et lui essuya les coins de la bouche.

« Tu t'habitueras à l'odeur au bout d'un moment.

– Je ne comprends pas. Qu'est-ce qui lui est arrivé ?

– Ce qui lui est arrivé est la raison pour laquelle t'es ici.

– Je ne..., bafouilla-t-elle. Je ne comprends pas.

– Darl Moody a tué mon frère, dit Dwayne. Darl Moody l'a tué et Calvin l'a aidé à couvrir le meurtre. Ils ont tous les deux balancé mon frère dans un trou et ils l'ont enterré comme un déchet. J'aurais même pas fait ça à un chien.

– Ça ne peut pas être vrai, répliqua Angie. Calvin n'a pas pu faire ça. Impossible. Il n'aurait jamais fait ça.

– Tu peux croire ce que tu veux, mais la vérité est ce qu'elle est. Elle change pas sous prétexte qu'on veut pas y croire. Dieu sait pertinemment ce qu'ils ont fait, et moi aussi.

– Que savez-vous de Dieu ? »

Le visage d'Angie était plein de colère.

Dwayne Brewer sourit et s'assit sur le sol en terre. Il croisa les jambes et se positionna de sorte qu'ils se regardent dans les yeux.

« Oh, bien des choses, j'imagine, dit-il. J'ai lu ce livre à bien des reprises et je crois autant que n'importe quel homme pieux de cette montagne qu'Il est là-haut en train de regarder tout ça. La différence, c'est que je sais une chose qu'ils ignorent. Je sais qu'Il a un sens de l'humour vraiment tordu. » Dwayne secoua la tête et sourit. « Selon moi, la seule chose qu'Il ait jamais réussie, la seule chose qu'Il ait faite de façon absolument parfaite, ce sont ces montagnes. Ces arbres. Ces ruisseaux. Ça, Il l'a réussi, expliqua Dwayne. Mais ensuite Il a créé l'homme. Il a créé un animal si idiot qu'il détruit le cadeau qui lui a été fait, et Lui reste assis là et Il regarde. Maintenant, dis-moi que c'est pas tordu comme sens de l'humour. »

Il passa ses doigts dans la poussière à côté de lui et poursuivit :

« Prends l'histoire de Job. C'était comme s'Il était assis là à regarder un gamin arracher les pattes d'une araignée. Le diable a pris tout ce que Job avait. Sur un pari, Dieu l'a laissé assassiner les fils et les filles de Job pendant qu'ils étaient ensemble à la table du dîner. Imagine à quel point ça te déchirerait le cœur. Mais comme si ça suffisait pas, Il a couvert le corps de ce pauvre bougre de furoncles, Il l'a laissé tomber tellement malade que Job suppliait Dieu de l'achever, et c'est seulement alors, seulement après tout ça, que le Seigncur a finalement dit : "D'accord, je suppose que ça suffit." »

Dwayne tapa par terre avec ses mains de chaque côté de son corps et il se mit à rire.

« Non, je suis pas si tordu que ça. Je vois l'humour qu'il y a là-dedans, mais je suis pas si tordu. »

Angie était abasourdie et silencieuse.

« Donc, le truc, c'est que j'ai lu ce livre d'un bout à l'autre au moins cent fois. Je sais mieux que la plupart des gens ce qu'il dit. Je le vois simplement pas comme eux. Un Dieu de miséricorde, qu'ils prétendent. Je regarde ce monde et je vois aucune miséricorde. Ils parlent d'un Dieu de compassion. Je veux que tu regardes autour de toi. Montre-moi un endroit où la compassion surpasse l'égoïsme. La seule chose pour laquelle on peut être d'accord, c'est le pardon. » Dwayne opina du chef. « Je suppose qu'il faut qu'Il soit capable de pardonner quand Il a Lui-même fait bien pire. Un Dieu de pardon. Ça, je peux le voir. »

Dwayne se releva et se mit à marcher, décrivant un petit cercle dans la pièce. Il donna un coup de pied dans la poussière, et lorsqu'il revint près d'elle, il s'appuya à l'une des poutres de soutènement.

« Tu sais, moi et mon frère, on jouait ici quand on était gosses. C'est mon grand-père qu'a construit cet endroit. Il a tout creusé avec une pelle et un hoyau. Il a apporté les pierres du ruisseau et consolidé ces murs. Il a tout fait lui-même. Il a jamais rien demandé à personne.

« Quand j'étais petit, il utilisait cet endroit comme silo et comme remise pour les conserves. Parfois il y accrochait de la viande. Il avait un fumoir qu'il avait construit près de la maison, mais c'est ici qu'il faisait sécher la viande, il la salait sur cette planche juste là. »

Dwayne désigna l'endroit où il avait posé les provisions.

« Mais pendant mon enfance, il était vieux, et les gens faisaient plus beaucoup de trucs comme ça, du moins pas comme avant.

Alors mon frère et moi, on prétendait juste que cet endroit était à nous. Je suppose qu'on pourrait dire qu'on l'utilisait comme une sorte de cabane.

– Comment s'appelait-il ? demanda Angie.

– Qui ça ?

– Votre frère.

– Carol, répondit Dwayne. Son nom était Carol, mais on l'appelait Sissy. Je me souviens qu'une année, Sissy et moi on a passé presque tout l'été ici. On allait en douce à la maison à peu près tous les deux jours et on volait assez de nourriture pour survivre, mais à part ça, on restait dans les bois et on faisait tout ce qu'on voulait. »

Dwayne partit à rire en repensant à une chose qui lui était revenue à l'esprit, puis il secoua la tête et poursuivit : « Un jour, on en a eu assez de rester ici, et on a décidé qu'on allait marcher jusqu'à la ville. Alors Sissy et moi, on a pris Chipper Curve, et on a continué en passant devant la fabrique de papier et on est arrivés en ville, et y avait ce kiosque dans Back Street, qui vendait des bonbons et de la bière, des journaux et ainsi de suite. Sissy a eu l'idée de voler un magazine de cul. Mais pile au moment où il l'enfonçait à l'avant de son pantalon, le type qui tenait la caisse l'a vu, et on a décampé aussi sec et le plus vite possible. On a laissé tomber la rue et on s'est glissés dans Scotts Creek, puis on est ressortis sur la rive opposée et on a longé la voie ferrée, et alors, bon Dieu, on était loin. »

Angie le regardait avec l'air de ne pas comprendre pourquoi il lui racontait ça.

« On est revenus ici et on s'est mis à feuilleter ce magazine, et le brave Sissy était tout dégoûté, alors je l'ai regardé et j'ai dit : "C'est quoi, ton problème ?" Et il a répondu : "Je savais pas que ça ressemblait à ça, Dwayne." » Il éclata de rire. « Il a dit : "Je savais pas que ça ressemblait à ça, Dwayne." Et moi, j'ai répondu : "Je sais pas quoi te dire." Le brave Sissy a jamais été porté sur les femmes. Je crois que ce premier aperçu a tout gâché pour lui. Je sais pas. Il était différent. Je suppose que ce que j'essaie de dire, c'est que mon frère était juste différent. Il était pas taillé pour ce monde. Mais je l'aimais. Ça fait pas la moindre différence pour moi. Je l'aimais.

– Je suis désolée, dit Angie. Je suis désolée pour ce qui est arrivé à votre frère, mais il est impossible que Darl et Calvin aient pu faire ce que vous prétendez. Impossible. »

Dès qu'elle eut dit ça, Dwayne combla l'espace qui les séparait et lui agrippa la gorge.

« Me dis pas qu'ils ont pas pu le faire, gronda-t-il. Je sais ce qu'ils ont fait tous les deux ! Je le sais parce que j'ai entendu Darl l'avouer avant que je lui tranche la gorge ! Je le sais parce que Calvin me l'a dit quand il a déterré le corps de mon frère dans ce champ ! Alors ça change rien, ce que tu crois qui s'est passé ou ce que tu penses qu'ils sont capables de faire, parce que la vérité reste la vérité ! Je sais ce qu'ils ont fait tout comme Dieu Lui-même le sait ! »

Le visage d'Angie était rouge et ses yeux écarquillés et blancs. Dwayne lui serra la gorge le plus fort possible avant de lui cogner la tête contre le mur derrière elle. Lorsqu'elle fut libérée, elle inspira une bouffée d'air, puis une autre. Peu à peu, elle reprit son souffle, et quand sa respiration fut de nouveau normale, Dwayne parla avec un calme étrange, comme si la rage qui l'avait habité quelques secondes plus tôt n'avait jamais existé.

« Tous les deux, ils m'ont tout volé, déclara-t-il. Ils ont pris la seule chose que j'aimais dans ce monde. » Dwayne jeta un coup d'œil au corps de son frère. « Ce qu'est assis là, c'est tout ce qui reste. Encore quelques jours, et y aura plus rien. Ils ont pris tout ce que j'aimais, et c'est pour ça que t'es ici.

– Je suis désolée », répéta Angie.

Elle sanglotait.

« Je suis désolée. »

Dwayne enfonça la main dans sa poche et en tira un couteau qu'il ouvrit sans effort, sa large lame produisant un éclat blanc à la lueur de la lampe.

« Non, implora Angie. S'il vous plaît. »

Il s'approcha.

« Je vais te détacher les poignets. Et quand je serai parti, tu pourras enlever ce ruban adhésif à tes chevilles.

– S'il vous plaît. Laissez-moi m'en aller.

– Chacune de ces lampes brûlera pendant près d'une journée, reprit-il. J'en utiliserais qu'une à la fois si j'étais toi. Y a à manger et de l'eau là-bas sur cette étagère.

– Laissez-moi juste partir.

– Je reviendrai dans environ une journée pour voir comment tu te portes. » Il se leva devant elle, tenant négligemment le couteau contre son flanc. « Calvin a qu'à faire ce que je lui dirai et tout ça sera fini. »

Il s'agenouilla, attrapa ses mains dans le creux de son dos, glissa la lame sous ses liens et la libéra.

Dwayne referma le couteau et le replaça dans sa poche tout en se redressant. Il traversa la pièce jusqu'à la porte, les gonds rouillés grinçant tandis qu'il l'ouvrait en grand. Le monde à l'extérieur était baigné d'une lueur bleue et il y avait à peine plus qu'une demi-lune. La nuit était froide et dégagée. Il leva les yeux vers les étoiles qui brillaient avec autant de fermeté et d'assurance que d'habitude. Il prit une profonde inspiration, ressentit la froideur de l'air dans son nez, et lorsqu'il abaissa la lourde barre d'acier en travers de la porte, il exhala, sans savoir quand il reviendrait.

Pendant tellement longtemps, Dwayne Brewer avait tout fait pour avoir les choses en main. Le contrôle. C'était la seule chose qui le faisait se sentir bien : quand il avait le contrôle total. *Ce monde est une question de pouvoir*, pensait-il. *Ce monde est pour ceux qui sont nés avec et pour ceux qui le prennent.* Lorsqu'il traversa le bois, il était plein d'incertitude, une sensation qu'il n'avait pas connue depuis très longtemps. Le monde lui avait complètement échappé.

26

La Buick Electra sifflait sur le gravier humide et grondait sur la chaussée cahoteuse, si bien que Dwayne rebondissait sur le siège conducteur comme s'il montait un cheval. La route coupait soudain à travers un fourré de lauriers qui camouflait la face de la falaise sur la droite, tandis qu'à gauche un à-pic tombait jusqu'à un ruisseau en cascade qui modelait la montagne depuis des milliers d'années.

La route de gravier étreignait le flanc de la montagne, dessinant des lacets à mesure qu'elle s'élevait. Depuis que l'économie avait périclité et que les gros investisseurs avaient quitté le comté, la route privée s'était cassé la gueule au-dessus d'une pente abrupte qui menait à la rivière. L'érosion ensanglantait la branche ouest de la Tuckasegee depuis des semaines. Les sites qui avaient été déblayés pour des acheteurs potentiels étaient infestés d'ambroisie et de jeunes arbres.

Mais il y avait désormais une promesse d'argent frais. Il suffirait de réparer les routes, de nettoyer les parcelles, de construire le terrain de golf et d'installer un ou deux panneaux d'affichage avec une star du golf soutenant l'endroit, et un troupeau d'imbéciles débarquerait de Floride dans des Lexus et des Mercedes et des Land Rover en quête d'une deuxième ou d'une troisième maison tel un exode massif de bétail atteint d'une insolation. Les natifs du coin les détestaient. Ils les maudissaient à l'épicerie, et quand la durée du trajet entre leur domicile et leur boulot doublait parce que les touristes faisaient du trente à l'heure sur une route de montagne conçue pour rouler à soixante-dix. Ils les maudissaient à voix basse et leur souriaient en face car ils y étaient bien obligés, tout en rêvant au fond d'eux-mêmes de dégainer un canif et de le planter dans leur bide bronzé. Mais la plupart des gens du coin gagnaient leur vie grâce à leurs poches bien remplies, et donc, à cet égard, la relation était symbiotique.

Une pancarte montrant le croquis du futur club-house, encadrée par des planches peintes et dotée d'un auvent orné de laurier tressé, se dressait sur la droite de la route. Dwayne s'engagea sur un chemin de gravier débouchant sur une vaste clairière qui avait été taillée dans la combe. Les nuages étaient bas, si bien qu'il était difficile de distinguer les arbres qui la bordaient dans le brouillard nocturne. Une plaine d'argile rouge s'étirait de tous les côtés tel le fond d'un lac asséché.

Calvin Hooper se tenait là, portant un pantalon sombre, un tee-shirt taché et un lourd manteau en toile de coton. Il épaula son fusil et apparut dans les phares, s'écartant à l'approche de la Buick jusqu'à viser l'oreille de Dwayne à travers la vitre. Dwayne baissa cette dernière comme s'il était sur le point de commander à manger dans un drive-in, et il laissa nonchalamment pendre son bras dehors contre la portière. Il portait un épais tee-shirt vert olive, la maille serrée lui étreignant le torse et les bras. Son visage était rasé de frais, mais ses poils étaient si sombres qu'ils laissaient tout de même une ombre sur ses joues.

« Descends de la bagnole », gronda Calvin, la colère faisant saillir son menton, son front bas au-dessus de ses yeux.

Dwayne coupa le moteur et éteignit les phares.

« T'as probablement jamais été aussi près de tuer quelqu'un, pas vrai ?

– J'ai dit descends de la bagnole. »

Dwayne sourit, ne prêtant aucune attention à l'arme ni à l'idée qu'il risquait de mourir. Il plongea son regard dans les yeux de Calvin, car c'était là que se trouvait la vérité.

« Tu vois, c'est ce que la plupart des gens comprennent jamais. Quand on creuse suffisamment, y a cette sensation profondément enfouie dans tout ce qui a un cœur qui bat.

– Ferme ta gueule, et sors de la voiture. »

Calvin n'arrêtait pas d'abaisser son arme puis de la relever sèchement, comme s'il avait peur de perdre Dwayne de vue ne serait-ce qu'un instant.

« Prends les Sept de Sylva, ou, merde, prends ce que ce jeune Broom a fait à Doug Dietz y a quelques années. Lui découper la plante des pieds et le forcer à marcher jusqu'à sa tombe. » Il secoua la tête et examina l'emblème Buick sur le volant, passa son pouce sur le vinyle rehaussé. « Bon, certaines personnes peuvent pas imaginer ce qui pourrait pousser un homme à faire un truc pareil. Mais dis-leur que Doug avait molesté une gamine, et c'est tout ce qu'il a fallu pour que tout un tas de gens, des gens pieux qui jurent que par la Bible, affirment que Doug Dietz s'en était tiré à bon compte. J'ai entendu une vieille dame affirmer qu'ils auraient dû lui enfoncer une gaffe dans le cul comme une brochette. Le plus dingue, c'est qu'elle se contentait pas de le dire. Elle le pensait. Elle serait restée là à les regarder faire. Et le truc qu'ils sont tous trop aveugles pour voir, c'est que personne est différent des autres.

– Je déconne pas, Dwayne. Sors de la voiture.

– Ce que je dis, c'est que c'est facile de jouer les vertueux tant qu'y a rien en jeu. Mais dès qu'on a quelque chose à perdre, on est prêt à faire toutes sortes de choses. »

Dwayne attrapa un paquet de clopes sur le siège passager, s'en glissa une entre les lèvres et enfonça l'allume-cigare sur le tableau de bord. Un instant plus tard, il ressortit et Dwayne porta l'extrémité rougeoyante à sa cigarette, tira une bouffée et recracha un fin nuage de fumée dans l'espace qui les séparait.

« Le seul problème avec ce que tu fais en ce moment, c'est que t'as pas vu mes cartes.

– C'est moi qui suis armé, Dwayne.

– La vie, c'est pas le genre de truc où on peut faire tapis sur une seule main, Calvin. »

Il ouvrit la portière et sortit. Calvin recula de quelques pas, le fusil toujours contre son épaule. Il regardait le long du canon avec ses deux yeux ouverts.

« C'est beaucoup plus malin de miser un petit peu chaque fois, de voir les cartes de l'autre avant de mettre tous ses jetons au milieu. »

Dwayne marcha tranquillement vers la camionnette de Calvin.

« Va pas plus loin, Dwayne ! Je suis sérieux ! »

Il continua d'avancer imperturbablement.

« Encore un pas et je te fais sauter la cervelle !

– Si ça t'ennuie pas que je te demande, combien t'as claqué pour cette camionnette ?

– Pardon ?

– J'ai demandé combien coûte cette camionnette. T'as l'air de plutôt bien t'en sortir, tu sais ? Jolie camionnette, bon boulot, tout roule pour toi. Je comprends ce qu'une fille comme elle peut voir en toi. Si un homme est disposé à vendre son âme, il peut avoir à peu près n'importe quoi dans ce monde, pas vrai ? Je suppose que c'est ça, hein ? T'as vendu ton âme ? »

Dwayne écarta les bras pour désigner le terrain dégagé autour de lui, qui était autrefois le sommet d'une montagne.

« Ferme ta gueule ! » Calvin s'approcha jusqu'à ce que l'arme soit à trente centimètres de la bouche de Dwayne Brewer. « Pourquoi tu fermes pas... »

La fin de sa phrase fut interrompue lorsque Dwayne repoussa le canon du fusil vers le sol, tira son pistolet de sous son pantalon et l'enfonça dans la tempe de Calvin. Tout en agrippant fermement le fusil, Dwayne fit tourner Calvin comme s'ils dansaient et le poussa violemment contre le pare-chocs avant de la camionnette. Le dos de Calvin se cambra tandis que Dwayne appuyait de tout son poids sur lui, collant toujours le pistolet contre le côté de sa tête. Ils étaient poitrine contre poitrine, et Dwayne se pencha jusqu'à ce que ses lèvres soient toutes proches de l'oreille de Calvin.

« Je commençais à en avoir ras le bol que tu pointes cette arme sur moi. Alors maintenant, tu vas écouter, et je vais t'aider à voir les choses un peu plus clairement que tu ne les vois en ce moment. » Dwayne relâcha la pression. « Lâche cette arme et on va parler comme des hommes au lieu de se comporter comme des gosses en train de jouer aux cow-boys et aux Indiens. »

Calvin acquiesça et la lâcha. Dwayne s'écarta, tenant le fusil contre sa jambe, et il renfonça le pistolet à l'arrière de son pantalon.

Les deux hommes se tinrent là, reprenant leur souffle dans le brouillard.

« Le fond du problème, c'est ce que t'as à perdre, Calvin, et ça devrait être parfaitement clair pour toi à l'heure qu'il est, sinon on serait pas tous les deux ici. L'enjeu. Quand un homme a quelque chose à perdre, ça change la donne. Tu trouves quelque chose qu'un homme aime plus que lui-même, et tu peux lui faire faire à peu près n'importe quoi. Alors maintenant tu vas faire quelque chose pour moi. Si tu le fais, tout se passera bien. Mais si tu prends une autre voie, Calvin, si tu fais quoi que ce soit d'autre, je crois que tu sais comment ça se terminera. Tu sais pertinemment de quoi je suis capable.

– Qu'est-ce que t'attends de moi ?

– Tu vas tuer Michael Stillwell.

– Tuer Stillwell ? Qu'est-ce que tu racontes ?

– Il nous lâche pas d'une semelle. Et quand un homme observe une chose assez longtemps, il finit par la voir pour ce qu'elle est.

– Je refuse de faire ça.

– Mais si, tu vas le faire, Calvin. »

Dwayne sourit d'un air très amusé.

« T'allais me tuer y a tout juste une minute à cause de ce qui est en jeu, et c'est la même chose que tu risques maintenant. Si tu le fais pas, je collerai une balle dans ta petite femme comme si je descendais un écureuil. Ce qui est arrivé à Darl Moody devrait te dire que je suis un homme de parole.

– C'est un putain d'inspecteur. Le comté grouillera de flics s'il arrive quelque chose à l'un des leurs. Et même si je le faisais, Dwayne. Même si je le faisais, et après ? Tu crois que tout va s'arrêter comme ça ? Tu crois qu'y en aura pas un autre qui viendra juste après lui ?

– Pour la plupart des gens qu'ont une plaque, c'est juste un boulot. On fait son possible pour pas se retrouver criblé de balles. On tire ses trente ans et on prend sa retraite. Y a les irréductibles et y a ceux qui se contentent de faire leurs heures. Je dirais qu'y a à peu près cinquante pour cent de risques que le prochain soit aussi consciencieux que Stillwell, et c'est un risque que je suis prêt à courir. En plus, ça fera oublier ce qui est arrivé à Darl Moody, pas vrai ? Ils seront tellement occupés à te chercher qu'ils me verront même pas foutre le camp.

– Je le ferai pas.

– Appelle-moi quand t'auras fini.

– T'es dingue.

– Non, je vois les choses très clairement, répliqua Dwayne. Je vais te donner trois jours pour le faire, et si ça s'est pas produit au bout de ce délai, je te prendrai tout ce que t'aimes. Je réduirai tout ton monde en cendres en un clin d'œil. »

Calvin demeura silencieux.

« Parce que c'est ce que tu m'as fait. »

Dwayne se glissa à côté de Calvin et se tint près de la roue arrière. Il actionna le verrou jusqu'à ce que les six cartouches soient éparpillées sur le sol, puis il posa doucement le fusil sur le plateau de la camionnette. Lorsqu'il revint près du pare-chocs avant, il se planta là et regarda durement Calvin dans les yeux.

« Tu sais, ce que t'as fait à cette montagne est pire que tout ce que j'ai fait dans ma vie, déclara-t-il. N'importe quel jour, n'importe qui peut tuer quelqu'un, mais ça... ça, là. » Il écarta les bras et pivota sur lui-même pour désigner la terre défrichée qui les entourait. « T'as craché au visage de Dieu. » Dwayne s'approcha jusqu'à ce qu'ils ne soient qu'à quelques centimètres l'un de l'autre, ce qui le força à baisser la tête pour croiser le regard de Calvin. Il leva la main et lui tapota la joue, puis il plaqua sa main à plat sur son visage si bien qu'il sentit sa barbe, piquante contre sa paume. « Je sais pas comment tu fais pour dormir la nuit. »

Calvin repoussa sèchement sa main.

« T'es complètement dingue ! »

Dwayne sourit et s'éloigna tranquillement.

« Trois jours », répéta-t-il sans se retourner.

Il grimpa dans sa voiture et remit le moteur en marche. Les phares illuminèrent Calvin Hooper, qui se protégea les yeux, réticent à affronter ce qui lui faisait face à cet instant. Bientôt il apprendrait qu'il en était capable, mais il ne serait pas facile de déterminer si c'était de la cruauté ou de l'amour. Au fond d'elle-même, chaque créature vivante était exactement semblable. La volonté nécessaire résidait dans chaque cœur qui battait.

27

Juste après Moody Bridge, Calvin se gara sur un emplacement boueux au bord d'un tronçon rocheux de la Tuckasegee où les truites se repaissaient de lucioles et où les chevaliers de rivière se faufilaient entre les courants. Un colt qui avait appartenu à son grand-père était posé sur ses cuisses. La carcasse en laiton avait une patine arc-en-ciel comme de l'essence sur une chaussée humide, le canon bleuté était sombre et terne. Il n'avait tiré avec ce revolver qu'une poignée de fois. N'avait jamais été trop porté sur les armes hormis quelques fusils de chasse et un fusil à pompe qu'il gardait à la maison pour sa protection.

Calvin ouvrit le barillet sur le côté du revolver et sortit quelques balles ternies d'une boîte miteuse de .45 Long Colt. Il les glissa dans le cylindre, une cartouche à la fois, et maintint le chien à demi armé lorsqu'il inséra la dernière. Il revoyait son grand-père tirant sur une citrouille un automne, tenant ce revolver près de sa taille et canardant tel un as de la gâchette dans un vieux western. Il se souvenait qu'il avait ri quand l'arme avait été vide, se rappelait les lambeaux de citrouille qui jonchaient la cour.

Sur le siège passager était posée une photo encadrée qu'il avait prise à la maison. Quand Calvin était arrivé et avait vu la voiture d'Angie garée dans l'allée avec ses portières ouvertes, il avait su que quelles que soient les conséquences, il ferait tout ce que Dwayne Brewer demandait. Il se pencha dans l'habitacle pour saisir la photo, alluma le plafonnier et regarda combien ils avaient été heureux. L'une des amies d'Angie avait ouvert une agence de photographie et leur avait dit qu'elle les prendrait gratuitement s'ils la laissaient utiliser les clichés pour sa page Facebook. Alors, un dimanche, ils s'étaient mis sur leur trente et un et avaient pris des photos à proximité de la ferme – assis dans un champ, debout près d'une grange, marchant sur un chemin de terre, penchés au-dessus d'une clôture, des clichés filigranés comme en postaient tous les couples sur Facebook. Sur le coup, il avait trouvé ça idiot, mais ça avait rendu Angie heureuse.

Sur la photo, ils marchaient tous les deux à travers le champ derrière la maison de Calvin, une lumière dorée auréolant l'herbe et leurs silhouettes. Ce qu'il aimait sur ce cliché, c'était qu'il était sonore. Elle riait et il l'entendait rien qu'en la regardant, ce qui avait facilité la décision qu'il avait eu à prendre. Il ne savait pas ce qui se passerait après, mais tandis qu'il regardait le clair de lune scintiller sur les crêtes de la rivière, ce qu'il avait à faire ne faisait pas le moindre doute.

Plus loin sur la route, Stillwell vivait dans une maison de style ranch qui avait autrefois appartenu à un homme nommé Ronald Brinkley. D'après ce que Calvin avait entendu dire, Michael l'avait achetée pour une bouchée de pain quand le vieil homme était mort d'une pneumonie un hiver. Il reposa la photo sur le siège, attrapa le pistolet sur ses cuisses et ouvrit la portière sur la nuit. Il sortit et entendit l'eau qui coulait derrière les arbres, le gravier qui crissait sous ses bottes.

Fais-le et tout sera fini, pensait-il. Il l'enterrerait sur le chantier où le sol était dégagé et boueux. Son cœur battait à se rompre et il se tint là avec des picotements dans le corps, presque à bout de souffle. L'impensable était soudain devenu une chose qu'il fallait faire pour survivre. Il avait tout à perdre, et une seule manière de le garder.

28

Il n'y avait pas une seconde où elle n'avait pas l'impression de ne plus pouvoir respirer. Mais tant qu'Angie ne regardait pas le corps, elle parvenait à se retenir de vomir. Il y avait l'odeur, certes – le croisement putride entre de la viande en décomposition et des eaux usées, cette étrange douceur qui enveloppait le tout presque comme un parfum –, mais la vision était pire. Connaître la source de la puanteur la rendait insupportable. Elle était coincée dans une pièce avec un mort. Le seul moyen de tolérer une telle chose était de la repousser le plus loin possible de son esprit. Se forcer à ne pas regarder. Faire comme si elle n'était pas là.

Dès qu'elle avait entendu la barre bloquer la porte, elle avait su qu'elle entendrait Dwayne Brewer lorsqu'il reviendrait. L'idée de faire ce qu'il lui avait dit, de le croire quand il affirmait que tout se passerait bien, ne lui avait jamais effleuré l'esprit. Si c'était lui qui avait tué Darl, s'il était capable d'un tel acte, alors ce n'était pas quelqu'un qu'on pouvait croire sur parole.

La pièce était sombre et humide, et elle la parcourut avec la lampe, cherchant tout ce qui pourrait lui être utile. Des étagères bordaient tous les murs sauf celui du fond, un empilement de cageots de pommes se dressait au centre de la pièce. Des bocaux poussiéreux remplis de légumes – haricots verts, gombos, succotash de maïs et de tomate – les recouvraient toutes sauf celle sur laquelle Dwayne avait posé les provisions. Des planches étaient entassées dans un coin de la pièce, il y avait un sac de clous déchiré au pied du mur, un seau contenant de vieux chiffons et un bout de chaîne rouillée.

En regardant la flamme trembloter dans la lampe, une idée lui vint. Elle saisit un des bocaux sur une étagère, l'ouvrit et versa un kilo de haricots par terre. Les lampes étaient alignées sur l'étagère en pin, leur mèche éteinte pour économiser le pétrole. Elle en prit une et retira le globe. Une seconde plus tard, elle avait enlevé le brûleur afin de pouvoir transvaser l'essence du réservoir au bocal. Tout ce qu'il lui fallait désormais, c'était une torche, quelque chose qu'elle pourrait allumer quand il reviendrait. Un bout de bois gisait avec les planches dans le coin de la pièce, et elle enveloppa son extrémité avec un chiffon qu'elle imbiba de pétrole. Elle vida une lampe supplémentaire pour remplir le bocal à ras bord. Elle garderait tout ça, et quand elle l'entendrait à la porte, elle allumerait la torche. *Mets-lui le feu comme à un tas de broussailles.*

Il n'y avait plus rien à faire qu'attendre, et c'était le plus difficile. La question sans réponse. L'expectative. Combien de temps resterait-elle piégée dans cette pièce ? Combien de temps la nourriture et l'eau dureraient-elles ? Depuis combien de temps était-elle là ? Combien de temps avant qu'on commence à la chercher, et combien de temps ensuite avant qu'on la trouve ? Et si personne ne la trouvait ? Si cet endroit était celui où elle mourrait ? Les questions et l'incertitude se transformèrent en panique, et Angie retomba contre le mur et s'enfonça le visage entre les mains. Elle tenta d'écarter ces questions de son esprit car l'espoir était la seule chose qui l'empêcherait de craquer, et elle refusait de craquer. Pas avec cet enfant dans son ventre. Pas tant qu'il resterait un souffle en elle.

Elle avait été surprise de voir à quel point elle avait été heureuse quand le premier test de grossesse qu'elle avait fait dans les toilettes de Walgreens avait été positif, et quand les trois suivants avaient produit le même résultat, et quand le médecin l'avait regardée et avait dit « Oui, vous êtes enceinte », avec une expression stoïque parce qu'il ne savait pas trop comment elle le prendrait, car tout le monde ne le prenait pas bien. Malgré sa peur, elle avait été heureuse.

Elle n'avait pas prévenu Calvin et ne savait pas comment il réagirait. Elle espérait que lui aussi serait heureux, mais comment en être sûre ? Comment pouvait-elle être certaine de quoi que ce soit ? Si Dwayne Brewer disait vrai, tout ce qu'elle pensait savoir était désormais un tas de cendres. Comment l'homme qui lui avait ouvert sa porte pour qu'elle puisse reprendre ses études était-il capable de couvrir un meurtre ? Comment avait-il pu garder un tel secret en lui ? Une fois encore, elle tenta désespérément de repousser toutes ces questions. Elle n'arrêtait pas de se dire : *Je vais être mère.* À voix haute : « Je vais être mère. » Il n'y avait plus rien d'autre. Plus rien n'importait que l'enfant.

Elle était fatiguée et avait du mal à garder les yeux ouverts, mais elle avait peur de dormir. Si elle s'assoupissait une seconde, elle risquait de laisser passer son unique chance. Le problème quand on lutte contre le sommeil, c'est que l'esprit n'en fait qu'à sa tête. Le délire commence à monter et vous vous dites que vous pouvez fermer les yeux une seconde, donc vous le faites. Vous les rouvrez et tout va bien, alors vous les refermez, et cette fois vous vous enfoncez un peu plus. Personne n'a l'intention de s'endormir au volant. Ça arrive juste. Et c'était la direction que prenait Angie, oscillant entre éveil et rêve, et bientôt elle y fut presque.

Soudain elle fut réveillée par le bruit de quelque chose qui traversait le sol de l'autre côté de la pièce. Comme ses yeux s'étaient accoutumés à la faible lumière qui palpitait sur les murs, elle vit une ombre détaler sur le sol. Après avoir longé le mur, un rat bondit sur l'épaule du mort et disparut dans une fissure entre les pierres. Elle se demanda pendant une seconde si c'était son imagination qui lui jouait des tours, si l'animal était une vision provoquée par le manque de sommeil. Mais lorsqu'elle regarda l'endroit où il s'était évanoui, elle vit que le trou était bien réel. Il y avait un espace sombre entre les pierres, là où il aurait dû y avoir du mortier.

S'il peut entrer, je peux sortir.

Elle se leva, traversa la pièce et s'agenouilla pour examiner l'endroit où le rat s'était frayé un chemin dans le mur. Elle appuya sa main à plat sur la pierre et tâta la zone autour du trou, un orifice à peine plus gros qu'une noix, froid et humide sous ses doigts. Lorsqu'elle gratta avec son ongle, le mortier s'effrita comme du sable. Elle continua, labourant du bout des doigts la matière grossière jusqu'à ce que son ongle se casse, laissant la chair à vif et engourdie. Comme elle ne pouvait plus utiliser sa main, elle se servit de l'un des clous qui se trouvaient de l'autre côté de la pièce. Elle l'agrippa comme un couteau et continua de creuser le mortier, avec une détermination implacable. La jointure de ses doigts était ensanglantée, mais elle parvint finalement à gratter deux centimètres ou plus tout autour de la pierre.

Elle parcourut la pièce du regard à la recherche de quelque chose pour la dégager du mur. Tout ce qu'elle trouva fut un bout de bois, un long morceau de planche fendu en son milieu et hérissé de clous tordus. Coinçant l'angle contre le bord d'une pierre, elle appuya fort dessus avec son pied et cassa la planche en deux. Une extrémité était droite, l'autre était irrégulière, et elle l'enfonça le plus possible dans le trou pour tenter de libérer la pierre en faisant levier. Elle essaya à différents angles, mais le mur ne cédait pas, et tandis qu'elle appuyait de toutes ses forces, le bois se brisa entre ses mains et une écharde transperça net l'annulaire de sa main gauche. Le sang coula jusqu'à son poignet, dégoulina sur son avant-bras et goutta depuis son coude. Elle tint sa main, incrédule, et tomba par terre avec les jambes coincées sous son corps. Ses yeux s'emplirent de larmes et, incapable de se contrôler, elle hurla de douleur.

Quelque chose se logea alors au creux de son estomac, quelque chose qui disait : *Arrête de pleurer et lève-toi.* Elle saisit l'extrémité de l'écharde, serra les dents et l'arracha. Elle sentit son cœur battre dans sa main, le sang s'accumuler dans sa paume ouverte, mais elle ignora la douleur et resta silencieuse. Elle essuya le sang sur sa jupe et retourna au mur. *Tu vas sortir d'ici pour cet enfant*, pensait-elle, car le monde avait désormais une signification singulière. Plus rien ne comptait hormis ce qu'elle portait en elle.

29

Au milieu du chemin de terre, quelque chose retint Calvin comme des chaînes. Il n'arrivait plus à faire un pas, ne parvenait pas à se convaincre d'avancer, même quand il se disait : *Il doit en être ainsi.*

Pendant l'heure qui venait de s'écouler, il s'était tenu sur Moody Bridge, captivé par la rivière. Le clair de lune dessinait des écailles à la surface, si bien que l'eau ressemblait à un serpent noir en train de se prélasser dans la nuit de la vallée. Le revolver était enfoncé dans son manteau, et il avait tenté d'imaginer ce que ça lui ferait de tuer un homme. C'était une chose de mettre un terme à une vie par accident, et il pouvait concevoir de faire la même chose dans un accès de rage. Mais le faire consciemment, le tourner dans sa tête et répondre aux questions sur la manière de procéder, le lieu et l'heure, ça, c'était une tout autre histoire.

Calvin se retourna et regarda en direction de l'autoroute. Un peu plus au sud sur la route 107 se trouvait le magasin Tuckasegee Trading Post, son toit rouge éclairé par un réverbère à l'angle du parking étroit. En voyant quelque chose de si familier, il fut frappé par sa banalité, étonné de constater que tout avait été si ordinaire. Cinq semaines plus tôt, il n'était pas différent des autres hommes de ce comté. Travail, église et famille. C'était tout. Comme tous les autres, rien de compliqué. Mais il avait suffi d'un coup de téléphone pour que son monde s'écroule. Une décision, et maintenant il en était là.

Il n'avait pas encore totalement assimilé ce qui se passait. En partie à cause du choc. C'était cette sensation, comme quand on voyait soudain sa maison réduite en cendres fumantes, qui laissait Calvin dans une sorte de stupeur. Mais c'était surtout parce qu'il n'était pas prêt à endosser la responsabilité. C'était le diable qui traçait la ligne entre les altruistes et les égoïstes, si bien que souvent on ne savait pas de quel côté on se trouvait. Depuis le début, il s'était dit qu'il s'agissait d'Angie et de son amour pour elle. Qu'il était disposé à faire tout ce qu'il faudrait pour qu'elle soit en sécurité, pour ne pas la perdre. Il y avait des choses pour lesquelles on pouvait mourir, et des choses pour lesquelles on pouvait tuer, et d'autres qui pouvaient nous faire faire toutes sortes de choses dont on ne savait pas qu'on en était capable, jusqu'à ce que vienne le moment de les accomplir. En chemin, il avait été certain qu'il l'aimait à ce point. Mais au cours des dernières minutes, il avait appris que tuer un homme n'était pas chose facile.

Il y avait eu tant de nuits passées autour de feux de joie dans des champs vides, des canettes de bière jonchant le sol à leurs pieds, Calvin et Darl les seuls à ne pas être couchés. Durant des conversations alcoolisées, ils s'étaient juré une entraide inconditionnelle. L'un pouvait avoir une embrouille avec quelqu'un, et l'autre disait « Je vais le tuer », et ils commençaient tous deux à s'exciter puis finissaient par éclater de rire. Le truc, c'est qu'ils ne se contentaient pas de le dire. Ils étaient sérieux. Ils s'aimaient suffisamment pour croire à chaque mot. Mais au fond, personne ne pense jamais que les choses vont en arriver là. On le dit comme on dirait « Je t'aime ». On ne pense pas réellement qu'on va devoir sacrifier sa vie.

Calvin avait marché jusqu'à l'autre côté du pont et regardé en amont de la rivière. Sur la droite, il avait vu les collines ondoyantes au loin, le clair de lune bleu canard sur l'herbe. Au bord de la route de l'autre côté, des tiges de maïs coupées jonchaient une étroite bande de terre. Il y avait peu de doutes dans son esprit que Dwayne Brewer ferait exactement ce qu'il avait promis. *Comme si je descendais un écureuil.* Si banal. Si simple.

« Il va la tuer », avait-il prononcé à voix basse. Puis il avait répété ces mots, qui avaient attisé les flammes, et un déluge d'émotions s'était abattu sur lui – tristesse et chagrin, culpabilité et colère. Il s'était penché, le visage en feu, et avait pleuré avec une sauvagerie incontrôlable, ses mains agrippant le parapet en béton.

À cet instant, son esprit avait été inondé par les souvenirs. Il avait songé à la première fois qu'il avait rencontré Angie, comment elle s'était moquée de lui quand il lui avait demandé son numéro, lui disant qu'il devrait rentrer chez lui et prendre une douche, qu'il ferait peut-être bien de se nettoyer un peu s'il comptait aller au restaurant et draguer la serveuse. Elle travaillait chez O'Malley à l'époque, et il l'avait prise pour une étudiante, l'avait crue plus âgée qu'elle ne l'était, rien hormis son accent n'indiquant qu'elle était du coin. Il s'était rappelé la première fois qu'il l'avait embrassée, le fait qu'elle avait quelque chose sur les lèvres qui lui avait laissé dans la bouche une sensation de picotement, comme de la menthe poivrée. Il s'était souvenu qu'elle avait hésité à coucher avec lui, que ça avait pris longtemps, et que quand il s'était réveillé le lendemain matin alors que le soleil se levait dehors, il l'avait regardée endormie là et avait su que c'était la chose la plus belle qu'il avait jamais vue. Il savait qu'il y avait des êtres sur cette terre qui portaient les empreintes de Dieu sur leur peau comme l'argile porte les empreintes du potier. Ces yeux. Ces superbes yeux verts. Il avait vu toute sa vie dedans. Il s'était remémoré son rire, avait senti son corps contre le sien pendant qu'elle dormait, son bras passé par-dessus elle et calé entre ses seins. Il avait senti ses cheveux en y enfouissant son nez, inhalant et fermant les yeux, oscillant entre rêve et réalité, les deux étant indissociables à cet instant. Tous ces souvenirs lui étaient revenus et il avait fermement agrippé le parapet avant d'avoir la nausée et de vomir dans la rivière en contrebas. L'eau disparaissait sous le pont, et ce mouvement lui avait donné l'impression qu'il chancelait, un étourdissement semblable à un vertige qui avait fait trembler ses genoux. Il avait tenté de reprendre son souffle, de la salive lui dégoulinant de la lèvre inférieure.

Calvin avait pendant si longtemps été terrifié par ce qui se passerait s'il disait la vérité. Tout ce qu'il aurait eu à faire, c'était sortir du bois. Tout ce qu'il aurait eu à faire, c'était aller voir le shérif et vider son sac. Quand il pensait à ce qu'il avait caché, il voyait à quel point c'était égoïste, conscient que rien de tout ça n'avait quoi que ce soit à voir avec Angie ni avec sa sécurité, que jusqu'à cet instant chaque décision qu'il avait prise, il l'avait prise pour lui. Pour ne pas s'attirer d'ennuis. Mais s'il l'aimait, il devait tout faire pour la protéger, même si ça signifiait renoncer à sa vie.

La boule dans son ventre s'était transformée en une sorte de détermination. Il était près de minuit quand il avait quitté le pont, et il savait alors ce qu'il avait à faire. Il s'était arrêté à son pick-up, avait ouvert la portière côté conducteur et s'était assis à l'intérieur, regardant cette photo d'Angie tout en fumant une cigarette. Le revolver était posé sur ses cuisses, et il avait frotté le cylindre bleuté avec son pouce comme s'il polissait de l'argenterie. Après avoir fini sa cigarette, il avait claqué la portière et pris la direction de la maison de brique où vivait Stillwell.

La lumière était allumée dans le salon. La voiture banalisée était garée dans l'allée. Calvin enjamba un fossé et traversa la cour, la rosée sur l'herbe rendant glissante la semelle de ses bottes. Il monta les marches qui menaient au porche, et tandis qu'il s'apprêtait à frapper à la porte, il comprit que c'était fini, qu'il n'y avait pas de retour en arrière. Un instant plus tard, la lumière extérieure s'alluma, le verrou tourna et Stillwell se tint devant lui.

Il était pieds nus, portait un tee-shirt miteux du comité de soutien au lycée de Smoky Mountain et un short de basket sombre avec des bandes blanches le long des coutures. Il avait une expression confuse, ses lèvres formaient une ligne droite et sa mâchoire était serrée. En le regardant, Calvin revit le garçon avec lequel il avait grandi. Les années avaient accentué les poches sous ses yeux, mais il demeurait la même personne. Le même gamin que celui avec qui il s'était battu sur le terrain de sport à cause d'une fille. Le même gamin que celui qui avait laissé tomber avec enthousiasme le lycée après le 11 Septembre et s'était enrôlé dans les marines. Le même homme que celui qui était rentré et s'était trouvé un boulot comme tous les autres, car même quand ils s'en allaient, ils finissaient toujours par revenir, ces montagnes les rappelant chaque fois. Ils étaient tous liés à cet égard, et Calvin espérait que ça suffirait.

« Calvin ? fit-il.

– J'ai quelque chose à te dire, et j'ai besoin que tu me fasses confiance, Michael. J'ai besoin que tu écoutes. »

30

Une lente traînée de gris s'élevait en volutes de la cheminée vers un ciel sans nuages et emplissait le vallon d'une odeur de feu de bois. Ils se cachaient derrière les pins gris, longeant le sentier de gravier jusqu'à l'endroit où la cour s'ouvrait sur la maison. Les fenêtres diffusaient une lueur jaune dans la nuit sombre et silencieuse. Parlant avec les mains au lieu de mots, ils se glissèrent derrière la Buick et s'arrêtèrent au bord du porche. Ils échangèrent des regards, chacun acquiesçant quand il comprenait : il ne pouvait plus y avoir la moindre hésitation.

Dwayne Brewer était assis sur le canapé du salon avec une tronçonneuse sur les cuisses et une lime ronde dans une main, aiguisant les dents sans soupçonner ce qui se passait à l'extérieur. Un unique coup assourdissant fit sauter la porte sur ses gonds, un objet métallique tomba par terre, une boîte qui roula sur elle-même avant de produire un éclair lumineux et sonore. Il ne voyait plus que du blanc. Des voix hurlèrent : « Police ! Perquisition ! Police ! Perquisition ! » Mais Dwayne n'entendit pas la moindre syllabe. Une odeur de phosphore âcre lui piquait le nez, et l'alarme incendie hurlait au-dessus de lui. Il ouvrit la bouche en grand pour tenter de se déboucher les oreilles, ses tympans continuant de siffler tandis que des voix étouffées commençaient à lui parvenir. Il entendit quelqu'un crier « Arme ! Arme ! », et il sut qu'ils s'emparaient du 1911 posé sur la table basse devant lui. « Montrez-moi vos mains, Dwayne. Je veux voir vos mains ! »

Dwayne Brewer ouvrit les mains et les plaça paumes en avant de chaque côté de son visage tel un mime imitant un idiot. Un léger sourire barrait son visage.

« Je sais pas pourquoi vous avez pas frappé.

– Debout ! ordonna Stillwell.

– J'aurais ouvert la porte comme une personne normale. Je sais pas pourquoi vous me traitez pas comme un être humain.

– J'ai dit debout.

– J'y vois pas assez pour me lever, répliqua Dwayne. Tout est blanc, et j'entends à peine un mot de ce que vous dites. »

Il sentit quelqu'un s'emparer de la tronçonneuse sur ses cuisses. Un autre lui saisit le bras.

« Debout ! hurla l'homme. Et mettez les mains dans le dos. »

Dwayne se leva, l'avant de son maillot de corps et les cuisses de son jean couverts d'huile et de graisse. L'homme le fit pivoter sur lui-même et le menotta.

« J'espère que vous avez un mandat, déclara Dwayne.

– On en a un.

– Et qu'est-ce que vous cherchez exactement ?

– Pour le moment, cet agent va vous emmener dehors et vous allez attendre patiemment.

– Je veux voir ce mandat », insista Dwayne.

Il recommençait à y voir clair. Tout était noyé dans une lumière blanche, des auréoles marbrées émanant des bords de chaque chose. Il entendait les autres agents qui passaient en revue les pièces à travers la maison. « Besoin de renfort, besoin de renfort ! » hurla quelqu'un à l'arrière de la maison. « C'est bon ! » cria un autre. Sous le sifflement dans ses oreilles, des bruits de pas, des voix, une rediffusion de *Marié, deux enfants* qui passait sur la télé derrière lui.

Un jeune agent au visage poupon portant un pantalon de treillis kaki, un tee-shirt gris et un gilet pare-balles noir avec le mot « shérif » inscrit en jaune en son centre entraîna Dwayne sur le porche. La lumière de la maison se répandait dehors et Dwayne se tint là, sentant les planches pourries ployer sous son poids. L'agent l'adossa à un poteau et lui dit de ne pas bouger pendant qu'il le fouillait au corps et lui demandait s'il avait des objets coupants dans ses poches.

« Juste un canif », répondit-il.

Il pensa immédiatement aux téléphones portables qu'il avait sur lui, dont un appartenait à Angie Moss. L'agent lui retourna les poches et posa ce qu'il trouva sur la rambarde tordue. Dwayne vit un tatouage tribal qui entourait le biceps du jeune homme. Il avait le torse costaud, mais semblait avoir négligé ses jambes et était soutenu par une paire de brindilles. Dwayne aurait désespérément voulu se débarrasser de ces menottes, fendre le crâne du type comme un melon. Il prit une profonde inspiration et ferma les yeux, tenta de s'imaginer les agents progressant à travers chaque pièce.

Un poêle à bois crépitait dans le coin du salon, le métal cliquetant à mesure que la chaleur augmentait à l'intérieur. Il y avait quelques meubles – un canapé en imitation daim, une table basse, une autre d'appoint, une lampe et un rocking-chair richement décoré près du poêle. Le salon était ouvert des deux côtés, l'un donnant sur la cuisine, et l'autre sur une chambre et un couloir.

Dans la cuisine, des placards blancs couraient le long du plancher. Les plans de travail étaient immaculés. Une poêle en fonte était posée sur la cuisinière et il y avait un débarras à l'autre extrémité de la pièce, avec une porte qui donnait sur l'arrière-cour.

Une chambre se trouvait sur la droite du couloir. Les murs étaient recouverts de vieilles lattes de bois de grange peintes en bleu pastel. Chaque pièce était construite différemment, comme si l'habitation avait été bâtie petit à petit par un récupérateur dément. Rien n'était assorti d'un mur à l'autre. Le sol de la chambre sur la droite était en aggloméré nu. Au moins une douzaine de tronçonneuses et de télévisions à écran plat qu'il avait volées étaient disposées en rang d'oignons. Il régnait un ordre évident dans la pièce, dans toute la maison, à vrai dire. Tout était méticuleusement à sa place et propre, un endroit dénué du moindre excès.

La chambre de Dwayne consistait en à peine plus qu'un grand matelas centré contre un mur. Pas de cadre ni de sommier, pas de tête de lit ni de couette ni de draps. Une commode se dressait contre le mur opposé, une bible en lambeaux posée au milieu du plateau en noyer. À part ça, la pièce était vide. Une moquette d'un bordeaux sombre recouvrait le sol, le Placoplâtre était lumineux et dépouillé, comme s'il avait été nettoyé à la javel.

Il y avait deux fusils dans un placard, un Marlin .30-30 à verrou qui avait appartenu à son grand-père et un fusil de chasse Remington 700 chambré en .7-08 avec une lunette Simmons Aetec qu'il avait chopée pour une bouchée de pain chez Middletown Pawn. Le petit Smith & Wesson que Darl Moody avait dégainé dans le mobile home était sous l'oreiller de son lit, et c'était sa seule raison de s'inquiéter, même s'il était impossible de vraiment savoir à qui il appartenait. Ce qu'ils avaient était au mieux des présomptions, et ils ne risquaient certainement pas de tomber sur le silo dans les bois. Dwayne se détendit à cette idée, ses épaules retombant, le feu s'apaisant dans sa poitrine. Il ouvrit les yeux et sourit.

Après quelques minutes, Stillwell arriva sur le porche. Il portait le même treillis kaki et le même tee-shirt que les autres membres de l'équipe de douze hommes, le bas de son pantalon enfoncé dans des rangers, un gilet pare-balles noir ceignant son torse. Il tenait négligemment la crosse de son fusil d'une main, laissant la sangle supporter le poids de l'arme.

« J'ai trouvé ceci dans sa poche, patron, dit l'agent qui avait effectué la fouille sur le porche en brandissant un canif à large manche.

– Emballez-le.

– Et aussi deux téléphones portables. »

L'agent désigna les appareils, dont un possédait un étui rose vif orné de strass.

Stillwell souleva le téléphone et l'alluma. Une photo d'Angie en train de sourire emplit l'écran. Ses mains étaient posées sur le bras de Calvin, qui lui enlaçait le cou tout en lui embrassant l'épaule.

« Où vous avez eu ça ? »

Stillwell agita le téléphone devant le visage de Dwayne.

« Je l'ai trouvé.

– Vraiment ?

– Parfois j'aime marcher vers l'université histoire de faire un peu d'exercice. Y a beaucoup de jolies choses là-bas. Bon, je me baladais ce matin. J'ai trouvé ça sur le trottoir comme si quelqu'un l'avait posé là. »

Stillwell fit un pas en avant et appuya fort le coin du téléphone au milieu du front de Dwayne.

« Elle est où ?

– Qui ? »

Dwayne haussa les sourcils comme s'il n'avait pas la moindre idée de ce dont l'inspecteur parlait.

« Vous feriez mieux de bien réfléchir à ce que vous allez dire, Dwayne. Où est-elle ? »

Les autres agents se massèrent autour du porche, attendant une réponse.

« Je sais pas de quoi vous parlez. Je vous l'ai dit. J'ai trouvé ce téléphone ce matin sur le trottoir. »

Stillwell se tourna vers l'agent.

« Emmenez-le au poste…

– Pourquoi ? gronda Dwayne. De quoi je suis accusé ?

– Placez-le dans la salle d'interrogatoires. »

Il fixa durement les yeux de l'agent.

« Je veux que personne ne lui parle jusqu'à ce que j'arrive. Compris ?

– Oui, monsieur, répondit le jeune type.

– Pourquoi ? hurla Dwayne. Vous devez me dire pourquoi on m'arrête. »

Stillwell se tourna vers les hommes dans la cour.

« Rice, vous allez venir avec moi. Les autres, vous rentrez chez vous.

– On peut tous vous accompagner, déclara l'un des agents dans la cour, regardant le reste de l'équipe avec les bras croisés.

– Non, dit Stillwell. Rice et Dills sont de service. Rice, vous venez avec moi, et Dills va emmener M. Brewer. Les autres, vous allez retrouver vos familles. Je vous ai déjà tirés du lit

– Quelqu'un va me dire ce que c'est que cette histoire ? Je veux voir ce mandat ! hurla Dwayne. Je veux savoir de quoi on m'accuse.

– Je ne vous accuse de rien pour le moment, monsieur Brewer. »

Stillwell pivota sur lui-même et s'approcha, et Dwayne se précipita en avant. L'agent à ses côtés lui agrippa le bras et fut entraîné comme s'il était accroché à un pick-up. Quelques agents se ruèrent sur le porche pour prêter main-forte, mais Stillwell ne bougea pas. Ils étaient poitrine contre poitrine, et Dwayne lui grondait au visage.

« Vous pouvez pas mettre en pièces la maison de quelqu'un, le menotter et le balancer en prison sans mobile.

– C'est là que vous vous trompez. Je peux vous détenir pendant quarante-huit heures sans vous lire vos droits ni vous accuser de quoi que ce soit, monsieur Brewer. Vous êtes une personne d'intérêt dans une enquête en cours.

– Quelle enquête ? »

Dwayne bouillonnait.

« Dites-moi de quoi il s'agit.

– Vous savez pertinemment de quoi il s'agit, monsieur Brewer. Vous n'avez pas trouvé ce téléphone sur un foutu trottoir. Vous le savez aussi bien que moi.

– Je sais rien de plus que ce que je vous ai dit, *patron* », répliqua Dwayne, se moquant de l'agent au visage poupon.

Puis il fit remonter un épais glaviot des profondeurs de sa gorge et le cracha au visage de Stillwell.

31

Tandis qu'il attendait, Dwayne Brewer bouillait de rage. Les menottes à ses poignets s'enfonçaient dans sa chair et ses mains étaient exsangues et engourdies. Quand Stillwell entra finalement dans la pièce, il avait un Coca à la main et essuyait l'ouverture de la canette avec le bas de son tee-shirt.

« Vous voulez boire quelque chose ?

– Je veux que vous m'enleviez ces foutues menottes. »

Dwayne le regarda tandis qu'il se penchait pour examiner l'endroit où ses mains ressortaient entre l'assise et le dossier de la chaise.

« Bon Dieu, ce sont les miennes, dit-il. Content de m'en apercevoir. » Il tira une chaise et l'approcha de Brewer. « L'agent à l'accueil est censé vous passer une des siennes à votre arrivée. Vous savez comment je sais que ce ne sont pas les bonnes ? »

Dwayne n'avait aucune idée de ce qu'il racontait, mais il en avait déjà sa claque.

« Je sais qu'elles ne viennent pas de l'accueil, parce que leurs menottes sont roses. » Stillwell secoua la tête et gloussa. « Des menottes roses. Je déconne pas. Quand quelqu'un amène un prisonnier, la personne à l'accueil est censée lui enlever les menottes de l'agent qui a effectué l'arrestation pour les remplacer par celles qu'ils gardent ici. Le truc, c'est que ces abrutis arrêtent pas de les perdre. Je suppose que c'est comme tout le reste dans un bureau. Agrafeuse. Rouleau de Scotch. On se rend pas compte qu'on les a perdus jusqu'à ce qu'on en ait besoin. Alors ils ont acheté des menottes roses pour ne plus les perdre. De nos jours, on trouve de tout sur Internet.

– C'est une bien jolie histoire, patron, mais pourquoi vous me les enlevez pas vu que vous avez dit que j'étais pas en état d'arrestation ?

– Vous êtes un costaud, monsieur Brewer. » Stillwell se leva et tira une paire de clés de sa poche avant. Il portait toujours son treillis kaki, mais avait remplacé son gilet pare-balles et son haut par un tee-shirt de compression noir. « Certains de nos hommes n'étaient pas sûrs de pouvoir vous gérer si vous n'étiez pas attaché. » Il se pencha et inséra les clés dans les menottes, desserra les anneaux. « Mais moi, je m'en fais pas trop pour ça. »

Il replia les menottes, deux bracelets noirs reliés par une unique chaîne en inox, les glissa dans l'étui en cuir tressé à sa ceinture et s'assit à la table.

Dans une pièce aussi minuscule, Dwayne Brewer semblait encore plus imposant. Ses bras étaient massifs, les manches de son maillot de corps blanc remontant au-dessus de ses biceps. Même sa tête était énorme, un bloc d'os qui donnait l'impression qu'il aurait pu se prendre un coup de batte de base-ball en pleine face sans ciller. Des cercles blancs étaient visibles à l'endroit où les menottes avaient coupé sa circulation sanguine, et il s'étira les doigts et se frotta les poignets.

« Vous allez me dire ce que vous me voulez ?

– Vous le savez très bien.

– Je vous ai déjà dit…

– Vous pouvez continuer de faire semblant de ne pas savoir de quoi je parle, mais ça ne va pas nous aider », interrompit Stillwell.

Dwayne Brewer le regarda froidement en ricanant. Une unique pensée ricochait dans sa tête comme une balle de calibre .22 : *Je vais t'étrangler.*

« Pourquoi vous ne commencez pas par le téléphone portable ? Où vous vous l'êtes procuré ?

– Je vous l'ai dit. Je l'ai trouvé sur le trottoir.

– Où ?

– Vers l'université.

– Vous y allez souvent ?

– Parfois.

– Vous voulez que je croie que vous allez vous promener sur le campus pour faire de l'exercice ?

– Vous affirmez qu'un homme comme moi peut pas se balader là-bas comme tout le monde ? »

Dwayne se recula sur sa chaise et entrelaça les doigts derrière sa tête.

« Je trouve ça un peu nul de votre part.

– Donc vous vous promeniez sur ce campus et le téléphone était là-bas ?

– Exact.

– Vous n'avez pas songé à informer la sécurité, ou peut-être à le rapporter dans le bâtiment devant lequel vous l'avez trouvé pour voir si quelqu'un avait pu le perdre en rentrant ? Ça semblerait un geste courtois. Vous ne pensez pas ?

– La courtoisie veut plus dire grand-chose, pas vrai, patron ? Vous menottez quelqu'un parce que vous aimez pas sa tête, vous aimez pas d'où il vient, et vous le retenez ici, mais vous dites : "Nan, on vous arrête pas", et après vous me parlez de courtoisie. »

Dwayne se pencha et fit claquer ses mains sur la table.

« C'est l'hôpital qui se fout de la charité, non ? »

Stillwell grogna en signe de vague approbation et acquiesça.

« Vous voyez, d'après moi, le fait que vous ayez ramassé ce téléphone sans avoir la décence d'aller voir s'il pouvait appartenir à quelqu'un, ça s'apparente à du vol. Mais c'est juste ma façon de voir les choses. »

Dwayne s'esclaffa.

« Un peu comme ces télévisions et ces tronçonneuses que vous gardez dans cette pièce chez vous. J'imagine que si on effectue des recherches sur les numéros de série, je finirai par penser la même chose à leur propos. Je serai peut-être même un peu plus catégorique.

– C'est un business légal, patron.

– Un business légal, hein ?

– Tout à fait. Je les répare et je les revends. Vous seriez surpris de voir ce que les gens jettent à la déchetterie. Je les récupère, je les répare et je les revends.

– Alors quand je me renseignerai sur les numéros de série de ces télévisions et ces tronçonneuses, aucune n'apparaîtra comme volée ? C'est le genre d'objets qui disparaissent bien plus souvent pendant les cambriolages que les minifours.

– Je sais pas d'où elles viennent avant d'atterrir à la décharge, mais vous pouvez certainement y aller et demander à l'employée, et elle vous dira. Elle s'appelle Martha. Elle a une drôle de façon de parler. Une espèce de bec-de-lièvre ou le palais fendu ou je sais pas quoi. Et le plus étrange, c'est que la plupart de ces télés ont pas de numéro de série quand je les trouve.

– Bon, Dwayne. Je vais arrêter de tourner autour du pot. »

Stillwell ouvrit sa canette et but une longue gorgée.

« Ce téléphone que vous aviez, il appartient à une femme nommée Angie Moss, et le problème, c'est qu'elle a disparu.

– Bah, je vous ai dit où j'ai …

– On peut voir quels relais il a déclenchés et découvrir où s'est trouvé ce téléphone, et on va le faire, mais pour le moment je veux que vous écoutiez, l'interrompit Stillwell. Ce qui rend ce téléphone si sacrément intéressant, c'est qu'Angie Moss est la petite amie de Calvin Hooper, et Calvin Hooper, eh bien, c'est le meilleur ami de Darl Moody. Alors vous voyez, le fait que vous soyez en possession de ce téléphone en particulier est très, très louche, et c'est directement relié à la raison pour laquelle je suis venu vous chercher.

– Ça aussi, je vous l'ai déjà dit », répliqua Dwayne. Il tendit la main à travers la table et attrapa la boisson de Stillwell, la leva et but une gorgée sans quitter l'inspecteur des yeux. Il poussa un long soupir de satisfaction, regarda l'expression de cet enfoiré changer. « Je connais personne du nom de Darl Moody, et je connais personne du nom de Calvin Hooper. »

Il reposa la canette devant Stillwell, qui secoua la tête.

« Vous pouvez la garder. Savourez ce Coca et je savourerai le résultat des analyses du sang qu'il y avait sur ce couteau qu'on a trouvé dans votre poche ce soir.

– Du sang. » Dwayne éclata de rire. « Vous trouverez rien sur ce couteau à part peut-être du sang d'écureuil ou de lapin, un truc que j'aurai dépouillé et mangé.

– Je soupçonne plutôt qu'on va trouver le sang de Darl Moody. Je soupçonne plutôt que c'est le couteau avec lequel vous lui avez tranché la gorge.

– Vous savez, vous arrêtez pas de dire que j'ai tué Darl Moody, mais la chose que vous avez pas mentionnée, c'est pourquoi. Quelle raison j'aurais eue de faire un truc pareil ? Je le connaissais même pas. Alors quoi, vous pensez que j'ai décidé d'aller tuer un type que je connaissais pas pour rigoler ? Je crois qu'on sait l'un comme l'autre ce que ça donnera dans une salle d'audience.

– Ce que je crois, c'est que tout ça, absolument tout, est lié à votre frère. »

Le mot « frère » fit l'effet d'une allumette enflammée jetée dans un bidon d'essence. Dwayne serra les poings et la mâchoire, ouvrant de grands yeux sans ciller.

« Parlons un peu de votre frère », poursuivit Stillwell. Il sembla remarquer le changement dans l'attitude de Dwayne et enfonça le clou. « Vous savez, je suis allé à l'école avec Carol. Sissy. Lui et moi, on était dans la même classe. »

Stillwell plongea les yeux dans ceux de Dwayne.

« Il en a un peu bavé pendant son enfance, pas vrai ? Je me souviens que tout le monde se moquait de lui à cause de la tache de vin sur son visage. Et aussi à cause de ses vêtements, du fait que ses chaussures ne valaient rien.

« Je me souviens qu'un jour – on était en, je sais pas, en sixième ou en cinquième – Sissy était assis à son bureau et il avait ce vieux cartable posé par terre, ce vieux sac jaune, et il était ouvert. Bon, un des gars assis à côté de lui a dit qu'il avait vu un cafard en sortir et détaler par terre. Il s'est mis à crier et à rire et à raconter à tout le monde ce qui s'était passé, et le prof s'est retourné et Sissy était tout rouge, comme s'il était sur le point de pleurer. Je ne sais pas si un insecte est vraiment sorti de son cartable ou non. J'ai rien vu. C'est juste ce que ce garçon disait avoir vu. Je me souviens que ça m'a mis mal à l'aise. Les gamins peuvent dire des trucs horribles.

– Vous savez que dalle sur mon frère, répliqua calmement Dwayne. Vous savez rien sur notre enfance ou ce qu'on a traversé. Alors vous pouvez être là et faire comme si vous le saviez, faire comme si vous en aviez quoi que ce soit à foutre, mais c'est faux.

Au fond de vous, vous le savez. J'ai vu des gens comme vous pendant toute ma vie. Vous voyez quelqu'un qui souffre et vous faites que dalle pour l'aider. Vous restez là et vous regardez sans rien dire, pas un mot, vous vaquez juste à vos occupations. Peut-être que ça vous fait rigoler. Peut-être pas. Mais en tout cas, vous continuez de vivre votre vie sans vous poser de questions. Alors me parlez pas de souffrance. Et essayez pas de me dire que vous connaissiez mon frère ou que vous comprenez comment on a grandi. Vous savez que dalle.

– Ce que je sais, c'est que votre frère était là-bas en train de cueillir du ginseng comme vous l'avez dit, expliqua Stillwell. Mais voici ce que je sais également. Je sais que Darl Moody était là-bas en train de chasser, et que d'une manière ou d'une autre il a fini par tuer Carol accidentellement. Je le sais aussi bien que vous. Vous êtes allé chercher votre frère et le vieil homme vous a montré ces photos prises par sa caméra de chasse, et ça vous a mené à Darl. C'est ça, la connexion. Donc quand vous m'avez demandé quelle raison vous auriez pu avoir de tuer Darl Moody, c'est celle-là. Et c'est ce qui vous a mené à Calvin Hooper, et c'est pour ça qu'Angie Moss a disparu sans laisser de trace.

– C'est bien joli, tout ça, mais je crois pas que vous ayez quoi que ce soit pour l'étayer.

– Ce que j'ai, c'est la fin de l'histoire, Dwayne. J'ai tiré le bon fil et je suis peut-être tombé sur un nœud, mais quand je l'aurai défait et que j'aurai tiré ce fil jusqu'au bout, tout s'éclaircira, et vous serez là. »

L'expression de Dwayne ne changea pas. Un calme étrange s'était emparé de lui, la même sensation que celle qu'il avait eue juste avant qu'Angie Moss sorte sur le porche.

« Votre position est telle que je peux encore vous aider. Si vous me dites où elle est, je peux encore vous aider, Dwayne. Je dirai au procureur que vous avez été coopératif et que c'est la raison pour laquelle Angie Moss est saine et sauve. Mais si vous allez jusqu'au bout, si vous attendez que j'aie tout ce dont j'ai besoin pour prouver ce que je sais déjà, alors ce sera trop tard. Je ne pourrai plus rien faire pour vous. Et vous savez ce qu'ils feront, Dwayne, ils vous tueront. Un jury de vos pairs vous reconnaîtra coupable de meurtre et vous condamnera à mort.

– Faites pas semblant d'être ici pour m'aider, répliqua Dwayne. Vous perdez votre temps avec vos conneries de type bien qui cherche à me filer un coup de main.

– Ils vous tueront, Dwayne. Ce n'est pas une exagération. »

Dwayne baissa les yeux vers ses mains et écarta les doigts sur la table. Il les observa un long moment avant de relever les yeux.

« Laissez-moi dire les choses de sorte que vous compreniez bien, commença-t-il. Vous vous êtes déjà tenu devant un feu de camp, et tout à coup le vent tourne, et vous vous retrouvez avec toute la fumée et les cendres sur vous, et vous devez changer de place pour pas être brûlé, pour pas suffoquer à cause de toute cette fumée ? »

Stillwell acquiesça.

« Toute ma vie j'ai tourné autour de ce feu, et toute ma vie la fumée m'a suivi. C'est la seule vérité que je connaisse. Ça a été comme ça pour mon frère et moi depuis le jour où on est venus au monde. Quand vous avez vécu une telle vie et qu'un homme vous regarde droit dans les yeux et vous dit que vous risquez de mourir, comme si la mort était la plus grosse carte qu'il avait à abattre, c'est une putain de blague. Je me fous de mourir autant que je me fous de sauter un repas. Vous pouvez prendre ça pour ce que ça vaut, patron. Ça change que dalle pour moi. »

32

Calvin Hooper partageait une cellule avec trois hommes qu'il n'avait jamais vus de sa vie. Le bâtiment sentait la transpiration : quatre cellules de chaque côté, un couloir étroit au milieu, des portes d'acier verrouillées à chaque extrémité. Une petite fenêtre rectangulaire en verre renforcé se trouvait au centre de la partie supérieure des portes. L'avant des huit cellules était ouvert et doté de barreaux.

Tous sauf Calvin portaient le même uniforme à rayures orange et blanches. Un homme rachitique aux cheveux clairsemés occupait l'une des couchettes du bas avec les mains croisées derrière la tête. Il avait une fine barbe et pas la moindre émotion sur le visage. Un jeune Cherokee aux cheveux noir de jais et aux larges yeux ne tenait pas en place. Il s'asseyait sur la couchette, se grattait les bras, se relevait, tournait en rond dans la cellule, se rasseyait, sa mâchoire remuant comme s'il mâchait du chewing-gum. Le troisième était un homme plus âgé aux cheveux poivre et sel coupés ras. Il avait l'expression doucereuse d'un pédophile. Il sourit lorsqu'ils amenèrent Calvin et tenta d'entamer la conversation. Il expliqua qu'il s'appelait Atkins et qu'il s'était fait serrer à cause d'un mandat émis dans le Mississippi. « Retour dans la Fosse en Velours, ne cessait-il de répéter. J'espère qu'ils me gardent ma place chez City Grocery. »

Il se tenait aux barreaux avec les coudes posés sur la barre transversale, les mains pendouillant à l'extérieur.

Quelqu'un dans une autre cellule cognait sur les barreaux, créant une sorte de rythme à deux tons et chantant faux. Un autre détenu n'arrêtait pas de hurler : « Ferme ta gueule ! Pour l'amour de Dieu, ferme ta gueule ! » Mais le type continuait de battre son rythme et son chant ne cessait jamais.

Calvin se tenait à l'évier en inox et avait les mains en coupe sous le robinet ouvert. Il porta l'eau à son visage et se la passa sur les yeux. Elle était froide sur sa peau, et il resta là à la laisser goutter de son menton avec une expression vide, fixant son reflet dans le miroir taché. Il n'avait aucune idée de ce qui se passerait ensuite. Pendant un bref moment, alors qu'il se tenait sur le porche de Stillwell et révélait tout ce qu'il avait caché, vidant intégralement son sac, il avait honnêtement cru que les choses se passeraient bien, qu'ils défonceraient la porte de Dwayne Brewer et trouveraient Angie saine et sauve dans une pièce au fond de la maison. Mais les dénouements heureux n'étaient bons que pour les livres pour enfants et les films pour ados. Il était là, dans une cellule, et il n'avait absolument aucune idée de ce qui se passait dehors, ne savait pas si Angie était en sécurité, et il ignorait ce qui se produirait désormais.

Là, sur ce porche, Stillwell avait expliqué que le fait que Darl avait couvert ce qui s'était passé ne changeait pas le crime, que d'une manière comme d'une autre il était coupable de meurtre. Il avait ajouté que dans l'État de Caroline du Nord la complicité après les faits était punie deux degrés en dessous du délit principal, ce qui signifiait que Calvin risquait de prendre un an, deux maximum. Il y avait même une chance pour qu'avec un casier vierge il ait droit à la liberté conditionnelle, même s'il doutait qu'un juge soit aussi clément. Quoi qu'il en soit, Calvin ne risquait pas grand-chose pour ce qu'il avait fait à Sissy. Stillwell lui avait conseillé d'essayer d'apaiser son esprit et de se convaincre que tout allait bien. Mais en vérité, savoir ça rendait les choses encore pires. Une année de sa vie, et il aurait été libre. Il avait risqué tout ce qu'il aimait pour ne pas renoncer à une année de sa vie.

Un bourdonnement sonore retentit à l'autre bout de la prison, le verrou claqua et la porte s'ouvrit. Des semelles en caoutchouc couinèrent sur le sol en béton, suivies par des bruits de pas. Il n'y prêta pas beaucoup attention jusqu'à ce qu'ils passent devant la cellule.

Deux agents marchaient aux côtés de Dwayne Brewer, chacun le tenant par le coude. L'un d'eux était un homme de corpulence moyenne avec les cheveux rasés sur les côtés et très courts sur le dessus. L'autre était une femme maigre d'âge moyen avec des boucles grasses qui enveloppaient ses épaules. Dès que Calvin le vit, il eut l'impression que son cœur allait exploser. Il le regarda en silence, stupéfait, comme s'il assistait à un miracle.

La tête de Dwayne tourna et leurs regards se croisèrent. Il sourit, pivota de sorte à faire face à la cellule de Calvin, et il marcha d'un pas lourd vers les barreaux tandis que les agents faisaient tout leur possible pour le faire se retourner. Lorsqu'il fut presque à la cellule, il s'arrêta. Les flics se donnaient un mal de chien, mais il était trop imposant pour être manœuvré. Dwayne écarta les jambes et se campa fermement sur ses pieds. Il regarda les deux flics qui tiraient sur ses bras et hocha la tête en direction de la cellule devant lui. « Je vais prendre celle-ci. »

La femme sortit une matraque télescopique et le frappa à l'arrière des genoux. Dwayne s'écroula, son visage se froissant de douleur, et il y eut une explosion de cris tandis que les deux agents l'entraînaient. Au bout de quelques secondes, Calvin entendit le verrou d'une cellule cliqueter, et la lourde porte dotée d'une barre claqua peu après. Les deux agents longèrent de nouveau l'allée centrale, jetant un coup d'œil dans la cellule de Calvin au passage. Les détenus cognaient contre les barreaux et hurlaient à pleins poumons. La porte se referma au bout du couloir. Il ne restait plus que les prisonniers, qui laissèrent libre cours à leur sauvagerie.

Debout là, Calvin se sentait étourdi, et il se raccrocha à l'évier.

Le vieil homme originaire du Mississippi le regardait curieusement.

« Ça va ? » demanda-t-il, mais Calvin n'avait rien à dire.

« Calvin Hooper ! » rugit Dwayne, les autres détenus faisant le silence au son de sa voix.

Il y avait quelque chose dans l'air, un mélange de rage et de peur, une volatilité, comme si la pièce était pleine de vapeur d'essence et qu'une unique étincelle les ferait tous brûler vifs. Les mains de Calvin tremblaient et ses oreilles sifflaient.

« Tu ferais bien de prier pour être sorti d'ici avant moi ! » hurla Dwayne.

Mais prier n'aiderait personne.

33

D'une manière ou d'une autre, Dwayne Brewer avait fait du stop toute sa vie. L'après-midi était terriblement chaud pour la fin octobre, et tandis qu'il longeait la route, titubant à reculons lorsque des voitures approchaient, personne ne ralentissait ni ne s'arrêtait.

Il était sorti du tribunal sans bottes, et quand il avait atteint Kitchens Branch, la plante de ses pieds était noire et à vif. La porte de sa maison d'enfance était défoncée et il avait clopiné à l'intérieur, juste assez longtemps pour attraper un rouleau de ruban adhésif et un sachet de Serflex dans un tiroir fourre-tout de la cuisine, tirer un couteau de boucher d'un bloc en bois sur le plan de travail, et récupérer la bible dans sa chambre.

Les abrutis de braqueurs et les étudiants qui s'étaient fait serrer pour conduite en état d'ivresse choisissaient des avocats avec des panneaux publicitaires qui imitaient *Better Call Saul,* des pourris aux dents tachées de café qui diffusaient des pubs avec des vaisseaux spatiaux et des effets spéciaux ringards. Seulement, ce n'était pas le premier rodéo de Dwayne. Irving Queen était aussi vicelard que les autres dans la salle d'audience, mais la différence, c'était que, généralement, il gagnait. Queen venait de Caney Fork, comme les Moody et les Hooper, et la plupart des Queen étaient des gens géniaux, l'une des familles de musiciens de bluegrass les plus talentueuses à être sorties des Appalaches. En revanche, la branche d'Irving était au mieux douteuse – peu recommandable, si vous vouliez vraiment dire les choses clairement. Depuis son arrière-grand-père, les quatre générations avaient toutes donné dans l'alcool de contrebande. Alors être un avocat fourbe était véritablement un pas dans la bonne direction.

Avant même que les gardiens aient le temps de déjeuner, ce petit bonhomme tout rond et obséquieux avait débarqué au tribunal avec de la transpiration qui suintait de son crâne chauve, et il avait fait claquer une ordonnance dénonçant un emprisonnement arbitraire sur le bureau du shérif John Coggins. Ce dernier avait une coupe en brosse argentée et une moustache à la Magnum noir de jais façon acteur porno des années 1970 qui était vraiment à chier. Son visage s'était décomposé à la vue de Queen et à la vue de ce qui était posé sur son bureau ce matin-là. Sachant que ce qu'avait fait son inspecteur la nuit précédente était au mieux contestable, voire limite illégal, il avait libéré Brewer au lieu d'attendre qu'un juge vienne lui coller une baffe derrière la tête.

Lorsqu'il traversa la cour, l'herbe cassante qui craquait sous ses pieds et l'argile humide et froide rappelèrent à Dwayne son enfance, le fait qu'il ne portait jamais de chaussures en hiver. C'était un peu étrange d'avoir passé toute sa vie dans un unique endroit, d'avoir grandi là dans cette maison qu'il n'avait jamais quittée. Il était impossible de dire combien de fois il avait arpenté ce sentier entre la maison de ses parents et celle de ses grands-parents. Mais pourtant ce lieu ne lui inspirait aucun sentiment. Partir ne lui faisait ni chaud ni froid. De fait, il était surpris d'avoir tenu si longtemps. Il avait toujours cru que le moment viendrait de se tirer, et maintenant qu'il était arrivé, c'était comme si le jour du Jugement dernier s'était fait attendre.

Les rapaces n'étaient plus dans les arbres, et leur absence faisait paraître le monde étrangement désert. Il ne savait pas trop quoi en penser, pourquoi ils étaient venus et où ils étaient partis. Il avait une sensation de vide au creux de l'estomac, comme s'il approchait d'un moment d'inévitabilité, comme si cette heure sacrée était le moment vers lequel il avait toujours tendu.

Pendant toute sa matinée en cellule il s'était creusé la tête pour déterminer où aller maintenant. Il n'avait pas le temps d'enterrer son frère et il n'était pas prêt à le faire de toute manière. Étendu sur ce fin matelas de prison, la couverture en laine démangeant son dos nu, il avait presque été reconnaissant. S'il avait été libéré juste après avoir vu Calvin Hooper se pisser dessus derrière ses barreaux, Dwayne aurait agi sur un coup de tête, et ce genre de décision était presque toujours une erreur. La matinée lui avait laissé le temps de réfléchir, et il avait désormais un plan. Il emporterait le corps de Carol et disparaîtrait dans un endroit où leur grand-père les avait emmenés quand ils étaient petits.

Dwayne avait onze ou douze ans quand ils avaient traversé le lac Fontana à la rame dans un canoë en fibre de verre avec un trou grossièrement rafistolé dans la coque. C'était la fin de l'été, et il s'en était toujours souvenu parce que des impatientes avaient éclos sur les berges. Les fleurs orange en forme de corne avec des taches rouge sang sur les pétales pendaient comme des ornements au bout de tiges aussi fines que du fil. Enfant, Dwayne croyait que c'était une plante magique – les cosses qui explosaient comme un feu d'artifice si vous les effleuriez du bout des doigts, le dos des feuilles qui avait pris un éclat argenté quand son grand-père en avait tenu une sous l'eau, une feuille transformée en métal par quelque alchimie appalachienne.

Ils avaient suivi le ruisseau jusqu'à l'endroit où il se déversait dans le lac, attrapant pour le dîner des têtes à taches rouges et des truites mouchetées avec des leurres en cuillères argentées, passant devant des villages depuis longtemps abandonnés avec des noms comme Proctor et Cable Branch, Bone Valley et Medlin. Ce périple de près d'une semaine dans les bois, loin de la maison et de leur père, avait peut-être été l'un des moments de leur vie où ils s'étaient sentis complètement en sécurité. Et une fois adultes, Sissy et lui y étaient retournés de nombreuses fois pour retrouver leur passé. *Vole un de ces bateaux à la marina de Fontana Village*, se disait-il, *et c'est là qu'on va aller.*

Le paysage entre Kitchens Branch et Allens Branch s'élevait jusqu'à une crête tordue qui continuait vers le nord à travers des bois en direction d'Indian Camp Gap. Le sentier jusqu'à la cabane de ses grands-parents était moins tracé dans la terre que gravé dans sa mémoire. Le terrain devenait abrupt et les feuilles humides étaient comme du cuir sous ses pieds. Un fourré de lauriers tombait en pente raide d'un côté. Dwayne agrippa un affleurement de granit couvert de lichen, et lorsqu'il aborda une courbe, un jeune cerf aux pattes frêles leva le nez du sol et le regarda fixement de ses larges yeux aussi noirs que les siens. La lumière du soleil filtrait entre les oreilles dressées de l'animal, transformant sa chair en un vitrail d'un rose doux, ses longs bois verticaux toujours couverts de velours.

Dwayne resta là une minute, subjugué. Le cerf était immobile, hormis ses naseaux qui se dilataient légèrement. Et quand Dwayne s'approcha, le jeune animal plongea la tête au sol et s'écarta tranquillement pour le laisser passer. Dwayne continua d'avancer lentement, presque assez pour le toucher, pour passer le bout de ses doigts sur son flanc, et lorsqu'il le regarda du coin de l'œil il eut la sensation écrasante de regarder son frère. Cette idée l'étourdit et il s'éloigna en titubant jusqu'à ce qu'il y ait vingt ou trente mètres entre eux.

Quand il se retourna, le cerf se tenait sur le sentier et l'observait avec le même regard vitreux. L'animal fit quelques pas en avant, s'arrêta et tendit le cou, puis quelques pas de plus. Dwayne savait ce que les anciens disaient de ce genre de chose, et il n'était pas prêt à accepter ce destin, à autoriser cette âme à l'entraîner vers la fin. Il parcourut le sol du regard et ramassa un petit caillou blanc qu'il lança le plus fort possible.

« Dégage ! » hurla-t-il tandis que le caillou filait au-dessus du dos de l'animal.

Le cerf fit quelques pas étonnés, mais il ne s'enfuit pas.

« Fous le camp d'ici ! » hurla de nouveau Dwayne, tapant du pied par terre, et cette fois la bête se retourna, bondit et disparut en un clin d'œil.

34

La première lampe s'était éteinte un peu plus tôt, la flamme se racornissant puis disparaissant. Angie avait tapé des mains sur la planche en bois pour trouver les allumettes de cuisine, en avait craqué une sur le côté de la boîte et avait allumé la mèche suivante avec. L'air était si immobile qu'elle n'avait pas besoin du cylindre en verre, alors elle l'avait laissé de côté pour faciliter les choses quand le moment viendrait. La torche et le bocal de pétrole étaient toujours juste là, prêts à servir.

Sa fine jupe noire était étalée sur le sol de terre comme une serviette de plage, et elle était assise dessus, serrant ses jambes contre son torse, le menton posé sur ses genoux. Elle avait la chair de poule et frissonnait de froid car elle s'était mise en sous-vêtements pour être prête à courir. Hors de question qu'elle s'emmêle les pinceaux une fois de plus, qu'elle trébuche et tombe à cause de ses stupides vêtements.

Toute sa vie elle avait été rapide. Elle n'avait jamais eu une longue foulée, mais ça ne l'avait pas empêchée de ridiculiser chaque garçon de sa classe à la course à pied jusqu'à ses années de lycée. Il y avait dans ces montagnes quelque chose qu'elle passait les premiers kilomètres à essayer de rattraper, puis son esprit se vidait et seuls son corps et sa respiration gouvernaient ses mouvements. Elle pouvait y courir des jours durant, et dès qu'elle en aurait l'opportunité, elle le ferait.

Soudain, un bruit à la porte lui coupa le souffle. Ses yeux s'écarquillèrent de terreur et elle écouta avec une vigilance instinctive, car elle ne savait pas si elle avait vraiment entendu quelque chose ou si elle perdait la tête. Il y eut un claquement sonore de l'autre côté de la porte, comme du métal se dégageant, et elle se leva d'un bond, attrapa la torche qu'elle avait fabriquée et en embrasa l'extrémité à la lampe à pétrole, créant une haute flamme qui fouetta les poutres et emplit la pièce d'une lumière ambrée.

Comme ses mains tremblaient quand elle attrapa le bocal rempli de pétrole, elle en renversa et ses doigts se couvrirent de liquide gras. La porte commença à s'ouvrir et la lumière à l'extérieur était d'une blancheur aveuglante. Dwayne Brewer apparut tandis que ses yeux s'accoutumaient à la lueur du jour. Elle se précipita en avant, sifflant entre ses dents, et elle vit une expression de confusion absolue sur son visage lorsqu'elle lui balança le pétrole dessus comme si elle jetait un verre d'eau dans la cour. Le pétrole l'atteignit à la poitrine et trempa son tee-shirt, et Angie donna des coups de torche en direction de son ventre, tentant de lui mettre le feu.

Mais la distance entre eux était trop grande. Dwayne se rua dans la pièce, se jetant furieusement sur elle. L'odeur du combustible l'imprégnait comme de l'eau de Cologne, et Angie agitait frénétiquement la torche d'avant en arrière. Elle parvint finalement à l'embraser dans un ultime effort avant qu'il la rattrape. Les flammes prirent en haut de son jean et rugirent sur son torse et ses bras. Il était en feu, agitant violemment les bras en cercle au-dessus de sa tête tout en tentant d'ôter son tee-shirt. Angie fila vers la porte ouverte et il lui toucha le bras au passage, mais elle sortit à toute allure et courut aussi vite que ses jambes le permettaient.

Il faisait étonnamment doux pour la saison et le chant des oiseaux emplissait les arbres dépouillés. Elle regarda autour d'elle sans reconnaître l'endroit où elle se trouvait, sans avoir la moindre idée de la direction à prendre. Des collines abruptes s'élevaient de chaque côté avec des affleurements rocheux qui émergeaient de façon irrégulière de la terre sombre, la mousse et les fougères interrompant la platitude d'un gris-brun avec leur vert éternel. De grands arbres se dressaient au-dessus d'elle et hachuraient un ciel sans nuages. Elle courut droit devant elle tandis que des plantes grimpantes piégeaient ses bras et ses jambes comme des cordelettes en jute, les ronces lui griffant profondément la peau alors qu'elle cherchait en vain une ouverture.

Devant elle, elle entendit de l'eau, et bientôt elle l'atteignit. Elle suivit le courant d'un pas lourd, utilisant le lit du ruisseau comme un sentier. L'eau était incroyablement froide, et les pierres au fond roulaient sous ses pas. Sa cheville droite se tordit violemment et une douleur soudaine lui remonta le long de la jambe. L'eau était si claire qu'il était impossible d'en juger la profondeur. Elle s'enfonça dans une dépression où le courant enveloppa ses genoux, puis elle bascula en avant, se cognant les genoux contre les rochers. Angie entendit quelque chose qui approchait rapidement derrière elle, mais elle ne regarda pas par-dessus son épaule. Elle se releva et continua d'avancer, titubant, ses tibias et ses genoux brûlant de douleur. Les berges devinrent plus raides sur les côtés, formant une profonde ravine, et bientôt le bruit du ruisseau fut assourdissant. De l'eau se déversait sur un escalier de rochers noircis aussi glissants que du verre. Il était impossible de regagner la vallée par là.

La terre s'éboula sous ses pieds lorsqu'elle tenta d'escalader la berge, et elle attrapa une poignée de fougères à longues tiges, tentant de s'extirper du fond, mais leurs racines fines s'arrachèrent. Glissant sur le ventre, elle fit tout son possible pour remonter le long de la berge, mais la pente était trop raide et la terre trop meuble, il n'y avait rien à quoi se raccrocher, et alors il fut là. Elle sentit des mains agripper ses chevilles comme des pièges à ours, et lorsqu'elle regarda par-dessus son épaule elle le vit, Dwayne Brewer, torse nu et effréné, des brûlures rouges s'étalant sur son torse, ses bras et son cou, comme des éruptions cutanées.

Il tira brutalement Angie vers le bas de la berge et lui grimpa dessus, s'asseyant à califourchon sur elle tandis qu'elle sentait quelque chose percuter le côté de sa tête comme un météore. Un éclair argenté apparut devant ses yeux, puis tout devint flou. Ses jambes étaient couvertes de boue et une odeur de terreau et de mousse emplissait ses narines avec une douceur surprenante lorsque le second coup arriva. Elle eut l'impression que sa tête se vidait et perdit un instant connaissance. Ses mouvements étaient si apathiques que le coup suivant ne rencontra pas la moindre résistance et l'atteignit à la pommette. Un feu d'artifice de couleur explosa devant ses yeux, ses oreilles se mirent à siffler, une fraction de seconde de douleur brûlante suivie par le noir absolu.

35

Lorsqu'il l'eut ramenée dans le silo, il l'étendit par terre, tirant ses bras derrière elle et lui attachant les poignets avec un Serflex derrière un poteau enduit de poix rendu lisse par le temps. Il ne prit pas la peine de lui ligoter les pieds ni de la bâillonner.

Dès que Dwayne l'avait attrapée, il avait désespérément voulu lui trancher la gorge jusqu'à l'os. Il éprouvait un sentiment de trahison, et il ne comprenait pas pourquoi puisqu'il n'avait de toute manière aucune raison de lui faire confiance. Ce qui l'avait retenu de la tuer, c'était qu'elle était sa dernière carte, et la dernière main n'avait pas encore été distribuée. À tout moment les flics pouvaient débarquer et elle serait son ticket de sortie. Le temps était venu de s'enfuir. C'était le moment de récupérer son frère et de quitter cet endroit pour toujours.

Il se tint au-dessus de Sissy et examina ce qui restait de lui. Les yeux de Carol étaient des orbites vides, sa bouche ouverte dessinait un large sourire étrange, aussi parfait qu'il l'avait toujours été, ses dents blanches si régulières et si droites qu'elles semblaient avoir été limées et polies. Ses vêtements d'épouvantail pendouillaient de façon lâche sur un corps totalement rabougri. Sa peau aspergée de chaux était presque noire dans la lumière faible, la chair de ses bras enveloppant ses os comme du tissu humide. En observant le visage de son frère, Dwayne éprouva un chagrin et un regret qui l'emplirent de désespoir. Il baissa la main et passa les doigts sur le côté de la tête de Carol, et les cheveux de son frère s'envolèrent de son crâne comme de la poussière. Il se pencha, lui ferma les yeux et lui embrassa le front.

« On va partir d'ici, maintenant, dit-il. Toi et moi, Sissy. Comme toujours. Juste toi et moi. »

Dwayne passa les bras sous le corps de son frère, un au niveau des jambes et l'autre du dos. Il était désormais léger comme une plume, et lorsqu'il le souleva, la peau de Carol se déchira comme du papier et les os jaunes tachés de ses bras apparurent, pendouillant sous lui. Dwayne sentit quelque chose d'humide et de cireux sur sa peau et il lança un regard noir, perdu dans ses pensées, songeant à ce qu'il tenait et au fait que son frère était en train de tomber en morceaux. La tête de Carol était rejetée en arrière en un angle bizarre. Sa bouche était grande ouverte, ses dents étonnamment blanches par rapport à sa peau noire. Les bottes de Carol étaient trop lourdes pour ce qui restait de lui, et son pied droit se détacha de son corps, la botte atterrissant sur le côté dans la poussière. Cette vision fut la goutte d'eau qui brisa Dwayne.

Il reposa soigneusement son frère par terre car il était impossible d'emporter le corps de Carol hors d'ici sans charger les morceaux dans quelque chose pour les transporter. Il s'agenouilla avec les mains sur les cuisses, se balançant d'avant en arrière, ouvrant de grands yeux dénués d'expression. Tout ce qu'il aimait s'était dissous dans ses bras, et le monde était désormais vide.

« Pourquoi Te tiens-Tu loin de mon salut, des paroles de mon rugissement ? murmura Dwayne, ses paroles à peine plus qu'un souffle. Toute ma vie. Toute ma vie Tu m'as abandonné. »

36

À son réveil, Angie parvint à peine à ouvrir son œil gauche. Elle ne voyait que des traînées de couleur confuses et de la lumière floue, comme à travers du verre dépoli. Elle avait un mal de tête lancinant, chaque battement de son cœur comme un coup de masse dans ses tempes. Elle sentait que le côté de son visage était gonflé et contusionné.

La terre était froide contre ses jambes nues. La lourde porte en fer était ouverte et elle voyait les bois dehors. Une bande de soleil traversait le sol et lui réchauffait les pieds. Elle entendit des pas, et une seconde plus tard il se dressa au-dessus d'elle comme une pierre tombale. Sa silhouette était noire, éclairée à contre-jour par la lumière de l'extérieur, et elle mit un petit moment à distinguer le moindre détail.

Dwayne Brewer portait un jean crasseux, abondamment taché à l'avant et aux genoux couverts de terre. Il était pieds et torse nus, les brûlures s'étirant de son ventre à sa poitrine, grimpant jusqu'à son cou et enveloppant sa mâchoire. Il avait un tatouage décoloré sur le côté gauche du torse. Elle baissa les yeux et vit qu'il tenait mollement un couteau de boucher dans sa main droite. Son reflet brilla sur la face d'acier.

« S'il vous plaît, gémit-elle. S'il vous plaît, laissez-moi partir. »

Dwayne s'avança et plaça ses pieds de chaque côté de son corps, et lorsqu'il fut directement au-dessus d'elle, il tomba à genoux, enfourchant ses cuisses comme une selle. Ils étaient face à face. Il leva la lame et appuya la pointe sur son front. La tête d'Angie recula jusqu'à ce que le sommet de son crâne touche ce qui se trouvait derrière elle. Il tint le couteau là et elle sentit comme une piqûre d'aiguille, puis une goutte de sang froid coula le long de son nez et tomba sur sa poitrine.

« Tout ce que je voulais, c'était mon frère, déclara Dwayne. C'est tout ce que je voulais. » Il retira le couteau et essuya la pointe sur son pantalon. « Mais vous pouviez pas me laisser avoir ça. Vous pouviez pas me laisser avoir quoi que ce soit.

– Je suis désolée, dit-elle. S'il vous plaît, laissez-moi partir.

– T'es exactement comme les autres. Je le pensais pas, mais c'est le cas. Tu vois les gens comme moi, et tu te crois meilleure. Mais j'ai une nouvelle à t'annoncer. T'es pas meilleure. Toi, Calvin, Darl, nous tous. "L'homme pervers, l'homme inique, marche la fausseté dans la bouche, il cligne des yeux, parle du pied, fait des signes avec les doigts, la perversité est dans son cœur, il médite le mal en tout temps, il excite des querelles ; aussi sa ruine arrivera-t-elle subitement, il sera brisé tout d'un coup, et sans remède." Tu connais ce verset ? »

Angie secoua la tête.

« Je suis désolée », dit-elle une fois de plus.

Elle n'arrêtait pas de répéter ces mots chaque fois qu'elle respirait.

« C'est tiré des Proverbes », expliqua Dwayne.

Il posa la main à plat sur sa cuisse, remonta le long de sa jambe et passa un doigt sous le bord de sa culotte. Angie eut un mouvement de recul, écœurée qu'il ait pu la toucher.

« S'il vous plaît, je vous en prie. J'attends un enfant. »

Le visage de Dwayne se froissa de dégoût.

« Je porte un enfant, reprit-elle. S'il vous plaît, laissez-moi partir. J'ai un bébé.

– Je ne considère pas comme une bénédiction le fait de faire naître un enfant dans un monde comme celui-ci. »

Angie sanglotait.

« Mais j'ai un enfant. J'ai un enfant. »

C'était la seule chose qu'elle savait désormais, la seule vérité qu'elle avait en elle. L'enfant. Il n'y avait plus rien d'autre.

Il se leva et se tint au-dessus d'elle.

« Je dois retourner à la maison, dit-il. Mais je veux que tu réfléchisses au sens de ce verset, à ce que dit la dernière partie, "*brisé, et sans remède*".

Dwayne ne prononça pas un autre mot. Il se retourna simplement et marcha dans la lumière. Un instant plus tard, il disparut, et les seuls sons furent le chant des oiseaux et les gémissements doux d'Angie sur le sol.

37

Il fallut à Calvin Hooper cinq minutes pour trouver l'adresse de Dwayne Brewer en utilisant un annuaire de propriétés en ligne fourni par le site Web du comté. À l'âge de l'Internet, on pouvait trouver qui on voulait sans trop d'efforts.

Après être entré d'un pas lourd dans la prison ce matin-là en secouant la tête, le shérif John Coggins avait expliqué qu'il n'avait aucune idée de ce qui s'était passé la nuit précédente hormis qu'il s'était retrouvé avec un vrai bordel déposé sur son bureau comme un sac rempli de merde. Calvin avait quitté le tribunal à la hâte et appelé un des hommes qui travaillaient pour lui, un Latino nommé Miguel qui pouvait peler une tomate avec une lame de bulldozer. Miguel n'avait pas posé de questions. Il avait ramené Calvin à sa camionnette et ce dernier était passé chez lui juste le temps d'attraper la carabine .45-70 et de la balancer dans la cabine du véhicule avant de reprendre la direction de la ville.

Une douzaine de pancartes « DÉFENSE D'ENTRER » marquaient l'entrée de l'allée de Dwayne Brewer, mais Calvin passa devant et prit le tournant suivant. La route était taillée dans un flanc de colline, étranglée des deux côtés par du kudzu. Il gara la camionnette sur un emplacement peu profond creusé à un endroit où des plantes grimpantes mortes gisaient par terre comme des tapis de cheveux gris. Une marmotte était dressée sur ses pattes arrière et le regardait, perchée sur un monticule d'argile rouge qui marquait l'accès à son terrier sur la parcelle de kudzu. Calvin attrapa son arme et repartit par où il était arrivé.

Il ne savait pas si Dwayne Brewer était rentré chez lui ou non. La seule certitude qu'il avait, c'était que l'homme avait quitté la prison une bonne heure avant que le shérif le libère. Quoi qu'il en soit, Dwayne avait de l'avance, et il était probablement déjà chez lui, mais s'il n'y était pas et arrivait par la route, s'il voyait la camionnette de Calvin stationnée dans le fossé, ce dernier perdrait l'effet de surprise, et c'était la raison pour laquelle il était allé se garer plus loin.

De grands pins gris se dressaient des deux côtés de l'allée dont le gravier était délavé et sillonné de profondes veines d'argile rouge. Un crâne de cerf était vissé sur l'un des pins à l'entrée du chemin, un jeune animal avec une fine mousse verte qui tachait par endroits l'os d'un blanc laiteux. Calvin s'enfonça dans les bois pour suivre l'allée. D'épaisses broussailles étouffaient le sol de la forêt, comme partout dans la montagne, les collines n'ayant plus le droit de brûler comme elles l'auraient naturellement fait, si bien que les ronces et les arbustes étaient presque impénétrables. Il utilisa le court canon de la carabine à verrou pour se frayer un chemin à travers les mûriers sauvages et les chèvrefeuilles en longeant le côté droit de l'allée. La carabine de Darl était faite pour un terrain comme celui-ci, pour se retourner rapidement dans la végétation épaisse si un ours noir ou un sanglier décidaient de charger. Les épines griffaient les bras de Calvin et les hackélies de Virginie tachaient ses vêtements, mais il fut bientôt proche.

Lorsqu'il distingua la maison parmi les arbres, Calvin s'agenouilla par terre et observa à travers un voile d'arbustes et de broussailles. Les arbres étaient pleins du chant des oiseaux et le son claquant d'un grand pic qui battait lourdement de ses larges ailes résonnait à travers la forêt. Le temps était devenu bizarre. Un front froid avait avancé l'automne d'un mois, et désormais c'était l'été indien à la fin octobre alors que les feuilles étaient déjà tombées. Le soleil lui brûlait le dos, la chemise de camouflage sombre qu'il avait enfilée absorbant la chaleur. Il resta immobile et silencieux, cherchant à percevoir le moindre mouvement, le moindre son en provenance de la maison, mais rien ne vint. Lorsqu'il fut sûr qu'il n'y avait personne dehors, il escalada la colline pour avoir un meilleur point de vue.

La maison était située au fond d'une cuvette peu profonde, le terrain s'élevant de tous les côtés sauf à l'avant. Calvin gravit une pente en décrivant un large arc au-dessus de l'habitation. Un grand robinier à l'écorce burinée était tombé de la colline, sa base arrachant le sol pour former une barricade verticale de boue et de racines blanches noueuses. Il voyait clairement la maison de cet endroit et décida de se servir de l'amas de branches comme d'une sorte de cachette pour observer la propriété. La cour était ouverte à l'avant, pas de fenêtre de ce côté-ci de la maison, et une remise en tôle peinte en marron se dressait à l'arrière à la limite de la propriété.

Pendant un long moment, rien ne remua hormis de petits juncos qui bondissaient dans les broussailles et des écureuils qui allaient et venaient à toute vitesse parmi les arbres. Calvin avait hâte de bouger, craignant déjà le pire, mais il entendit alors quelque chose qui arrivait dans le bois sur la colline opposée. En se penchant il vit un homme qui approchait parmi les arbres. Il semblait nu à une telle distance, mais lorsqu'il pénétra dans la cour, Calvin vit que Dwayne Brewer ne portait ni chemise ni chaussures, juste un jean clair.

Il n'y avait que soixante-quinze, peut-être cent mètres entre eux, mais Calvin n'avait jamais été doué pour estimer les distances. Il épaula la carabine Marlin, appuya la joue contre la crosse en stratifié gris et utilisa les racines comme support pour centrer la cible dans la mire. Il actionna le verrou vers l'avant puis vers l'arrière et chambra une cartouche Baretooth de trois cents grains en produisant à peine plus qu'un clic sourd. Il y avait quelque chose dans la main de Dwayne, peut-être un couteau ou une machette. Le cœur de Calvin battait à se rompre, ses paumes étaient moites. Il suivit Dwayne à travers la mire jusqu'à ce qu'il disparaisse derrière la maison. Quelques secondes plus tard, il réapparut dans l'arrière-cour et se dirigea vers la remise au bout de la propriété.

La porte produisit un fracas métallique lorsque Dwayne pénétra à l'intérieur. Calvin ne pouvait plus le voir lorsqu'il fut dans le bâtiment, et il comprit à cet instant à quel point il était mal préparé, qu'il n'avait aucun moyen de savoir ce qui l'attendait. Dwayne ressortit avec une bâche de camouflage pliée sous son bras, un rouleau de corde dans une main et le couteau qu'il tenait avec la pointe tournée vers le sol. Il repartit par où il était arrivé, et Calvin devina alors qu'il devait retenir Angie quelque part dans les bois, que c'était la raison pour laquelle les agents ne l'avaient pas trouvée quand ils avaient effectué une descente dans la maison. Lorsque Dwayne fut de nouveau dans la cour à l'avant, Calvin pointa la carabine vers le ciel et sortit péniblement de sa main libre son téléphone portable de sa poche. Il trouva le numéro et appela, les yeux rivés sur Dwayne qui s'enfonçait de nouveau parmi les arbres. Le téléphone sonna, personne ne répondit, et au bout d'une seconde il bascula sur messagerie.

« Décroche, marmonna-t-il tandis qu'il raccrochait et rappelait. Décroche ton putain de téléphone. »

La ligne n'arrêtait pas de sonner, et finalement quelqu'un prit l'appel.

« Allô ?

– Je sais où il la retient, prononça Calvin. Elle est dans les bois. Il la planque dans les bois derrière sa maison.

– Qui est à l'appareil ?

– Écoute-moi, Michael. Il la retient quelque part dans les bois derrière sa maison. Il y va en ce moment même.

– Calvin ?

– Oui, bordel. Tu dois m'écouter. Dwayne Brewer la retient dans les bois. Je viens de le voir en sortir, et maintenant il y retourne et je vais le suivre. Faut que tu viennes ici tout de suite. Viens chez lui tout de suite.

– Calvin, calme-toi et dis-moi de quoi tu parles. Dis…

– Amène-toi, Michael. Il la retient dans les bois derrière sa maison. Tu m'entends ? J'ai pas le temps de le répéter indéfiniment. Amène-toi tout de suite. Elle est dans les bois et je vais le suivre. Quand je l'aurai trouvée, je ferai ce que j'aurais dû faire dès le début, Michael. Je vais lui faire sauter sa putain de cervelle. »

Calvin raccrocha sans attendre de réponse. Dwayne n'était déjà plus visible. Il savait que s'il perdait plus de temps, il ne le rattraperait jamais, qu'un homme pouvait rapidement perdre la trace de ce qu'il traquait dans ces montagnes et ne jamais le revoir. Les choses avaient tendance à disparaître comme des fantômes dans cet endroit, parmi les arbres, derrière une crête, puis c'était fini.

Il dévala maladroitement la colline et se recroquevilla sur lui-même lorsqu'il traversa la cour, tentant d'avancer rapidement mais discrètement. Les feuilles craquaient sous ses pieds et il serpenta à travers un dédale de jeunes arbres aussi fins que des bambous. Le flanc de la colline s'élevait de façon abrupte devant lui, et Dwayne avait déjà franchi l'horizon. *C'est la fin,* pensa Calvin. *C'est ici que tout s'achève. Juste derrière ces arbres. De l'autre côté de cette colline.*

38

À mi-chemin du silo de son grand-père, Dwayne Brewer savait qu'il était suivi. Au début, ça avait été une intuition, une sorte de paranoïa qui l'avait fait stopper net et s'agenouiller, et il avait attendu et écouté.

Les montagnes avaient le don de dissimuler les sons, si bien qu'une chose de l'autre côté d'une crête aurait tout aussi bien pu se trouver dans un autre monde. Mais le contraire était également vrai. Dans un vallon, chaque son résonnait et était amplifié comme dans un bocal. C'était comme ça qu'il avait su que quelqu'un arrivait. Dès que la personne avait franchi la crête et commencé à descendre de l'autre côté, le bruit de ses pas précipités parmi les feuilles lui était parvenu comme une voix.

Il se cacha derrière un gigantesque peuplier de Virginie, et lorsqu'il vit qui le suivait, il sentit tout le sang de son corps affluer à son visage. Sa tête était en feu, la fureur s'empara de lui. Le pantalon de toile brune et le tee-shirt de camouflage de Calvin Hooper se fondaient sur le flanc de la colline, mais Dwayne le distinguait parfaitement, comme il pouvait voir la carabine qu'il portait. Il aurait aimé avoir le 1911 dans sa main à cet instant, mais les flics avaient tout pris, de sorte qu'il ne lui restait plus que le couteau qu'il avait sur lui.

Il lui serait désormais impossible d'emporter le corps de son frère, et l'idée qu'il serait forcé de laisser Carol le rendait fou de rage. Il était retourné à la maison chercher une bâche et de la corde afin de rassembler les morceaux de Sissy. Chaque choix avait des conséquences. Chaque pas qu'il avait fait au cours de sa vie avait mené à ceci.

Le destin est un truc marrant, songea-t-il, le fait que les choses pouvaient sembler insignifiantes sur le moment, mais finir par être ce qui anéantirait la vie d'un homme. Il y avait tellement de haine dans son cœur, tellement de dégoût, car il n'avait jamais eu les cartes pour remporter une seule main. Il y avait toujours eu deux choix : on pouvait s'allonger et encaisser, ou on pouvait attraper quiconque se trouvait à sa portée et l'étrangler afin de ne pas être le seul à souffrir. Ce choix avait toujours été facile, et sa décision ne fut pas différente à cet instant.

Dwayne posa la corde et la bâche à ses pieds car il n'en aurait plus besoin. Il regagna le sentier et courut à travers le bois tel un animal, pieds nus et frénétique, son couteau fendant l'air devant lui. Des brindilles irrégulières et des cailloux acérés lui perçaient la plante des pieds, mais il continua de clopiner et d'endurer la douleur jusqu'à ce qu'il rejoigne le silo que son grand-père avait construit.

Il se tint là un moment, à bout de souffle, sa poitrine se soulevant à chaque bouffée d'air. À l'intérieur, il se posta au-dessus du corps de son frère, pleinement conscient qu'il ne le reverrait probablement jamais. Il était obsédé par les dents de Carol, par ce sourire si parfait et droit. Comme il avait la bouche ouverte, Dwayne voyait chaque sillon et chaque arête de ses molaires supérieures, et un son accompagna cette image lorsqu'elle se fixa en lui, celui du rire de son frère. Carol avait toujours eu ce rire un peu ridicule, le genre de rire qui donnait aux autres envie de se joindre à lui, qu'ils sachent ou non ce qui l'amusait. Il revoyait son frère de l'autre côté de la pièce avec ce torchon autour de la taille comme un tablier, il l'entendait dire : « Faut que tu les laisses refroidir », ces gâteaux au chocolat alignés, ce large sourire tout en dents blanches. L'idée qu'il ne verrait plus jamais ça lui était insupportable, et il se baissa, pinça l'une des incisives de Sissy entre ses doigts. Il la remua d'avant en arrière et elle se libéra presque sans effort, sa longue racine jaune comme un croc dans la paume de sa main. Il glissa cette première dent dans son jean et attrapa la suivante. Celles qui venaient facilement, il les prit, et laissa celles qui résistaient, et lorsqu'il s'éloigna, il enfonça la main dans sa poche et les agita comme des dés.

Le soleil était sur le déclin et à un tel angle que ses rayons pénétraient directement par la porte ouverte, si bien que le visage d'Angie était illuminé par ce projecteur éblouissant. Elle pleurait, son souffle franchissant ses lèvres de manière saccadée. Ses jambes se tordaient et battaient le sol en terre. Son corps remuait d'avant en arrière et sa tête balançait. Tous ses mouvements étaient lents et abattus, et elle marmonnait sans cesse les mêmes paroles, mais jamais dans le même ordre, comme si le fait de les répéter encore et encore pouvait les rendre vraies. « Laissez-moi juste partir. Laissez-moi partir. S'il vous plaît. J'attends un enfant. Laissez-moi partir. J'attends un enfant. S'il vous plaît. Laissez-moi juste partir. »

Il s'agenouilla derrière elle, attrapa une poignée de cheveux et tira violemment pour que le sommet de son crâne aille heurter le poteau dans son dos. Il se pencha en avant et lui murmura à l'oreille : « Tu te souviens de ce que je t'ai dit. "Il sera brisé tout d'un coup, et sans remède." Eh bien, le moment est venu. Il arrive, ma chérie. Calvin est dehors dans ces bois, et nous allons aller à sa rencontre. »

Il entortilla les cheveux autour de sa main comme s'il enroulait un cordage, et il serra le plus fort possible. Le crâne d'Angie tapa contre le poteau. Il regarda ses poignets liés et glissa le couteau dans le pli entre ses bras. Quand elle fut libérée, il se releva lentement. La tête d'Angie glissa contre la poutre, ses épaules et son dos arqués, tandis qu'elle se redressait sur la pointe des pieds. Il lui plaça le couteau sous la gorge, les dents de la lame s'enfonçant dans sa chair, puis il l'attira à lui, lâcha ses cheveux et passa fermement un bras autour de sa poitrine.

« Si t'essaies de t'enfuir, si tu tentes quoi que ce soit, je te découpe la gorge comme si c'était une putain de scie. Tu me comprends ? Et j'arrêterai pas avant d'avoir atteint l'os. Pigé ? »

Il sentit Angie acquiescer contre son torse.

« Oui, dit-elle. Je comprends.

– Pense à ce bébé dans ton ventre et à rien d'autre. Tu m'entends ? Rien d'autre. Maintenant, marche. »

Dwayne fit un pas en avant et les jambes d'Angie se défilèrent sous elle. Ses pieds s'emmêlèrent pendant les premiers pas, chacun cherchant à se synchroniser avec l'autre, une valse maladroite où ni l'un ni l'autre ne menaient ni ne suivaient. Le monde était d'un blanc aveuglant dehors, une lumière qui brillait avec une intensité qu'elle n'avait jamais vue de sa vie, et pendant un moment Dwayne la tint là dans l'entrebâillement de la porte ouverte du silo, ne sachant trop que faire. Il la serrait fermement contre son torse, et les mains d'Angie agrippèrent son avant-bras, comme si elle allait tomber d'une hauteur phénoménale si elle le lâchait.

Pendant toute l'existence de Dwayne le monde avait semblé tellement exposé. Le portail était ouvert, la route était large, et un homme pouvait tout avoir s'il était disposé à le prendre. Mais il avait soudain la sensation qu'il s'était refermé, qu'il n'était plus qu'un endroit caverneux dans lequel il pouvait à peine se frayer un chemin, et il n'y avait qu'une seule issue.

« Calvin, murmura-t-elle. Calvin. »

Dwayne leva les yeux et le vit qui se tenait là, carabine à l'épaule, son regard noir glissant le long du canon. Ses dents étaient visibles, et un son étrange émanait de lui tandis qu'elles claquaient. Dwayne et Angie marchèrent droit vers lui. Les bois étaient emplis d'un scintillement lumineux, les arbres et les branches brillant comme des bijoux tandis que la lueur du jour semblait les enfermer dans du verre.

« Je pars maintenant, Calvin, dit Dwayne en se tournant et en reculant dans le soleil de l'après-midi. Si tu fais quelque chose d'idiot, tu perdras le peu qui te reste. Penses-y. Regarde ce que tu as perdu, et vois dans mes bras ce que tu perdras. »

Calvin flottait là devant le silo, un genou à demi plié, ses épaules affaissées comme s'il était sur le point de s'effondrer. Alors qu'il reculait d'un pas hésitant, Dwayne sentit l'air s'ouvrir autour de lui, et il sut où il devait aller. *Juste un peu plus loin*, pensa-t-il. *J'y suis presque.*

39

Calvin détourna le regard des yeux d'Angie, ces yeux qui l'imploraient de la sauver, qui l'imploraient de tout arranger. Ses joues étaient rougies par les larmes, ses cheveux blonds soyeux dans la lumière. Ses jambes nues étaient sillonnées de traînées de boue, ses genoux couverts de bleus et de sang, mais ses yeux vert émeraude semblaient pleins de prières, comme si elle le suppliait, comme si tout reposait uniquement entre ses mains.

Angie s'accrochait fermement au bras de Dwayne, qui tenait le couteau contre sa gorge. Elle avait la tête penchée en arrière, comme si elle tentait de ne pas se noyer. La transpiration ruisselait sur le visage de Calvin et il n'arrêtait pas d'ouvrir puis de refermer les mains sur la carabine. Ses doigts étaient engourdis, la sueur lui piquait les yeux tandis qu'il regardait à travers la mire. Une voix dans sa tête n'arrêtait pas de dire : *Descends-le. Descends-le, Calvin.* Le haut de la tête d'Angie n'atteignait pas les clavicules de Dwayne, mais il n'avait jamais été bon tireur, et il se disait sans cesse qu'il allait merder comme chaque fois, qu'il appuierait sur la détente et raterait sa cible.

« Tu penses pouvoir me suivre combien de temps ? » demanda Dwayne.

Il reculait à grandes enjambées à travers le bois, les deux hommes à pas plus de six mètres l'un de l'autre.

« Je ne vais nulle part.

– Mais moi, si, mon ami. Je vais quelque part. Et nous nous approchons du moment où nos chemins se séparent. Tu vas très bientôt devoir prendre une décision. »

Le jean souillé que Dwayne portait se coinçait sous ses talons tandis qu'il reculait pieds nus parmi les arbres. Sa peau pâle était rendue sombre par les poils, à l'exception d'une plaque rouge vif qui recouvrait une partie de son torse et le bras dont il se servait pour tenir Angie. La plaque était enflée et cloquée, comme s'il avait brûlé. Son visage bien rasé détonnait par rapport au reste de son corps, et ses yeux semblaient renfermer la fin du monde. En plongeant son regard dans ces yeux vides, Calvin voyait qu'il n'y avait rien en lui. C'était idiot de le suivre, de prendre un homme comme Dwayne Brewer au mot.

Ils gravissaient une pente douce interrompue par des chênes étoilés et des peupliers. Des feuilles couleur rouille craquaient sous leurs pieds et un déluge de graines de tulipiers de Virginie tombait en tournoyant sur eux tandis que le vent dépouillait la cime des arbres. C'était une de ces journées où l'air chaud arrivait du golfe, le vent charriant l'odeur de l'iode sur mille kilomètres depuis l'océan jusqu'à la montagne. Sur la droite, Calvin repéra un affleurement rocheux et il songea : *Si je peux le faire reculer parmi ces rochers, je pourrai lui forcer la main.*

Il accéléra le pas et contourna Dwayne pour l'inciter à dévier sa route, et ce dernier sembla confus pendant une seconde tandis qu'il se retournait, fixant Calvin comme s'il essayait de deviner ses intentions. Dwayne prenait soin de ne jamais exposer son dos. Il serrait Angie contre son torse, le couteau tellement enfoncé dans sa gorge que sa peau recouvrait le bord de la lame. En jetant un coup d'œil par-dessus son épaule, il sembla voir où

Calvin le forçait à aller, et il fit un rapide pas de côté, les pieds d'Angie traînant sur le sol, mais Calvin lui bloqua le chemin.

Bientôt Dwayne fut acculé contre les rochers. Les feuilles mortes formaient des amas qui montaient à hauteur de genou contre les affleurements, la pierre noire était couverte de plaques de lichen d'un gris olivâtre. Il tenta de se précipiter sur la droite, mais Angie était désormais un fardeau, et Calvin l'en empêcha avec sa carabine lorsqu'il appuya sur la détente, la balle de .45-70 faisant exploser les montagnes comme un bâton de dynamite.

Les oreilles de Calvin se mirent à siffler et il actionna le verrou pour éjecter le cuivre fumant sur la droite tandis qu'une autre cartouche était chambrée. Un grand cercle avait été pulvérisé dans le rocher à gauche de la tête de Dwayne, la pierre ouverte laissant paraître du quartz et du feldspath.

« Tu vas me forcer à faire une chose que je voulais pas faire, Calvin ! hurla Dwayne tandis que chacun avait les oreilles qui sifflaient. Quand je lui trancherai la gorge, ce sera ta faute !

– Tu pars pas d'ici avec elle.

– C'est là que tu te trompes. »

Dwayne secoua la tête et sourit.

« T'es très courageux avec cette carabine entre les mains, mais t'as pas lcs idées claires. L'homme qui a l'arme est tout-puissant, mais pas aujourd'hui. Pas cette fois. Pas quand tu sais ce que je vais faire juste pour voir l'expression dévastée sur ton visage.

– Calvin, s'il te plaît, bégaya Angie. S'il te plaît, pose ton fusil.

– Elle a raison, Calvin. Pose ce fusil.

– Lâche-la.

– Si je la lâchais, tu m'abattrais sur place.

– Non, il ne le fera pas, dit-elle. Il ne vous abattra pas. N'est-ce pas ? Pose cette arme, Calvin. Pose-la.

– Vous vous êtes déjà dit que tous les trois on était censés être ici, que toute notre vie nous avons marché vers cet endroit, que c'est le destin ? C'est le destin qui nous a menés ici.

– Ferme-la, Dwayne.

– Et si je te disais que je suis prophète ?

– J'ai dit ferme ta putain de...

– Et si je te disais que j'ai été envoyé pour t'enseigner quelque chose, Calvin, que c'est l'unique sens de ma vie ? »

Angie sanglotait, ses yeux étaient vitreux, son souffle saccadé.

« C'est exactement la façon dont c'est censé se terminer, déclara Dwayne. Chacun de nous luttant pour se raccrocher à ce qu'on aime le plus, pas un meilleur que l'autre. »

Calvin le regardait, mais il ne parla pas.

« Ça ne pouvait se terminer que comme ça, pas vrai ? C'est la direction qu'on a tous prise depuis le début. Toute notre vie. Chaque pas qu'on a fait nous a menés ici. Tu le vois pas ? Tu le vois pas, Calvin ?

– T'es complètement dingue.

– Je suis pas plus dingue que toi, mon ami. »

Il ouvrit de larges yeux et plongea son regard dans ceux de Calvin, qui eut l'impression qu'il le transperçait.

« J'ai rien à voir avec toi, dit-il.

– Tu le vois pas encore, répliqua Dwayne.

– Je le vois parfaitement.

– Ce que je t'ai enseigné est la seule chose qui compte, mon ami. C'est tout.

– Tu m'as rien enseigné. »

Sa joue était chaude contre la crosse de la carabine et il voyait son souffle embuer la carcasse en inox puis s'évaporer.

« C'est là que tu te trompes, dit Dwayne. Je crois t'avoir donné la leçon la plus précieuse de tous les temps. Pour qui es-tu prêt à donner ta vie ? Tant qu'un homme ne le sait pas, il ne sait rien. "Les hommes en effet seront égoïstes, cupides, fanfarons, orgueilleux, blasphémateurs, rebelles à leurs parents, ingrats, impies, sans cœur, sans loyauté, calomniateurs, sans frein, sauvages, ennemis du bien, traîtres, emportés, enflés d'orgueil, amis de la volupté plus qu'amis de Dieu." Pour qui es-tu prêt à donner ta vie, mon ami ? À part ça, il n'y a rien.

– Ferme ta gueule, Dwayne !

– C'est la raison pour laquelle nous sommes tous ici. C'est la raison, mais la différence, c'est que tu m'as pris la mienne. T'as pris tout ce que j'aimais. Je l'ai vu glisser entre mes doigts comme de l'eau. T'as volé la seule chose que j'aimais dans ce monde. »

Pendant une seconde, Dwayne sembla sur le point de craquer, mais son front s'abaissa et il montra les dents comme un chien en colère. Puis il gronda fort comme s'il souffrait.

« Peut-être que ça devait être mon fardeau. Peut-être que je suis le seul sur cette foutue terre à pouvoir le supporter. Et peut-être que c'est ce qui devait arriver pour que tes yeux s'ouvrent. Nous sommes exactement pareils, toi et moi.

– J'ai rien à voir avec toi. Maintenant, lâche-la. C'est fini. »

Dwayne fit un unique pas en arrière, plaqua son dos contre la pierre. Il regarda le ciel et ferma les yeux, inspira à quelques reprises et un sourire fendit son visage.

« Tu vois toujours pas, dit-il. Tu vois toujours pas et c'est pile devant tes yeux. C'est la raison pour laquelle nous sommes rassemblés. Si nous sommes ici, c'est uniquement à cause des personnes que nous aimons. C'est le lien entre nous. J'aurais fait n'importe quoi pour empêcher mon frère d'endurer la moindre souffrance. J'aurais donné ma vie si on me l'avait demandé. La raison pour laquelle t'es ici, Calvin Hooper, c'est cette femme dans mes bras, et la raison pour laquelle elle s'est battue comme une diablesse, c'est ce petit bébé dans son ventre. Es-tu tellement aveugle que tu ne vois pas ? »

Calvin crut avoir mal entendu. Il pensa avoir compris de travers. Mais ces mots se déposèrent en lui comme du sable, l'alourdissant et le paralysant. La confusion déformait son visage et sa joue se tordit contre la carabine tandis qu'il plongeait un regard intense dans les yeux d'Angie.

« C'est vrai ? tenta-t-il de demander, mais ses paroles restèrent silencieuses car il n'avait pas d'air pour les souffler, si bien qu'elle dut lire sur ses lèvres ce qu'il essayait de dire.

– Oui », murmura-t-elle. Elle pleurait et il semblait ne plus y avoir grand-chose en elle à part ce mot. Sa tête balançait contre le torse de Dwayne. « Oui. »

Dwayne Brewer baissa la tête vers son visage et parla comme s'il lui révélait un secret.

« Il ne savait pas ?

– Non », répondit-elle. Elle secouait la tête et pleurait toutes les larmes de son corps. « Non.

– Comme le monde est étrange, pour qu'un homme finisse là où il finit, déclara Dwayne. Parfois c'est sa propre faute, mais la plupart du temps, la plupart du temps, c'est comme si nous étions entraînés comme des chiens affamés.

– Lâche-la. » La voix de Calvin était désormais faible, totalement brisée. Il sentait ses genoux se dérober sous lui, ses jambes sur le point de se dissoudre. « J'ai déjà appelé les flics, Dwayne. J'ai appelé et ils sont en route. Ils seront là d'une minute à l'autre. » Il hésita, le cerveau inondé par les émotions. « Tu partiras pas d'ici avec elle.

– J'aurais aimé que tu fasses pas ça, dit Dwayne. On avait besoin de personne à part toi et moi. C'était entre nous, mon ami. Rien que nous. Et j'aurais vraiment aimé que tu me forces pas à faire ça.

– Pose ton arme, Calvin ! » s'écria Angie.

Il vit le bras de Dwayne se resserrer autour d'elle, le couteau appuyer plus fort sur sa gorge.

« Pour l'amour de Dieu, pose ton arme !

– J'ai jamais voulu lui faire de mal. J'ai jamais voulu avoir quoi que ce soit à voir avec vous. Tout ce que je voulais, c'est ce que tu m'as pris. »

Une colère profonde et enragée enflammait ses paroles.

« Tout ce que je voulais, c'était une chose, et j'aurais pu m'en sortir, mais même ça, tu me l'as pris !

– Lâche-la, implora Calvin. Lâche-la. »

Il y eut quelque chose d'inexplicable dans ce que Dwayne dit ensuite. C'était comme s'il parlait à quelqu'un qui n'était pas là.

« Toute ma vie j'ai imploré Ta pitié, et pas une seule fois elle n'est arrivée. Pas une seule fois. Maintenant je la redemande, et après ça j'en aurai fini. Je ne Te demanderai plus jamais. Alors voici ce qui va se passer si tu veux que ce bébé vive, Calvin. Je veux que tu marches là-bas jusqu'à ce cornouiller et que tu poses cette carabine.

– Lâche-la. »

Calvin devinait que Dwayne était en train de craquer, et cette instabilité lui fichait une trouille bleue.

« S'il te plaît, Calvin, sanglota Angie. Fais ce qu'il dit.

– Je t'ai demandé deux fois, la prochaine sera la dernière, déclara Dwayne. Tu dois réfléchir à ce que tu risques de perdre, mon ami. Ta charge est lourde et mon fardeau léger. Je peux lui trancher la gorge et tout ce que tu aimes aura disparu.

– Si tu lui fais du mal je te tire une balle dans la tête, espèce d'enfoiré.

– Et j'accueillerai ce moment à bras ouverts, mon ami, répliqua Dwayne d'une voix douce et calme.

– Pose ton arme », murmura Angie.

Calvin regarda ses yeux, ces yeux qui imploraient le salut, qui lui demandaient une chose que l'homme n'était pas censé offrir.

« Je t'ai dit depuis le début que ton heure viendrait, reprit Dwayne.

– Fais-le, Calvin. Pour l'amour de Dieu, fais ce...

– Es-tu prêt à donner ta vie pour ceux que tu aimes ? demanda Dwayne, interrompant Angie. Es-tu prêt à poser cette carabine et à me laisser te tuer pour la sauver, pour sauver l'enfant qu'elle porte ?

– Pardon ? »

Calvin avait la tête qui tournait.

« C'est simple, déclara Dwayne. Es-tu prêt à mourir pour ceux que tu aimes ? »

Calvin vit le visage d'Angie blêmir soudain. Dans la direction par laquelle ils étaient arrivés, il entendit des voix qui résonnaient au loin, et il sut que la police serait bientôt là.

« Décide-toi, mon ami. L'un de vous ne quittera pas cet endroit aujourd'hui, et seul toi peux décider lequel. S'ils nous trouvent, c'est fini. Tu es le seul à pouvoir décider si ce sera elle ou toi. »

Calvin visait l'arête du nez de Dwayne, mais il baissa les yeux vers le sol. Partant des pieds d'Angie, il remonta le long de ses jambes et posa son regard sur son ventre, s'imaginant toute une vie s'étirant devant lui. Le tourbillon de ses pensées étouffait les sons qui l'entouraient. À cet instant, il passa de la folie à la certitude absolue. Il était impossible de mettre en balance une vie sans elle avec la mort. C'était une des décisions les plus simples qu'il ait eu à prendre de sa vie.

Sans un mot, il ôta sa main gauche de la carabine, continuant de la tenir de la main droite tandis qu'il levait le canon vers le ciel. Il recula vers le cornouiller tordu dont l'écorce était écaillée comme une peau de serpent, posa l'arme par terre et leva les mains au niveau de sa poitrine avec les paumes ouvertes vers l'avant.

« Maintenant, retourne là où t'étais, ordonna Dwayne sans abaisser le couteau ni alléger la pression.

– OK, fit Calvin. OK. »

Il s'écarta et Dwayne avança vers l'arme.

Quand il atteignit le cornouiller, il poussa Angie en avant et elle s'effondra mollement à terre. Il n'y avait plus d'air dans les poumons de Calvin lorsque Dwayne épaula la carabine, plaqua sa joue contre la crosse et visa. Il s'approcha, et bientôt la bouche du canon fut à moins de trente centimètres. Calvin baissa la tête et fixa le sol, l'endroit où il tomberait. *C'est fini*, pensa-t-il. *C'est ici que tout se termine.* Il serra les dents et ferma les yeux, tentant d'imaginer ce qui l'attendait – la mort, la plus grande de toutes les questions.

« Lève la tête », ordonna Dwayne.

Calvin leva les yeux vers Angie. Elle était recroquevillée par terre, gémissant et battant le sol de ses poings à les faire saigner. Elle hurla son nom à pleins poumons, mais il n'entendit rien. Il croisa brièvement le regard de Dwayne puis leva les yeux jusqu'à ce qu'il n'y ait plus que le ciel, dégagé et bleu, les dernières lueurs du jour filtrant quelque part sur sa gauche.

« Tu le vois, maintenant ? demanda Dwayne.

– Oui », répondit Calvin.

Et c'était vrai. Il voyait qu'il y avait une unique et magnifique vérité qui faisait tenir ce monde.

« Oui, je le vois.

– Et n'est-ce pas beau ? N'est-ce pas la plus belle chose que tu aies jamais vue ? »

Calvin ferma les yeux. Il attendit que le chien s'abatte, l'explosion de bruit et de lumière, le tout puis le rien. Des années passèrent pendant cette attente. Des vies. Et même s'il était certain d'être proche, il attendrait comme les autres la réponse à la grande question, car lorsqu'il rouvrit les yeux et suivit le ciel jusqu'à l'endroit où s'était tenu Dwayne, celui-ci avait disparu, le bois était vide, le diable s'était volatilisé comme s'il n'avait jamais existé. À l'horizon à l'ouest, le soleil était bas sur une crête, un crépuscule terne si ordinaire et banal qu'il ne s'en souviendrait probablement jamais. Les voix approchaient, le bruit des pas était désormais fort dans le vallon.

Calvin tomba à genoux et rampa jusqu'à Angie. Il passa les bras autour d'elle et s'accrocha aussi fort qu'il put, leurs corps se fondant en une chose singulière et palpitante. Tout se télescopait tellement dans sa tête qu'il ne pouvait pas réfléchir, son cœur aussi sauvage que celui d'une panthère. Il savait ce que c'était qu'avoir besoin, et ce que c'était qu'avoir beaucoup.

Elle était tout ce qu'il avait jamais eu.

40

Le dernier jour d'octobre, Dwayne traversa la ville au coucher du soleil, des lumières bleues hurlantes filant à côté de lui comme des météores. De la vapeur s'élevait des cheminées de la fabrique de papier, le blanc tournoyant dans un ciel jaune et terne, et il regarda cet endroit disparaître dans son rétro comme tout le reste avant.

En passant devant l'épicerie Harold's alors qu'il roulait vers Dillsoboro, il vit des centaines d'oiseaux remplir le ciel, un nuage de rapaces flottant sur les variations du vent, leurs ailes s'inclinant d'avant en arrière pour stabiliser leur large tourbillon. Il se pencha contre le volant pour les regarder lorsqu'il franchit le pont de Scotts Creek. Il se demanda s'ils le suivraient, s'ils le suivraient éternellement, et son cœur connaissait la réponse, car ils œuvrent en tous lieux et leurs ailes jamais ne se lassent.

À travers le pare-brise, des brocantes vides et des stations-service faiblement éclairées défilaient floues à sa périphérie. Il passa devant des champs simplement séparés de l'autoroute par une mince rangée d'arbres, des champs jaunis d'avoine et de joncs dans lesquels de vieilles granges s'écroulaient sur elles-mêmes comme de la cendre grise. La route était déserte après Bryson City, l'ombre noire des montagnes se refermant autour de lui, la nuit désormais totale.

Le lac Fontana s'ouvrait au pied d'un pont qui enjambait la rivière Little Tennessee, là où le courant ralentissait dans le goulet avant de rejoindre l'eau immobile et calme. Quelques kilomètres plus loin, l'autoroute se divisait, s'enfonçant d'un côté dans la gorge et partant de l'autre vers Almond, et il prit le tronçon qui se dirigeait vers le nord-ouest, longeant le lac Fingerlake et franchissant l'embouchure de la Nantahala.

Il ne savait pas quoi faire de la voiture de Carol. Son instinct lui disait de la siphonner et de l'arroser d'essence, de boucher le réservoir avec un chiffon imprégné de carburant et de réduire la Grand Prix en cendres. Mais dans une telle obscurité, l'incendie serait visible à des kilomètres à la ronde, attirant les flics comme des mouches, les grandes flammes fouettant le ciel, la fumée noire ne servant qu'à voiler les étoiles. Il pensa alors à la couler dans l'eau, la surface immobile gargouillant une histoire jusqu'à être de nouveau paisible. Il y avait tant de choses ensevelies là, des villes entières, comme Judson, inondées et oubliées, qu'il ne pouvait supporter l'idée d'ajouter un fantôme de plus. En fin de compte, il se gara simplement dans un fossé près de Fontana Village, remonta la vitre en y coinçant un chiffon blanc pour faire croire qu'il était tombé en panne et avait poursuivi son chemin à pied.

Dwayne rebroussa chemin sur trois kilomètres jusqu'à la marina, longeant furtivement les bois avec la carabine de Darl Moody en travers des épaules, les bras enroulés autour de l'arme tel un épouvantail. Lorsqu'il atteignit l'eau, un toit en tôle vert couvrait le comptoir de location et la seule lueur était le rougeoiement d'un distributeur Coca-Cola. L'embarcadère s'étirait devant, flanqué de chaque côté par des bateaux pontons, et il observa les lieux depuis l'ombre pendant un long moment avant de bouger. La marina avait été abandonnée pour la saison, les touristes et les visiteurs disposés à débourser des centaines de dollars pour louer une embarcation pour l'après-midi étant partis.

Des canoës bordaient l'extrémité de l'embarcadère avec leurs plats-bords posés sur des planches délavées par le soleil, leurs coques dirigées vers le ciel. Dwayne en retourna un et posa le fond en équilibre contre le bord de l'embarcadère pour le faire glisser dans l'eau. Il trouva une rame posée contre le mur près du snack-bar dont le volet roulant était baissé et cadenassé pour l'hiver, et lorsqu'il eut chargé tout ce qu'il avait dans le canoë, il s'éloigna de l'embarcadère et parcourut l'eau du regard.

Cette nuit-là, Dwayne Brewer traversa le ciel à la rame, chaque coup plongeant dans le firmament, les étoiles vibrant à la surface de l'eau telles les cordes d'un instrument grattées par son lent passage. Il rama pendant six kilomètres et reconnut la crique près d'une longue bande de terre qui s'enfonçait dans le lac comme un poignard. Il passa devant Cable Branch et Laurel Branch, de minuscules filets d'eau qu'on entendait plus qu'on ne les voyait, et continua jusqu'à Proctor, où il échoua le canoë sur une rive d'argile boueuse. Lorsqu'il fut au bord des bois, son esprit le rattrapa finalement et il s'appuya au tronc d'un sapin du Canada mourant pour réfléchir à tout ce qui l'avait mené jusque-là.

Toute sa vie il n'avait connu qu'un seul remède à la souffrance, mais cette réponse qu'il avait longtemps tenue pour vraie avait laissé place à quelque chose de nouveau. Là-bas, dans les bois, tandis qu'il tenait ce couteau contre la gorge d'Angie Moss, il avait pensé à son frère, à tout ce qu'il avait perdu, et la douleur s'était transformée en une sensation familière, une rage qu'il avait sentie brûler derrière ses yeux. Il avait désespérément voulu la tuer. Il avait voulu voir cette expression horrifiée et brisée sur le visage exsangue de Calvin Hooper. Il avait voulu que quelqu'un d'autre souffre pour ne plus être seul, afin que pour une fois ils soient tous semblables, pas un meilleur que l'autre. Avec cette carabine dans sa main, il avait été certain que ce serait tellement satisfaisant de le tuer. Son doigt avait presque complètement enfoncé la détente, et il était proche de l'euphorie. Mais pile au moment de régler ses comptes, une sensation s'était emparée de lui, comme s'il avait été rempli de plomb fondu, ses entrailles enflammées par la chaleur. Il avait senti des mains lui agripper les épaules et toute pensée l'avait quitté, puis il avait entendu une voix, une voix qui ne parlait pas une langue qu'il connaissait, même s'il avait immédiatement compris le sens de ce qui était dit et ne l'avait pas remis en question.

Laisse tomber, avait dit la voix. *Tout. Laisse tomber.*

Dwayne passa la nuit assis contre l'arbre à regarder l'eau, frissonnant de froid mais le cœur en feu. Le matin arriva, les étoiles se retirant à mesure que l'obscurité capitulait face à la lumière. Un soleil mandarine colora le ciel d'une teinte si incroyablement belle qu'il en pleura. Tout ce qu'il avait eu en lui pendant toute sa vie s'écoula de ses yeux et imprégna le sol. Le lever du soleil peignait les arbres en rouge, illuminait le lac en lui donnant la couleur du sang. Le mot était là en lui et il sanglota jusqu'à être aussi léger que de la poussière en apesanteur.

À cet instant il sut à la fois tout et rien.

Son esprit était aussi vierge que celui d'un enfant et l'ancien Dwayne était mort.

Un givre brutal attaqua la beauté ce printemps-là, conférant aux saules une teinte jaune moutarde et volant leurs fleurs aux gainiers rouges. Mais bientôt la température monta et Dwayne Brewer en fut reconnaissant.

L'hiver avait été éprouvant, et il avait bien des nuits cru mourir de froid. Il avait trouvé refuge dans une caverne terreuse creusée sous de gigantesques rochers par l'eau et le temps. Quand il était arrivé, il n'avait rien hormis un jean et une carabine. Pas de chaussures. Pas de chemise. Pas de nourriture. Les premières semaines, il s'était introduit dans des chalets proches pour chercher des vêtements, fouillant dans les commodes et les placards de retraités, trouvant rarement quelque chose qui lui allait. Une petite épicerie proche de la marina vendait de la bière et de quoi manger, des tee-shirts de couleurs vives destinés aux touristes, avec des ours noirs et des couchers de soleil sur le devant, et les mots « Visitez les Smokies » brodés sur la poitrine.

Ce matin-là, il portait un fin pantalon à pinces qui avait appartenu à un homme plus large que haut. Dwayne l'avait serré à la taille avec sa ceinture et avait décousu les revers pour le rallonger, même s'il lui arrivait toujours au milieu des tibias. Il avait découpé les extrémités d'une paire de chaussures Stride Rite en cuir blanc tachées d'herbe, et comme ses orteils dépassaient à l'avant, ses chaussettes en coton étaient noires et humides aux endroits où elles touchaient le sol. Seules les lettres du milieu du mot « Fontana » brillaient sur son tee-shirt bleu turquoise, et un trench-coat de femme bleu marine enveloppait son corps. Il ne lui allait pas vraiment, et seul le bouton du bas pouvait être attaché. Comme Dwayne était bien trop large, les épaulettes formaient des arêtes saillantes entre son cou et ses bras et le tissu était si tendu qu'il était sur le point de craquer. Tout ce qu'il portait était taché de terre, si bien que les couleurs assombries avaient pris une teinte brune qui se fondait sur les montagnes. Ses cheveux étaient longs et chauds sous son bonnet, et sa barbe pendait jusqu'à sa poitrine.

Survivre à l'hiver était difficile, les plantes mouraient et les hommes devaient chasser du petit gibier pour se nourrir. Mais le monde était en train d'éclore, et bientôt il aurait tout ce dont il avait besoin : oignons sauvages et saxifrage, passiflore et *Lætiporus*, feuilles de pissenlit et raisins d'Amérique, fraises sauvages, mûres, myrtilles, airelles, muscadine, pourpier et chicorée, crosses de fougères et xanthorhiza. Il arpentait un flanc de colline couvert de trilles blancs et de podophylles qui n'avaient pas encore fleuri, les feuilles lobées encerclant les pousses comme des parapluies. Son sentier de chasse décrivait un ovale irrégulier à travers le vallon, une série de simples assommoirs et de piquets à écureuils, de minuscules pièges suspendus à du fil de pêche. Le plus souvent il trouvait des tamias écrasés sous les pierres, mais quand il avait de la chance, des petits rongeurs et des lapins se faisaient avoir.

Devant lui, Dwayne vit un rouge-gorge qui se débattait par terre, ses minuscules pattes piégées, ses ailes battant furieusement à côté d'un jeune peuplier aussi fin qu'une canne. Il marcha vers l'oiseau à grandes enjambées car parfois les choses ne restaient pas, parfois ce qu'un homme avait devant les yeux lui échappait. Il posa la carabine de Darl Moody par terre, referma les mains autour du corps du rouge-gorge, seule la tête ressortant au-dessus de son poing. Il regarda ses yeux, ces yeux couleur nigelle entourés de blanc, les plumes gris sombre sur son crâne et son bec pointu jaune paille. En un instant, il arracha la tête de l'oiseau comme s'il prélevait un grain de raisin sur une grappe et posa le corps sur le sol, les ailes battant violemment, les pattes incurvées vers l'intérieur, les mouvements ralentissant, ralentissant. Il ôta les plumes orange, dégagea le filet et mangea le minuscule bout de chair cru d'une seule bouchée, ses doigts rougis et rendus poisseux par le sang.

Au ruisseau, il posa la carabine en équilibre contre un enchevêtrement de racines, porta de l'eau à sa bouche et but, puis il s'essuya la barbe du revers du poignet. Il plongea les mains dans l'eau glaciale et cristalline. Un banc de petits vairons à dos vert olive fila autour de ses doigts. Il y avait du courant et il vit son reflet. Il s'observa un long moment, reconnaissant à peine ce qu'il était devenu. Il se frotta les mains dans l'eau pour nettoyer le sang, et tandis que la surface clapotait, son reflet s'embrouilla dans un éclat lumineux. Un papillon glauque se posa sur son genou, ses ailes fines comme du papier s'ouvrant et se refermant doucement. L'insecte but l'eau qui imprégnait le tissu humide de son pantalon, puis il s'envola et voleta le long du ruisseau.

Une tache de couleur attira son regard, et Dwayne se tourna. Une orchidée rose avait fleuri avec de l'avance et s'élevait du sol noir, sa fleur couleur chardon pendant à une tige verte comme un cœur humain. Il s'en approcha et s'agenouilla à côté, passa le bout du doigt sur un pétale. C'était une chose si délicate et douce que sa peau calleuse ne la sentit pas. *Ce monde regorge de miracles*, pensa-t-il. *Qu'il est merveilleux de simplement en être le témoin.*

Accroupi sur un tertre qui dominait Possum Hollow, il voyait le vallon où un sentier longeait le ruisseau puis contournait la berge du lac. Deux randonneurs, un homme et une femme jeunes, avaient établi un camp primitif au bord du chemin à côté d'un épais bosquet de lauriers. Leur tentc en dôme gris pâle s'élevait du sol comme un rocher. Leurs sacs étaient appuyés à un rondin. Dwayne les avait repérés la veille au soir, il les avait entendus rire, et il avait vu le rougeoiement de leur feu auréolant le sommet de la colline. Il s'agenouilla derrière un arbre tombé. L'écorce avait disparu et le bois pourri était taché d'un marron profond. Ils se préparaient un petit déjeuner dont l'odeur voyagea jusqu'à lui, le doux parfum fumé du lard frémissant dans de la fonte sur des charbons.

Il posa la carabine sur le tronc de l'arbre mort et les regarda à travers la lunette. Le chien était armé, la sécurité débloquée. La femme tenait ses paumes ouvertes devant le feu comme si elle implorait la chaleur des flammes. L'homme était à quatre pattes près d'un cercle de pierres, vérifiant leur repas avec une fourchette, retournant leur petit déjeuner pour qu'il ne brûle pas. Avec le canon en équilibre sur l'arbre, Dwayne ne supportait le poids de la carabine que de la main droite. Il gratta les sillons à l'avant de la détente avec son ongle. Il avait la main gauche dans la poche de son pantalon et faisait rouler les dents de son frère dans sa paume, le sourire de Sissy cliquetant comme une poignée de billes.

Dwayne Brewer avait désespérément envie de dévaler la colline pour leur annoncer la bonne nouvelle. Il voulait qu'ils lui tendent les mains pour qu'il leur offre la grâce de Dieu. Il y avait de la miséricorde dans le passage d'inconnus, dans ce qui observait depuis les collines comme des fantômes, dans les courses sauvages pieds nus sur la terre. Mais le cœur des hommes était endurci, leurs yeux n'étaient pas faits pour voir. Si rares étaient ceux qui étaient prêts à vivre éternellement.

Pas encore, Seigneur, pas encore.

REMERCIEMENTS

À Ezra, qui me laisse creuser des trous, construire des clôtures, pourchasser des poulets et fuir des béliers aux noms irlandais. À son chien, Kephart, qui m'accompagne dans mon pick-up et sourit face à la folie. À Leigh Ann Henion, qui accroche des cibles en papier. À Ashley, qui m'a laissé me terrer dans la ferme pendant que l'histoire prenait forme et qui m'a aimé pendant que j'étais dans un monde extérieur au nôtre. À Charlie, notre chien, qui me montre les écureuils et les lapins et l'herbe des champs et les trous de marmotte et les couchers de soleil et le clair de lune et tout ce qui rend pour des chiens comme nous la vie digne d'être vécue. À l'homme de Quail Ridge Books qui a posé des questions sur la grâce, et à Ray McManus, le Jésus de la terre rouge. Et, surtout, à mon agent, Julia Kenny, mon éditrice, Sara Minnich, et à toute l'équipe de Putnam, sans qui mon travail resterait dans un tiroir.

Imprimé en France en septembre 2020
par Normandie Roto Impression s.a.s. à Lonrai
N° d'impression : 2003610

MIXTE
Papier issu de
sources responsables
FSC® C003309
www.fsc.org

Les papiers utilisés dans cet ouvrage
sont issus de forêts responsablement gérées.